コロナ漂流録
2022銃弾の行方

海堂 尊

宝島社
文庫

宝島社

Contents［目次］コロナ漂流録 2022銃弾の行方

第1部 暴走ラッコ

第2部 弔鐘

第3部 ハイエナ退治

【桜宮市パート】

〈東城大学医学部付属病院〉

田口公平（たぐち・こうへい）……不定愁訴外来担当兼「黎明棟」責任者

高階権太（たかしな・ごんた）……東城大学・学長

中園京子（なかぞの・きょうこ）……学長秘書・紅茶マスター

兵藤勉（ひょうどう・つとむ）……神経内科学教室准教授

洲崎洋平（すざき・ようへい）……「黎明棟」ホスピス棟医長

如月翔子（きさらぎ・しょうこ）……小児科総合治療センター看護師長

若月奈緒（わかつき・なお）……「黎明棟」師長

雪平ひとみ（ゆきひら・ひとみ）……「緩和ケアユニット」副看護師長

〈桜宮市警〉

玉村誠（たまむら・まこと）……桜宮市警警部

浦上四郎（うらがみ・しろう）……安保元首相狙撃犯・「奉一教会」宗教二世

日高正義（ひだか・まさよし）……弁護士

【東京パート】

〈官邸〉

安保宰三（あぼ・さいぞう）……第九十八代内閣総理大臣

酸ヶ湯儀平（すかゆ・ぎへい）……第九十九代内閣総理大臣
国崎久志（くにさき・ひさし）……第百代内閣総理大臣
安保明菜（あぼ・あきな）……宰三の妻

〈霞が関〉

白鳥圭輔（しらとり・けいすけ）……厚生労働省大臣官房秘書課付技官
加納達也（かのう・たつや）……警察庁長官官房電磁領域情報保全審議官
高嶺宗光（たかね・むねみつ）……財務省国際局長
小原紅（おはら・くれない）……文部科学省研究振興局長

【浪速パート】

〈政策集団・梁山泊〉

村雨弘毅（むらさめ・ひろき）……政策集団「梁山泊」総帥・元浪速府知事
鎌形雅史（かまがた・まさし）……ヤメ検弁護士
菊間祥一（きくま・しょういち）……菊間総合病院院長・浪速府医師会会長
彦根新吾（しらとり・けいすけ）……浪速大学ワクチンセンター嘱託病理医
別宮葉子（べっく・ようこ）……『時風新報』社会部副編集長・「地方紙ゲリラ連合」代表

天馬大吉(てんま・だいきち)……元ニューヨーク・マウントサイナイ大学病院・病理医
宇賀神義治(うがじん・よしはる)……浪速大学ワクチンセンター二代目総長
千代田悠也(ちよだ・ゆうや)……浪速地検特捜部検事

〈浪速白虎党〉

鵜飼昇(うかい・のぼる)……浪速府知事
皿井照明(さらい・てるあき)……浪速市長・白虎党党首
横須賀守(よこすか・まもる)……テレビコメンテーター・白虎党創設者
三木正隆(みき・まさたか)……「エンゼル創薬」顧問・浪速大ゲノム創成治療学講座教授・「加齢抑止協会」副理事長・『浪速万博』総合プロデューサー
真木亨(まき・とおる)……「真水企画」社長
原田雨竜(はらだ・うりゅう)……マサチューセッツ大学情報解析研究室主任研究官

【メディアパート】

万田ナイト(まんだ・ないと)……ジャーナリスト
諸田藤吉郎(ろた・とうきちろう)……「バッサリ斬るド」メインキャスター
宗像壮史朗(むなかた・そうしろう)……本学術会議委員・歴史家
終田千粒(ついた・せんりゅう)……作家

コロナ漂流録

2022

銃弾の行方

第1部
暴走ラッコ

1章　衝撃の提案

二〇二二年六月三日　東城大学医学部旧病院『黎明棟』3F・学長室

六月になったばかりだというのに、空が抜けるように青い。

どうやら今年の梅雨明けは、いつもより早そうだ。

外ではニイニイゼミが、やかましく鳴いている。

この蟬の声を聞くと、ああ、夏が近いな、と思う。

学生時代には、一学期の期末試験が近づいてきた印でもあった。

当時はウィンブルドンの決勝が、なぜか毎年その頃にあって（考えてみたら当たり前だ）、試験勉強の片手間にテレビ観戦していると、いつしか勉強と観戦のどちらが片手間なのか、わからなくなってしまったものだ。ベッカーという新星が現れた年は、彼にやっつけられた相手のように、俺の成績は大惨敗したことを思い出す。

それはニイニイゼミに呼び覚まされる記憶だが、今の切実な問題ともつながってくる。最近、俺は耳鳴りに悩まされるようになったが、雑音がニイニイゼミの鳴き声にそっくりなのだ。

耳鳴りというヤツは、一旦気になるとそればかりが気になって仕方がなくなる。しかも調べてみると、きちんとした治療法が確立されているとは言い難い。聴力検査をして、器質的に問題がなさそうなら、あとは対症療法しかないというのが現状だ。聴力は落ちていないが、聞き取りは前より悪くなった。それは俺の本来業務である不定愁訴外来にとって、かなり厄介なことなのだ。

不定愁訴外来は、格好いい言い方をすれば、現代の先端医療では切り捨てられがちな、患者の些細な不満や苦悩をすくい上げ、聞き遂げることで患者の心的状況の改善を目指す、というものである。ぶっちゃけると、患者の愚痴を親身に聞いて気が晴れるようにする、というものだ。

だが、耳鳴りがすると、業務の肝である患者の言葉の聞き取りに集中できない。今、なんとおっしゃったのですか、などと聞き返していたら、せっかく開きかけた患者の心が閉じてしまいかねないのだ。

こんな風に言うと、俺の業務は患者の話を聞き流しているだけだ、という故なき疑惑を晴らすことができるかもしれない。けれども、そんな疑惑が晴らせたところで、俺がこの業務に支障を感じているということには、何の助けにもならないのだけれど。

そろそろ引退するか、などと思ったのは、コロナが蔓延して患者との対面対応が難しくなったせいもあるが、それよりも俺の中に根源的な懐疑心が湧いていることが大きい。

――これまで俺が従事してきたこの業務には、意味などないのではないか。

そんな気持ちを抱きながら、梅雨晴れの青空の下、俺は根城の不定愁訴外来の部屋を出て、いつものように外付けの階段を上がっていく。

東城大学医学部は、桜宮丘陵という、丘と名乗るのもおこがましい、なだらかな丘のてっぺんにある。桜宮市民からは、「お山の大学病院」と呼ばれることもある。

その丘の上に聳えるツインタワー、新旧の病院棟が桜宮平野を見下ろしている。

俺が居住している旧病院棟は、通称「黎明棟」という。

その名はそのまま、今ではほぼ丸ごと「コロナ病棟」になっている。

患者の愚痴を聞く不定愁訴外来の責任者だった俺は、時代の隅っこで朽ち果てていくのかな、なんて思っていたら、なぜか「ホスピス棟」の責任者にスライドされた挙げ句、「コロナ病棟」の責任者という、現代医療の最前線に駆り出されてしまった。

コロナというヤツは、寄せては返す波のように、収束したと見せかけては押し寄せ、常に現代社会の最前線に位置するので、対応部署の責任者としてメディアに引っ張り出されることも多く、いつの間にか俺の肩書きは「コロナ対策本部長・田口公平」なんてのがメインになっている。

間もなく還暦を迎える俺はハッピーリタイアを目論んでいるのだが、生来の横着な性格から、具体的なプランは立てていない。そこにコロナ対策のご褒美で、部長やらセンター長やらの肩書きをいくつか拝命して管理職となったため、定年が六十五歳に延びてしまった。

やれやれである。

「コロナ感染患者」と「ホスピス入所者」の相性はきわめて悪い。「ホスピス棟」の入所者がコロナ感染したら致命的になるのは目に見えている。その二つの肩書きを一人の人間に押しつけるのだから、東城大のスタンスは相当に問題アリだといえる。

だがそれはやむを得ない経緯からでもあった。

不定愁訴外来担当の俺が「ホスピス棟」の責任者に祭り上げられてしまったのが第一段階だ。

そこにコロナウイルスが襲来し、日本中の医療機関は混乱の渦にたたき込まれた。東城大もその例に漏れず大変な騒動になったが、その時フリーハンドで対応できる医師が、俺くらいしかいなかった。そこでコロナ担当の責任者を押しつけられ、軽症患者を新病院から完全隔離するため、「黎明棟」を隔離ホテルのような形にしたのだ。

この時、感染症対策の第一人者、名村茫(なむらぼう)教授にコロナ対策を直接伝授していただけたために、「ホスピス棟」と「コロナ病棟」が両立できるようなシステムを樹立することができた。

だが、コロナ患者が増加するにつれ、病棟は完全に棲(す)み分けるようになっていった。

「ホスピス棟」の滞在者が減ったことに加えて、コロナ重症患者は、旧病院と離れた場所にある別棟の「オレンジ新棟」に丸投げして、軽症者の対応が主になっていることも幸いしている。

とは言っても、コロナ患者対応が相当大変であることに変わりはないのだが。

思えば令和になって、コロナは大変だ、と言い続けてばかりのような気がする。一山越えてほっとする間もなく、次の山が襲ってくる。そんな繰り返しに人々はすっかり馴らされてしまっている。

新型コロナウイルス・Ｃｏｖｉｄ－19は、世界の様相を一変させた。

こう見えても俺は一応、東城大学病院の「コロナ病棟」の責任者なのだから、ここらで令和のコロナ略史を振り返っておくのも、必要なことなのかもしれない。

令和元年（二〇一九年）十二月末、中国の湖北省・武漢で発生した新型コロナウイルスは、たちまち全世界を席巻した。半月後の令和二年（二〇二〇年）一月十六日、日本で初めて感染者が確認され、二月十三日に初の死者が出た。

コロナ・パンデミックの「第1波」は令和二年三月から五月にかけて起きた。安保宰三首相は断腸の思いで東京五輪の一年延期を決める。その直後の四月七日から「新型コロナウイルス対策の特別措置法（特措法）」に基づく「緊急事態宣言」が初めて発出された。

「第１波」での新規感染者のピークは令和二年四月十一日で、一日七二〇人だった。

今思えば、可愛いものである。

「第２波」は令和二年七月から八月、新規感染のピークは令和二年八月七日で一日一六〇五人。

その時、十年近く政権の座に君臨した安保首相が、体調悪化を理由に突如辞任を表明し、後任には総裁選に圧勝した酸ケ湯儀平・官房長官が選出された。

令和二年後半、人類は「新型コロナウイルス」に対する新兵器、「ｍＲＮＡワクチン」の開発に成功した。そして翌令和三年（二〇二一）は「ｍＲＮＡワクチン」が活躍した年になる。

「第３波」は令和三年三月まで続き、令和三年一月八日、全国の新規陽性者数は七九五五人で、過去最多となり、政府は一月八日に二度目の「緊急事態宣言」を発出した。

「第４波」は令和三年三月から六月頃で、新規感染者のピークは五月八日の一日七二三四人。

英国で発見された変異ウイルス「アルファ株」に対して、政府は「まん延防止等重点措置」を制定、四月五日から初適用し二五日、三度目の「緊急事態宣言」を四都府県に発出した。

「第５波」は令和三年七月から九月頃までで、東京五輪の開催時期とほぼ重なった。

その新規感染者のピークは令和三年八月二十日で、一日二万五九九五人だった。

一年延期されていた東京五輪は、最悪のタイミングのこの時期に強行された。「第5波」は感染力の強いインド由来の「デルタ株」が中心だった。ワクチン接種が進んだ高齢者の比率が減少し、五十代以下の中高年、若年層の感染が拡大し、九月三日には重症者が全国で二二二三人と過去最多を更新する。都市部の医療が危機的状況に陥り、自宅療養中の患者が多数死亡した。そのような中で酸ヶ湯首相は次期自保党総裁選に不出馬を宣言、事実上、首相を辞任した。後継は、前回の総裁選で大敗し、芽が潰れたと思われた国崎久志（くにさきひさし）・現首相になった。

令和四年（二〇二二）一月の「第6波」は、「オミクロン株」との置き換わりで始まった。

二月三日には全国で十万四四七二人とあっさり十万人を突破した。「オミクロン株」は重症化リスクこそ低かったが、倍加時間と潜伏期間が短縮し、再感染や二次感染しやすかった。

先進主要七ヵ国の中でもぶっちぎりの感染者数だが、国崎首相はその惨状を拱手（きょうしゅ）傍観していた。

しかもここへきて政府は、コロナ抑制より経済を回すことを優先した。

だが今年六月、「オミクロン株」は「BA．2」から感染力が更に強い同株新系統「B

A.5」に置き換わり、蔓延が危惧されている。「第7波」が到来するのも時間の問題だろう。

令和四年、コロナ対応のゲームチェンジャーとなる経口治療薬がコロナ戦役に颯爽と降臨した。米メルクの「ラゲブリオカプセル（モルヌピラビル）」と米ファイザーの「パキロビッドパック（ニルマトレルビル／リトナビル）」という二種の錠剤である。

この二剤は「医薬品医療機器等法」に基づき「ラゲブリオカプセル（LC）」が昨年年末に、「パキロビッドパック（PBP）」が今年二月に相次いで特例承認された。二種の経口抗ウイルス薬は発症後三日以内の投与で患者入院や死亡を、九割減少させるという著効を示した。

だが政府は二百万人分確保したにもかかわらず、画期的な「PBP」の処方数は少なく、現在のところ五万人への投与に留まっている。

安定供給が困難という理由で一般流通をさせず、「登録センター」に登録し、無償譲渡される仕組みにした国の対応は、国産新薬「ゾッコンバイ」を開発した「サンザシ製薬」への忖度ではないか、ともウワサされている。

「サンザシ製薬」はコロナ特効薬と喧伝されながら、未承認に終わった「アボガン」も開発している。「サンザシ製薬」の会長と親密だった安保首相の名前にあやかって命名されたものだ。

今年五月に施行された「改正薬機法」で制定された「緊急承認」も「ゾッコンバイ」への特別シフトではないか、というウワサがある。

特例承認した画期的な新薬「ＰＢＰ」の大量在庫を抱えながら、国崎首相は世界一の感染爆発になった惨状を座視し、新薬の投与を推進しようとしない。引退した安保元首相の顔色を窺(うかが)うばかりで、これでは安保院政だ、という陰口も喧(かまびす)しい。それなのに内閣支持率は高いままというのは、俺から見ると理解し難いことだ。

今、厚生労働省は「コロナは風邪(かぜ)だ」という声に押され、コロナを2類から5類に格下げしようと目論んでいるらしい。それが妥当な判断かどうか、誰も確言できなくなっている。

こうして見ると、「コロナ」という言葉は、人々を思考停止に陥らせる魔法の呪文だと思う。

その呪文を口にしたとたん、すべてが正当化されてしまう。

医学という金科玉条を基に実施される医療現場でさえ、対応は右往左往し分断されている。

それでも人というものは、どんな災厄にも慣れて、対応してしまう。

俺も、そんな凡人の中のひとりだと思っていた。

そう、いつものように高階(たかしな)学長からの呼び出しがあるまでは……。

＊

旧病院四階の学長室は、かつては俺にとって憧れの場所だったが、今は行くたびに災厄の扉が開く、受難の地となっている。

なのにそこを避けることができないのは、ひとえに俺が優柔不断なせいだ。

現在の学長の高階先生は、なにかにつけて俺に無理難題を振ってきて、自分は高みの見物と洒落（しゃれ）込む困った上司ではある。だが判断は公正無私、世のため人のためを思っているということに関しては疑いの余地がない。人格高潔で人徳があり、世間の評判は高い。

けれども人間というヤツは、百パーセントの善ではありえない。影を伴わなければ光が存在できないのと同じことだ。

何が言いたいかというと、高貴な人格者との世評が高い高階学長には、その煌（きら）びやかな輝きと同じくらい深い闇があるわけで、それをどこかで消化しなければならないということだ。

その毒消し役になっているのがこの俺、というわけだ。

そんな俺を、「学長の懐刀」なんて呼ぶ、世の理（ことわり）を全く理解できない連中もいる。

大した業績もないくせにとんとん拍子で出世して、今や学長のお気に入り、などという羨望の言葉は、俺からすれば揶揄されているようにしか思えない。

さて、今回のお題はどんな無理難題かなあ、とぼんやり考えながら学長室の扉を開ける。

こんな風に事前に心理的対応を済ませておけば、とりあえずファースト・インパクトを避けることができる、というのは、長年培ってきた、虐げられし弱者の智恵だ。

扉を開けた途端、一陣の風が吹き抜けた。昔の病院長室がそのまま学長室に転用されているこの部屋には、扉の真向かいに大きな窓があって、そこから桜宮湾が遠望できる。

その大きな窓の前に黒檀の机があり、そこに肘を突いて両手を組み、顎を乗せている高階院長、もとい、学長が、俺を見てにやにやする、というのがお決まりの構図だ。

ところが今日はその定位置に高階学長の姿はなく、大きな窓が開け放たれ、白いカーテンがはためいている。大窓が切り取っている青い空が目に染みた。

この部屋を何回も訪れた俺だが、その窓が開いているのは初めて見た。

おまけに大画面のテレビが点けっぱなしで、ゆうべ行なわれた記念式典を報じるニュース番組が流れている。この部屋にテレビがあったなんて、意識したことすらない。

画面には「エリザベス女王・在位七十年記念パレード」の文字が躍っている。

赤い上着と黒い熊の帽子の近衛兵に先導されたチャールズ皇太子が軍服姿で騎乗し、観兵式を行なっている。

空軍の儀礼飛行が、抜けるように青い空に70という数字を描き出す。

バッキンガム宮殿前の祝賀パレードには、ノーマスクの数千人の市民が詰めかけている。英国ではコロナ流行はもう終結したのだろうかと、意外な感じがした。

すると俺の左側面の死角から突然声がした。

「エリザベス女王の本当の即位記念日である二月六日は、前国王の父上・ジョージ六世が急死した日でもあるので、その日には祝賀行事を行ないません。だから昨日になったのですが、そんなエピソードひとつとってみても、英国王室には気品が感じられますね」

その声の主を確かめるため内開きの扉を閉めると、吹き荒れていた風が止まる。

その陰からロマンスグレーのダンディな男性の姿が現れた。

東城大学の学長を務める、高階先生だ。

そう言えば、高階学長のお気に入りは英国の紅茶だし、その佇(たたず)まいは英国紳士を彷(ほう)彿(ふつ)とさせる。煙草を葉巻に変え、パイプをくゆらせれば完璧だろう。

そんなジェントルマン・高階が、ワイシャツ姿で腕まくりをしている。

その傍らには、紐(ひも)でくくられた雑誌の束がある。

厳めしい背表紙の本がぎっしり詰まった本棚の半分が空になっている。どう見てもお引っ越しの最中だ。部屋の隅には段ボール箱が積み上げられている。

高階学長は「終活の断捨離ですよ」と言って笑う。

腹黒タヌキの高階学長が、終活だなんて、癌でも見つかったのか。足元がぐらりと揺れた。

「入院とか、されるのですか？」

俺が先走って質問すると、高階学長は不思議そうな顔をした。

「体調は万全ですよ。ただ、私も間もなく喜寿を迎えることですし、大学に長居しすぎたので、そろそろ学長を辞任しようと思いましてね」

「何をおっしゃるんですか。エリザベス女王は御年九十六、先生より二十も年上なのに、まだまだバリバリの現役じゃないですか」

「畏れ多くも英国女王と、東城大の学長如きを一緒に論じないでください。それにエリザベス女王が頑張りすぎるから、チャールズ皇太子は未だに皇太子です。彼の密かな野望は、母上の在位期間を超えることだ、なんてジョークもあるらしいですよ」

高階学長がぼそりと言った言葉を聞いて、思わずくすりと笑う。

皇太子は御年七三。その方が在位七十年を超えるとなると……。

ウィンザー城ではエリザベス女王が、英国領土を象徴する地球儀に手を触れて、篝り火の点灯式を行なっている。するとそこから送り出された光の鎖がバッキンガム宮殿に届いたのを、孫のウィリアム王子が見守り、エディンバラ城の篝り火、ウェールズのバギストのドラゴンの形をした篝り火へと次々につながっていく様子が、テレビ画面に映し出された。

「この篝り火はイギリスとイギリス連邦各地で同時に点灯されています」と実況中継の声が厳かに伝える。さすがかつて「日の沈まぬ帝国」と謳われた、大英帝国だけのことはある。

半世紀ほど前、バブル経済の全盛期に栄華を誇った「日の出づる国」、黄金の国ジャパンの方は、今ではすっかり零落してしまっている。

日本がこのように国際世界に打ち出せる行事は、残念ながら今後は二度とないのではあるまいか。

「私は、市民が冗談で結婚披露宴の招待状を女王に出したら本当に参列した、というエピソードが好きです。トップでありながらそんな風に気さくに下々の者に接することができる人は、東城大広しといえども高階学長の他にはいません。引退なさるのはまだ早いです」

俺がそう言うと高階学長は、英国女王と比肩するのがいかに身の程知らずかと熱弁を振るう。

「英国連邦のエリザベス女王はカナダ、オーストラリア、ニュージーランド、バハマ、グレナダ、ジャマイカ、ソロモン諸島、ツバル、パプアニューギニア、セントビンセント・グレナディン、セントクリストファー・ネイビス、セントルシアなどの現役女王ですから比較になりませんよ。それにそろそろ引退しないと後継者が苦しみます。田口先生ももうすぐ還暦ですし」

「まあ、そうなんですけど、私の年齢なんてこの際、まったく関係ないかと」

高階学長は、脱力したように、深々と吐息をついた。

「田口先生の自覚のなさにも困ったものです。なので私は実力行使で段階的に辞職を目指すことにしました。その第一段としてこの部屋を退去すると通告したら、本部の上層部はしぶしぶ、部屋を移ることを認めてくれたんです。そこで引っ越しの準備を始めた、というわけでして」

高階元病院長が学長に昇格した時、大学本部に移るようにという勧告にもかかわらず、駄々をこねてこの部屋に居座ったという経緯があった。その部屋を退去するという常識的な対応を、今さら高階学長がやるところに一抹の嫌な予感が走る。しかもそこに俺を呼ぶのも解せない。

引っ越しを手伝え、というのであれば、お安い御用なのだが……。

「とりあえず荷物の片付けを手伝います。どこから手をつけましょうか」

俺が強いて明るい声で言うと、雑誌を縛り終えた高階学長は、大きく伸びをした。

「ご厚意には感謝しますが、自分のことは自分でやれますのでお気遣いなく。それより田口先生もご自分のお引っ越しの準備をしてください」

青天の霹靂だった。俺の引っ越し？　俺は解雇されてしまうのか。

俺は不定愁訴外来の責任者として、安定した業務を遂行してきたつもりだった。

そりゃあ俺だって三十年近く勤務すれば、大小さまざまなミスもしている。けれどもそれなりに貢献だってしているのだから、いきなり解雇だなんて理不尽すぎる。

一瞬そう思ったけれど、そろそろいい頃合いかな、とも思った。高階学長が引退に向けて一歩踏み出したら、自分が引き上げたコバンザメを処分するのは妥当な対応ではある。

——愚痴外来の守り神、藤原看護師を失って、遂に俺の悪運も尽きた、というわけか。

こうなると退職にあたり、我が人生に悔い無し、という明鏡止水の心境になる。

「わかりました。では辞表は、高階先生に提出すればよろしいですか？」

「辞表？　何をおっしゃっているんですか、田口先生？」

「私に引っ越しの支度をしろということは愚痴外来の閉鎖、即ち私の退職を意味するのでは？　定年まで数年ありますが、高階先生と一緒に辞めても異存はありません」

高階学長は、はあ、と深く息を吐いた。

「田口先生は本当に、ご自分の姿が見えていらっしゃらないですね。確かに私は先ほど、自分の引っ越しは自分でやると言い、田口先生も引っ越し準備をしてくださいと申し上げました。これで私の考えを察しないとは、『行灯』というあだ名にふさわしいお方ですねえ」

そこで学生時代のあだ名を持ち出されるのは釈然としない。俺をそんな風に呼んでいいのは、学生時代、雀荘に入り浸った「すずめ四天王」の連中だけだ。

現在は、極北救命救急センターのセンター長として、北の防人をしている速水晃一、東城大学医学部画像診断センターのセンター長の島津吾郎、そして流浪の病理医、彦根新吾だ。ただし後輩の彦根には、俺を昼行灯と呼ばせたりしない。

すると残りは同期の二人だけ。

でもまあ、高階学長がそう呼びたいのであれば、俺に拒否する権限はないのだが。

「私と田口先生の引っ越しが両立するような事案が何か、他に思いつきませんか?」

「ええ、残念ながら」と口ごもると、高階学長は驚愕のひと言を告げた。

「簡単です。田口先生の居室と私の部屋を取り替えっこするんです」

えええ?

今、なんと?

「田口先生の居室と私の部屋を取り替えっこ」って、高校生の修学旅行の部屋割りじゃないんだから、簡単にできるはずがない。そもそも俺は、今の居室を気に入っているのだから、引っ越しなんてしたくない。

あまりの衝撃に口をぱくぱくとさせている俺の顔を、楽しそうに見ている高階学長は、さらりと言った。

「驚かれるのも無理ありません。でも田口先生は、病院長室に憧れている、とおっしゃっていましたよね。だから田口先生の積年の願い事を叶えてあげようと思いまして」

確かに俺にも、そんな風に思った時期はある。でもそのことを、よりによって院長本人に言うほど、俺は図々しくはない。

そう、そんなことは絶対に言っていない。

いや、言っていない、はず。

たぶん、言ってないよな？

昔のヒット曲・「亭主関白」的な助動詞変化で、語尾がだんだん弱くなっていく。

誰よりも過去の俺を信頼していないのは、俺自身なのだ。

「でも私が学長室に、のこのこ引っ越したら、身の程知らずだと、非難されてしまいます。不定愁訴外来の責任者如きが、こんな立派な部屋に移るわけにはいきません。そもそも本業の不定愁訴外来でさえ、今は開店休業状態なんですから」

高階学長は、ふ、と笑う。

「私がこうしたことをお願いする時、そんな疎漏で迂遠なことがありましたか？　田口先生が取り替えっこを受け入れざるを得ない、正当な理由は、もちろん用意してあります。『黎明棟』とは『ホスピス棟』と『コロナ病棟』という、二つの組織の連合体です。田口先生は『ホスピス棟』の責任者で、『コロナ入院病棟』の統括者でもあります。ということは田口先生がこの部屋に入ることは至極当然で、むしろ私がいつまでもここに居座っていることの方がおかしな話なのです」

う。さすが長年、東城大のトップの座に君臨し続けた腹黒タヌキ学長だけのことはあって、確かに一分の隙もない、完璧な組織の論理ではある。

しかし、だからといって俺も、おいそれと引き下がるわけにはいかない。

「ですが不定愁訴外来は、設計ミスで袋小路のような場所にあり、不便ですよ」

「それがいいんです。俗世の喧噪から離れた、人里離れた桃源郷ですから」

どうやら今の高階学長は、「隣の芝生は青い症候群」に罹っているようだ。

「それに藤原さんが退職してしまったので、お茶を入れてくれる人もいませんし」

「その点は、秘書の中園さんが一緒に部屋を移ることを諒承してくれています」

学長秘書の中園さんは院内では、紅茶マスターとしても名高い。

そこまで手を回しているとは、どうやら高階学長は本気らしい。

俺は、抵抗を諦めた。

「ああ言えばこう言う合戦」で、高階学長に勝てるとは、とうてい思えない。

まあ、見晴らしのいい部屋で日ながら一日、海を眺めながらぼんやり過ごす余生も悪くないな、なんて思ったら、何だかありがたい話にも思えてきた。

確かに「黎明棟」の責任者としては、不定愁訴外来のロケーションは使い勝手が悪すぎる。俺に不満はないが、俺の下で働く人たち（というか、俺をお飾りの神輿として活用している、形式上は部下だが実質的には主導者となっている看護師の若月師長や如月師長）に不評なのは確かだろう。

ここに移れば、傀儡の形式的な司令塔で、お飾りにすぎない俺も、今よりも少しは彼女たちのお役に立てるようになるかもしれない。

「わかりました。では指示通り、引っ越します。でも、イヤになったらいつでも言ってください。すぐに元に戻れるようにしておきますので」

テレビ画面には、女王の記念式典に熱狂するロンドン市民の顔が大写しになり、バグパイプの演奏がエキゾチックに響いてくる。

雲間から、梅雨明けを思わせる強い陽射しが、ぎらりと部屋に射し込んできた。

窓の外からは、ニイニイゼミの声がやかましく、耳に響いてきた。

そこに耳鳴りが重なり、俺にはその区別がつかなくなっていた。

2章　規格外の新人類

六月六日　旧病院『黎明棟』2F・医局員室

思いもよらぬ展開にうろたえた俺は、これはいつものよからぬパターン、無理難題スパイラルのほんの入口なのではないか、という嫌な予感に襲われた。

案の定、高階学長が次に告げたのは、俺の予想の斜め上をいく想定外のことだった。

「部屋を移るにあたり、田口先生に新たなミッションをお伝えします。先生には新人を指導していただきます。といっても右も左もわからない研修医ではなく、即戦力の中堅どころ、新進気鋭の医師が部下になります。これは田口先生がこの『黎明棟』に君臨するために、避けては通れない必然の過程だとお考えください」

「え？」と言って、俺は口をあんぐり開ける。

長年ひとりでやってきた俺にとって、部下を指導するということほど向かないことはない。そもそも俺は、この病棟に君臨したいなんて、ひとかけらも考えたことないんですけど……。

そんなことを言う暇もなく、高階学長は受話器を取り上げている。

「今からその先生をお呼びしますので、二人で今後の方針を話し合ってください……

洲崎先生、お待たせしました。学長室にお越しください」

しばらくして、軽やかなノックの音がして扉が開き、長身の青年が顔を見せた。

ケーシースタイルの白衣を着て、その上から長袖の白衣を上着のように羽織っている。薄いブルーのシャツの清潔そうな袖が見え隠れしている。かなりのお洒落だ。

「初めまして。洲崎洋平と申します。有名な田口先生にお目に掛かれて光栄です」

すっかり忘れていたが昔、俺は人を見て動物に例えるクセがあったことを思い出す。というのもこの青年医師を見た瞬間、海の人気者、ラッコの姿が浮かんだからだ。

愛嬌ある仕草で愛されるラッコだが、やっていることは、腹の上に載せた石に貝をぶつけてたたき割って食べるという、相当野蛮なことだったりする。

高階学長が、新人のプロフィールを紹介する。

「洲崎先生は湘南大学医学部を卒業後、二年の初期研修を終え、湘南の市中病院の消化器内科に勤務されました。八年目の今年、一念発起して当院の『ホスピス棟』に就職を希望したんです。初期研修が私の母校・帝華大だったご縁で仲介を頼まれました」

現役だとすると医大卒業で二十四歳、二年の研修後八年目だと今は三十四歳か。

確かにキャリアアップを考える年頃だ。俺が不定愁訴外来を立ち上げたのも、俺の元部下で今は上司に逆転した兵藤クンが俺に絡んできたのも、そのお年頃だった。

俺は、高階学長を部屋の隅に引っ張っていって、小声で尋ねる。

「洲崎先生は、どういうポジションになるんですか？」

「『ホスピス棟』に就職希望ですから、彼のポジションを決定する権限は、上司である田口先生にあります。でも田口先生には人事採用権はありません。そこで私がこの部屋を退去するにあたり、置き土産で洲崎先生の採用を決めておきました」

そういうことなら、俺も採用面接の段階から参加したかったな、と思う。

「田口先生は今、採用するかどうかの決定権も欲しいな、と思いましたね？　それは権力者として当然の願望です。ですので今から、採用条件を決定する面接を行なおうと思いまして、こうして洲崎先生をお呼び立てしたわけです」

気がつくと高階学長のペースだ。だが俺は半分うろたえながらも半分は納得した。

そもそも今の俺の業務は「ホスピス棟」の主任者、「コロナ病棟」の統括者、それとほとんど忘れかけていたが不定愁訴外来の責任者で、前者のふたつは俺ひとりの手に余る。実態は「ホスピス棟」は看護師長の若月師長にお任せ、「コロナ病棟」はオレンジ病棟の如月師長と若月師長の「東城大の二名月」に丸投げだ。こうしたことが可能なのも「コロナ病棟」は軽症者が入院し、重症化した患者は「オレンジ病棟」でICUの佐藤部長が対応してくれているのに乗っかっているだけだからだ。

今の俺の業務は、患者の投薬変更が必要になったら呼び出されるくらいだ。

……とそこまで考えて、それってかつての高階病院長の仕事ぶりと瓜二つではないか、と気づいて愕然とする。これでは世間から「腹黒タヌキの懐刀」なんて後ろ指を指されても仕方ない。

　同時に考えた。今は二人の看護師長におんぶにだっこでのうのうとしているが、ここらでこの病棟も、医師がびしっと管理しなければならない頃合いかもしれない。

　それなら必要なのは、俺の立場に身代わり地蔵を引き込むこと、もとい、後継者を育てることなのではないか。すると、目の前の新人医師が、別の姿に見えてきた。

　――救世主。

　ひそひそ話をしている上司二人を見ている、新人クンの怪訝そうな視線が背中に痛いので、俺は「採用条件面接」に取りかかることにした。

　この時点で俺はいつものように高階学長の思惑にずっぽり嵌まっていたわけだが、迂闊で迂遠な俺は全く気づいていなかった。俺は咳払いをして、質問権を行使する。

「洲崎先生が医師を志したきっかけはなんですか」

「小学生の頃、級友が腎盂腎炎になり、透析になったんです。彼を治療する医師の姿を見て感動して、自分も医師になりたい、と考えたのです」

「消化器内科の専門から『ホスピス棟』へ転科を考えた動機はなんですか？」

「私は、内科で癌患者に対応していて、末期患者に対する医療が不備で、患者が行き場がないことに愕然とし、そうした患者の行き場を作ってあげたいと思ったのです」

洲崎医師の受け答えは満点で、そつのない好青年に見える。だが俺は、どことなく居心地の悪さを覚えた。はっきり言って苦手なタイプだ。

しかし、だからこそ俺の不備を補ってくれる人材なのかもしれない、とも思えた。

「私の下で働くことになると、『黎明棟』には『ホスピス棟』と『コロナ病棟』が併存していますので、コロナ患者の対応もお願いすることになります」

「え？ ホスピスとコロナの患者が一緒くたになっているのですか？ そんなことをしたら、ホスピス患者のリスクが高くなりませんか？」

「感染症のエキスパートの名村茫教授に感染予防対策を伝授していただき、かつてはホスピス入所者にコロナ患者の対応を手伝ってもらっていたこともありました。さすがに今はもうやっていませんが。現時点では『ホスピス棟』の入所者はかなり減っており、四人しかいません」

しばらく考えていた洲崎医師は、顔を上げると言う。

「できれば私は、コロナ患者の対応は免除していただきたいです」

へ？ と、俺は思わず絶句した。洲崎医師は続ける。

「私は末期患者も大切に思いますが、自分の人生も同じくらい大事に考えています。なので、よりよい自分の人生を送るため、多元的な業務はお断りしたいのです」

「そんなことを言われても……。そもそも実際の医療の業務は、割り切れなかったり、はみ出したりする部分がある。先生が拒否したら他の誰かが対応することになるよ」

「それでも『ホスピス棟』と『コロナ病棟』を、業務レベルから完全分離することが、チーム医療というものだと思います。以前勤務していた病院で週一回、発熱外来が始まり、当番にされたんですが、それが嫌で転職を決心したようなものです。ところで当直勤務はあるんですか？」

「軽症患者がほとんどで、医師は私一人しかいないので、当直は免除してもらい、その代わりに二十四時間のオンコール体制にしているんだ。緊急を要する場合はＩＣＵの救命救急ユニットに直接連絡がいくようになっているけどね」

「採用されたら、私もオンコール拘束されるんでしょうか」

「まあ、そういうことになるだろうね」

「それならオンコール拘束は先生と私で半分ずつにしませんか？　まさか田口先生は、全部部下にやらせるパワハラ体質の人ではないですよね？」

あまりに自分本位の言い草に、唖然を通り越して呆然とするしかない。

隣で高階学長が、くっくっくっと含み笑いをしている。

「ご要望は検討します。採用の可否は、履歴書にあるメアドにお知らせします」

「え？　私は採用されたのでは？　まさか田口先生の一存で、採用が取り消されたりするのですか？　それは権力の濫用です。『院内就業規定委員会』に訴えますよ」

う。そんな組織があるなんて、今日の今日まで知らなかった。俺はうろたえて言う。

「あ、いや、採用取り消しという意味では全然なくて、洲崎先生の就業形態を、希望に添って変えられるかどうかを検討するという意味で……」

「それなら、そんな紛らわしい言い方をしないでほしいです。そんな粗忽な表現をしてるから、帝国経済新聞ウェブの連載が、たった一回で終わってしまうんですよ」

げ、コイツは「イケメン内科医の健康万歳」なんていう超マイナーなウェブ連載までチェックしているのか、と俺はほんの少し恐怖心を抱いた。

この肌触り、どこかで感じたことがあるな、と考えていて、はたと手を打つ。

――そうか、兵藤クンと瓜二つの物言いなんだ。

俺に何かと絡んでくる廊下トンビ、今は准教授の兵藤クンにそっくりだ。見かけがラッコで、生息地が海と空とで、全然違うので気がつかなかったのだ。

「週明けの月曜から出勤してください」

俺が言うと、洲崎医師はうなずいて部屋を退出した。

俺が深々と吐息をつくと、高階学長が言った。

「やる気満々な好青年ですね。それにしても『院内就業規定委員会』が当院になかったのは手落ちでした。田口先生、よろしかったら組織を立ち上げ、委員長になっていただけませんか？」

「お断りします」

俺にしては珍しく即答すると、高階学長も珍しく、粘ろうとはしなかった。

週が明けた六月六日月曜日、洲崎医師は「ホスピス棟」で勤務を始めた。

学長室のひとつ下の二階に、旧病院時代の旧ＩＣＵがあり、その医局員室をヤツの部屋にした。机を準備しソファを揃(そろ)えると、いっぱしの医局員の居室になった。

ついでに隣のＩＣＵ部長室に机を置き、俺の居室にしつらえた。

洲崎医師は見かけ通り、根っからお洒落で意識高い系のシティボーイだった。

俺が若い頃は、医局の先輩から有益な処世術をいろいろ教わったものだ。

そのひとつに「三ヵ月の掟(おきて)」がある。あの頃は、研修先が一年毎に変わるプログラムの医局もあった。その時、新しい組織に着任したら、とりあえず三ヵ月間は、黙ってローカル・ルールに従え、というものだ。

俺には有意義な教えだったけれども、洲崎医師は、そんな口伝を受けずに育った世代のようだ。

驚いたことに着任翌日から、いきなり『自分ルール』を振り回し始めたのだ。

彼は『ホスピス棟』に在籍しながら、ホスピスの精神を否定し、そこで若月師長と衝突した。

しっかり者の若月師長がしきりに、俺にこぼした。

「緩和ケアを重視すべきだ、と洲崎先生はおっしゃるんです。でも、誰でもQOLの向上を目指して努力すべきだ、と言われてしまうと、受け止めかねる入所者もいらして。田口先生からなんとか言ってもらえませんか」

そうかと思うと、中堅どころの看護師が不満をぶちまけてくる。

「午後五時十分に患者さんに眠剤を処方してほしいとお願いしたら『私の勤務時間は十七時までで、勤務外だから田口先生にお願いしてください』と言われてしまって」

「まだ慣れていないけど、おいおいわかってくると思います。長い目で見てください」

俺は、彼女たちをなだめたが、そう簡単にはいかないだろうな、と感じていた。

勤務を始めて七日目、暴走ラッコ・洲崎は満を持して、俺に議論を吹っかけてきた。

「私は、田口先生の病棟の運営方針に異議があります。先輩にこんな指摘をするのは失礼ですが、先生には病棟運営の経営的センスが欠けていると思います」

確かに俺には病棟経営センスはない。だが勤務して一週間目の部下に面と向かって指摘されるとなると、話は違ってくる。俺はむっとした気持ちを押し隠して、訊ねる。

「それなら洲崎先生に、どう改善すればいいのか、ご教示願おうか」

「『ホスピス棟』を『緩和ケアユニット』に作り替えるべきだと思います。『ホスピス棟』は経営効率が悪く、経営上は緩和ケアの方がマシです。病棟にいる末期患者を診る臨床医の先生方は、投げ遣りに対応しがちです。人は必ず死ぬのに死の直前の対応が粗雑では豊かな医療といえません。それに治療を諦めた人が相手だと、ケアも甘くなります。生きたいと思う人のケアをベースにすれば、同じレベルでホスピス患者にもケアできるようになります」

う、と顔をしかめる。確かにそれは正論で、しかも痛いところを突いている。

それに、洲崎医師の言葉に、共感を覚えないでもない。

臨床医に切り捨てられる患者を、落ち穂のように拾い上げるというスタンスは、まさに俺が長年、居城の不定愁訴外来でやってきたことではないか。

「なるほど。洲崎先生の言うことも一理ある。じゃあどうすればいい、とお考えかな」

「『ホスピス棟』に『緩和ケアセンター』を併設すればいいんです。そうすればホスピス患者にも、きちんとした緩和ケアで対応でき、病棟のお荷物と言われる末期患者にも居場所ができます。このままではせっかくの病棟が、宝の持ち腐れになってしまいます」

ううむ、一理も二理もある言葉だが、なんだか釈然としない。

それは理想だが、洲崎医師には実績も現実的な裏付けもない。病院内部で企画を通すのは、今の彼には不可能だろう。とはいえ、青雲の志を抱いている若者に力を貸すのは年長者の義務かもしれない、とも思う。やむなく、俺は玉虫色の発言をした。

「洲崎先生の言っていることは、間違えてはいない。けれども理想的な組織を作るのは、そんなに簡単ではないよ」

「だからこそこうして、直属の上司の田口先生に、直談判しているのです。田口先生の後押しがあれば簡単なのでは、と思います」

このままでは埒があかないな、と思った俺は話題を変えた。

「考えておこう。ところで洲崎先生は、学生時代はサークルで何をやってたの？」

「サークルには入っていません。サーフィンが趣味で、湘南海岸が根城でした。二年の初期研修は帝華大学で箔を付けて、海岸に近い『湘南海浜病院』に就職したんです」

自分の人生の充実を最優先にする、完璧なシティボーイのキャリアだ。

きっと波乗りみたいにして、これまで人生をすいすい渡り歩いて来たのだろう。なんとなく興味が湧いたので、ヤツの前歴を訊ねてみた。

「洲崎先生が前に勤務していたのは、どんな病院だったんですか？」

「病床二百で小回りが利く病院でした。院長先生は湘南県医師会の会長で、コロナ発熱外来を引き受けたんです。本当は院長も私と同じでコロナ対応はイヤだったようなんですけどね。それで、その大変さを病院ブログで書き綴っていましたが、なぜかある日全削除してしまったので、今は読めなくなっています」

湘南県医師会の会長といえば、政権批判の急先鋒・彦根が目の敵にしていた、バリバリの政権擁護派ではないか。俺はさりげなく探りを入れてみる。

「政府のコロナ対策は二転三転、右往左往していたよね。コロナ対策で三代目となる国崎首相は、聞く力といいながらその実、聞き流す力だからなあ」

「ほんとに無為無策無能な国崎首相には一刻も早く辞めてもらいたいです。そして酸ヶ湯元首相か安保元大宰相に復帰してほしいですね。あのふたりのコロナ対策は完璧でしたから」

　びっくりした俺は、思わず訊ね返した。

「え？　本当にそう思ってるの？　あの『アボノマスク』も対策として完璧だったと？」

「『アボノマスク』はさすがに使えない代物です。でも安保さんのおかげで、悪徳業者が買い占めたマスクが市場に放出され、結果的にマスクの市場供給を果たしたのです。『湘南海浜病院』の院長もスタッフも、あの時は感謝の気持ちで一杯でした」

　まさか悪評高い「アボノマスク」を評価する医療従事者がいたとは、夢にも思わなかった。

　どうやら洲崎医師は「安保礼賛」の保守系医師の気がありそうだ。若手医師に多いと聞いてはいたが、実際に目のあたりにしたのは初めてだった。

　定時になり、さっさと医局を後にした洲崎医師を見送りながら、俺は溜め息をつく。

　洲崎医師を見ていると、俺たちの年代の医師とは断絶がある気がする。

俺たちの若い頃は、下っ端は滅私奉公、どんな無理難題でも、とりあえず「はい」というのがデフォルトだった。まあ、そこで是々非々が言えるようになったのは、いいことだろう。

それには研修制度の根本的な変革が関係しているようにも思われる。

俺たちの時代は九割の新人医師が、卒業と同時に大学の医局で研修していた。大学病院に人材が集まり、社会的なニーズも満たした。その裏返しで研修医は滅私奉公を強いられた。ただ教える側も自分たちの戦力になるので、指導には熱が入った。

二〇〇四年から導入された現在の新臨床研修医制度は創設理念に「医師としての人格涵養（かんよう）、患者を全人的に診る診療能力の修得、研修に専念できる環境整備」の三本柱を掲げる。大学病院を中心とした研修医制度の問題点も容赦なく糾弾された。

「従来の臨床研修制度は、大部分が大学病院で行われ、研修指導医は大学病院の専門医・認定医があたった。だが大学病院は紹介患者が多く、プライマリ・ケアの初診症例の確保が困難である」

かくして新人医師には、二年の初期研修が義務づけられた。

二〇〇一年頃、研修医の七割が大学病院で研修し、四割は出身大学の医局に所属し、単一診療科によるストレート方式の研修を受けていた。それは「病気を診るが、患者を診ない」という専門バカの医師を輩出する制度だという批判が絶えなかった。

そこで厚労省は、幅広い診療能力が得られるスーパーローテート方式の導入を目論んだ。最初の一年の前期研修は、基本研修科目の内科、外科、救急（麻酔を含む）が挙げられ、内科は六ヵ月以上が望ましい。後期研修は小児科、産婦人科、精神科、地域保健・医療の必修科目をそれぞれ一ヵ月以上研修する。研修病院は病床が三百以上の中規模以上で、これは症例数の確保による。指導医は経験が十年以上、そして剖検率は三十パーセント以上とされている。

もちろん、そうした改革に、理があることには反論するつもりはない。

だが厚労官僚は医療現場の実態をよく理解せず、「理念」で改革を断行した。厚労省の役人自身が「単一診療科によるストレート方式の研修を受け」、「表層的な医療問題を取り上げるが、根底に横たわる社会問題を見ない」という、専門バカになり果てていた。厚労官僚が密かに目指した真の目的は、大学病院に集中していた医療の権限を分散させることだった。そしてそれは見事に成功を収めた。

かくして大学病院は、新臨床研修制度の導入で致命的な打撃を受け、凋落（ちょうらく）した。

その頃、俺は大学病院の中堅どころに移行する頃だった。新人が二年間、医局に入らなくなり、下積みの仕事の年季が二年、延長されたという不遇の世代である。

新臨床研修制度には、もちろんいい点もある。研修医のＱＯＬが相当配慮されていることだ。

中でも、新人研修医の労働にきちんと給料が払われるのは、とてもいいことだ。

何を当たり前のことを言っているのだろう、と思うかもしれない。だが俺たちの世代は、新人は医局に属しながら正式なポジションがなく給与はゼロだった。なので週一回、関連病院のバイトに出向くことが暗黙の約束で、そのバイト病院は医局が紹介してくれた。研修医の生活はハードワークで、しかもかつかつで、ギリギリだった。

それを思えば、研修先から正式に給料が出るというのは、夢のような厚遇だ。

厚労省が臨床研修制度の三本柱の一本に「アルバイトをせずに研修に専念できる環境作り」を挙げたのは、杓子定規で先例至上主義の厚労省にしては画期的だった。

だがそれは当然で、むしろその問題が放置されてきた医療界の宿痾が問題だった。

医療現場に衝撃を与えた「働き方改革」もある。医師は特殊で、「労働基準法」の適用外とされていた。

国民の基本的人権を守る法律が適用されなかったのだから、酷い扱いである。

この臨床研修制度のキモは、上級医のオンコール体制が確保されていることだ。つまり新人は常に命綱を確保されている。その分、上級医の負担は増えるという寸法だ。

俺たちの世代は、若い頃は収入が確保されない不安定な労働環境で無茶な業務をさせられ、年を取った今は、若手を守るためにしわ寄せを食っている不公平感がある。

だが医療現場が改善されるなら、我々の世代が我慢しなければならないのだろう。

とは言うものの、その成果が洲崎医師のように、権利を最大限に主張し義務は最小化する、合理的で利己的な医師を輩出することにつながっているのも事実である。

研修施設病院の医師には、更に過酷な義務が課されている。

指導体制の充実、研修管理委員会の設置、プログラム責任者の設置、臨床研修指導医の資格などが定められ、研修管理委員会では研修プログラムの作成、研修プログラム相互間の調整、研修医の管理及び採用・中断・修了の際の評価など、臨床研修の統括管理を任されている。

それは研修医の生殺与奪を握るもので、それ故にデリケートな対応も要求される。加えて細かく規定された年次報告を毎年、厚労省医事課に提出しなければならない。病院内の評判で、「委員会至上主義の肩書きマニア」というあらぬ誤解を受けている俺だが、幸か不幸か、これまで研修管理委員会には、とんとご縁がなかった。研修医教育という厄介事に巻き込まれてこなかったのは、俺にしては珍しく幸運だった。

けれどもそんなツキも、暴走ラッコ・洲崎という、中堅医師の上司となったことで、これまで積み重ねたチップを一気に全て吐き出してしまったような気分になった。

もっとも、そうした不運はまだ序の口だったということを、後にイヤというほど思い知らされてしまうのではあるけれど。

3章　吹き荒れる青嵐

六月三十日　旧病院『黎明棟』３Ｆ・学長室

六月末、ニイニイゼミと耳鳴りが喧しく二重奏を奏でる中、引っ越しが完了した。

ついに高階学長と俺の部屋の「取り替えっこ」が実現してしまったのだ。

けれども部屋に俺の私物はほとんどない。高階学長と交渉し、部屋の荷物はそのままにして、身ひとつだけ入れ替えることにしたのだ。

「それでは気分が変わらないので、イヤです」と高階学長はダダをこねた。

けれども元の俺の部屋には書類や書籍を収める本棚もなく、「新たに書棚を購入するしかないですね」と俺が言うと、「隠居をするのに余計な金を掛けるなんて、本末転倒です」と却下された。

だがそうなると必然的に「身体だけ取り替えっこ」にならざるを得ない。

高階学長にしてみれば、痛し痒しだろう。

幸い、荷造りは始めたばかりだったので、書類や本を書棚に戻せばこと足りた。

学長室の黒檀の机を前にして革張りの椅子に腰を沈めると、「俺もここまで昇り詰めたか」なんていう、意味不明な感慨が浮かんできたので、あわてて吹き消した。

あぶないあぶない。

でも、三階の居室が決まった俺は、窓から見る桜宮市街の遠望には酔いしれた。

これくらいはいいだろう、と自分に許したところもある。

俺は二階の元ICU部長室に、俺の数少ない家財道具であるコーヒーメーカーとパソコン、二十冊ほどの文庫本、昔から集めていたミニボトルのコレクションなどを、台車で運び込んだ。

こうして俺は旧病院の三階の元学長室と、二階の旧ICU部長室の両方を居室とすることになった。今さらながらの「居室お大尽」である。

一方、「ホスピス棟」で勤務を始めた洲崎医師の評価は真っ二つに割れていた。

彼の融通の利かない働きぶりは、病棟の看護師たちから大不評を買っていた。なにしろ壁一枚隔てたコロナ患者になると、処方にも触ろうとしないのだから。

全然違う科が共存している病棟では、基本的に他科の患者には手を出さない。だが事後承諾で、眠剤や下剤など対症療法的な処方で、急ぎのものを出すくらいのことはする。まして俺は「黎明棟」で「ホスピス棟」と「コロナ病棟」の両方の責任者だ。

そして洲崎医師は俺の直属の部下なのだから、両方の患者に対応するのは当たり前のことだ。ところがヤツは頑（かたく）なにコロナ患者対応を拒否し続けた。

その理屈が実に奮っている。

「ホスピス患者は免疫力が低下している人が大部分です。そこに感染力が凄まじいコロナウイルス感染者が入ってきたらひとたまりもない。だからスタッフも完全に分離した方が安全です」

その理屈は基本的に正しいので、俺も説得しきれない。

こうして俺が説得しても全く屈することなく、初志を貫徹した暴走ラッコ・洲崎は、まんまと「ホスピス棟医長」という、お望み通りの肩書きを手に入れたのである。

俺はやむなく、洲崎医長の居室に「ホスピス棟医局員室」、俺の部長室に「コロナ病棟部長室」という看板を掲げて、新たな事態に対応した。

看護師にも、手間が掛かるコロナ患者のケアを厭う者がいる。そんな反対勢力が洲崎医長の下に結集しつつある気配もあり、それがまた若月師長を苛立たせた。

洲崎医長の指摘がもっともなのは、ワクチン問題とコロナ患者の変容があるからだ。治療を拒否する末期癌の「ホスピス棟」入所者は、もともと体力や抵抗力が落ちている上に、ワクチン接種を拒否しがちである。そんな入所者がコロナウイルスと接触すると、たちまち重症化し、治療を拒否するのであっという間に亡くなってしまう。

現にここ二ヵ月でホスピス入所者は三名亡くなったが、そのうち二名がコロナ関連死だった。

最近、コロナ罹患の重症者が減っているのに死者が漸増しているのは、人工呼吸器を装着する患者のみを重症者とカウントするという、コロナ対応の特殊さに起因する数字のトリックなのだ。

昨年末に南アフリカで出現した、新型コロナウイルスの亜種の「オミクロン株」の「ＢＡ．１」が二月に日本で大流行し、一日の新規感染者数が、十万人を超えるという「第６波」になった。

「ＢＡ．１」の流行が下火になると、今度は少し異なる変異の「ＢＡ．２」が、三月から六月にかけての流行を下支えしている。

「オミクロン株」は弱毒性で重症化することが少ない、と言われている。そうしたことも人々の油断を誘起している。だがたとえ死亡率が低くても、感染者が増えれば死者も比例して増える。

こうして感染拡大には歯止めが利かなくなっていく。

コロナ罹患患者が再び急増しつつある中、コロナ対応も変化を余儀なくされている。

かつて俺は、感染学の第一人者の蝦夷大学感染症学教室・名村茫教授にレクチャーを受けた。

感染症対策のエキスパート・名村教授の原則は「体内に入れない、医療現場に入れない」という単純なもので、個人の身体と医療現場の二系統の防衛ラインの確立を徹底することに尽きた。

後者の「医療現場」での防御線を死守する手法は、発熱外来を設置し、感染疑いの患者を隔離ホテルに収容し、ＰＣＲ検査陽性者は専用病棟に入院させるというものだ。だが名村教授直伝の「コロナ防衛線構築術」は、意味を成さなくなりつつある。

かつてはうまくいき、俺が仕切る「ホスピス棟」を「コロナ専用病棟」に転用し、クルーズ船の集団感染者百十一名を受け入れながら院内感染ゼロを達成し、「奇跡の病院」と絶賛された。だがその後、院内クラスターが発生すると名声はたちまち地に落ちて、東城大病院は非難の渦にさらされ、崩壊の一歩手前まで行ってしまった。

あれから一年、一見立ち直ったかのように見えるが、あれ以後も新病院の各病棟でコロナ感染の院内クラスターが発生していた。「黎明棟」の「コロナ病棟」が、満員ながら比較的落ち着いたように見えるのは、本丸の新病院が半ば「コロナ感染病棟」と化していたためである。

「名村プリンシプル」は完全に崩壊した。市中にコロナ感染者が蔓延すれば、コロナフリー領域の構築が困難になるのは当たり前だ。

コロナが蔓延したもうひとつの理由は、皮肉にもコロナワクチン接種が推進されたためだ。

そもそもワクチン接種は、感染予防を期待するものではなく、重篤化を防ぐものである。そうすると、軽症や無症状で本人が感染に気づかなかったり、感染したと思っても軽症ならば申請しなかったりする。行動制限を掛けられるから申告しない人たちも多いはずだ。

それは、インフルエンザに罹っても、仕事を休もうとしないサラリーマンが大勢いたのと同じことだ。

加えて医療従事者は通常、コロナワクチンを五度も接種している。

すると医療スタッフに、無症状のコロナ罹患者が続出する。そして現在流行中の感染力が強力なオミクロン株が一旦病棟に持ち込まれればたちまち蔓延し、病棟閉鎖となる。入院患者の受け入れが難しくなり通常の診療が滞り、患者を乗せた救急車は行き先を失い、立ち往生する。

メディアはそれを『医療崩壊（メディカル・コラプス）』と呼んでいたが、現場で医療に当たる俺の実感では『医療麻痺（メディカル・パラライシス）』と表現した方が的確な感じがする。

現在、コロナが重症化しにくくなったがために、市民や政府の危機感は薄い。ならばどうすればいいのかというアイディアは、今の俺には思い浮かばない。

洲崎医長に関する話題が、ついコロナに脱線してしまった。喫緊の課題は、洲崎医長の提案に対し俺の考えを提示し、交渉することだ。

とりあえずオンコール待機も上司の俺と部下の洲崎医長とで半分こにした。もともと自分だけで対応していたのが、半分になったので問題はない。

だが半々になったのは「ホスピス棟」待機の部分だけで「コロナ病棟」の部分は全部俺が診ることは変わらない。

「黎明棟」の業務を正方形の折り紙とすると、縦半分に折って右半分が「ホスピス棟」、左半分が「コロナ病棟」の業務になる。次にそれを上下に半分に折ると上半分が俺、下半分が洲崎医長になる。

すると洲崎医長の担当は、四つの小さな正方形のひとつだけで、残りの四分の三は、俺の係になる。おまけにその小さなひとつの正方形も、「コロナ病棟」に俺がオンコールで呼ばれると、ついでにやらされることになる。

「『ホスピス棟』の高田さんの処方を洲崎先生にお願いしたついでに『コロナ病棟』の中津さんの眠剤の処方をお願いしたら、『コロナ病棟』の話は田口先生に聞いてくれ、と言われまして」などと看護師に言われると、なんだかなあ、と思ってしまう。

四分の一の正方形の業務に固執する洲崎医長の考え方は、俺には理解できない。

暴走ラッコ・洲崎とは、新臨床研修制度の落とし子が医療現場に襲いかかる「働き方改革」の理念をいち早く取り入れた、ブランニュー・タイプかもしれない。

ただ、それでも俺が洲崎医長を切れないのには理由がある。

「ホスピス棟医長」の肩書きを実力行使で奪取しただけあって、受け持ち患者に対するケアは細やかだった。彼はメイン業務を「緩和ケア」に限定したがっている。その根本精神は、あくまでも治療による快癒を目指す方向性にある。しかしそれは病状を受け入れ、穏やかな死を考えるホスピスの理念とは真っ向から対立してしまう。

そうなると「ホスピス棟」の女帝、若月師長と衝突するのは必然だろう。

「田口先生、洲崎先生なんですけど、中津さんに、抗がん剤の新薬をためしてみないか、と言ったんです」と若月師長が俺に苦情を言う。

「う、それはいけませんね」

「ええ、それは『ホスピス棟』の入所者にはタブー行為です。末期癌で治療法がないことに絶望しながらも、折り合いをつけて死を受容しようとしている入所者に、癌の治療をしないかと持ちかけたら、患者の精神状態を不安定にしかねません」

俺は若月師長の苛立ちをなだめるので精一杯だ。

こんな風に、洲崎医長は「ホスピス棟」の秩序を乱す問題児だった。

けれども彼は一部の患者や看護師から、熱烈な支持を受けてもいる。

俺は「黎明棟」の患者対応の大部分を看護師に丸投げ、もとい、全面的な協力の下で委託していた。裏付けは二〇一五年十月に制定された「看護師特定行為」である。

それをフル活用すべく、「特定行為に係る看護師の研修制度」を東城大に導入するため、責任者にもなった。正確には、もともと不定愁訴外来担当が主業務だった俺が、「ホスピス棟」の責任者を兼務させられた時、病棟の若月師長ができるだけ俺の負担を減らすために見つけてくれた新制度だった。

「看護師特定行為」は、二〇二五年に団塊の世代が七五歳以上となり高齢化が進展する社会情勢に対応するための制度だった。医療資源は限られているので看護師に速やかな対応を期待し、急性期医療から在宅医療等を支える看護師を、計画的に養成することを目的とする。

特定行為は二十一区分あり、呼吸器関連、循環器関連、ドレーン管理、瘻孔管理、創傷や褥瘡の処置、動脈採血や橈骨動脈ライン確保、血液透析器の操作と管理、感染徴候に対する薬剤の臨時投与、インスリンの投与量の調整、硬膜外カテーテルによる鎮痛剤や、持続点滴中の降圧剤・糖質輸液・電解質輸液・利尿剤の投与量調整など多岐にわたる。こうして列記すると仰々しいが、病棟のルーティン・ワークに近く、俺が駆け出しの頃は大学病院では下っ端の研修医の仕事だった。それを看護師さんが対応してくれれば、医師の労力は相当軽減される。そこで大学病院に導入するなら研修制度を導入した方が手っ取り早い、と考えたのがオレンジ新棟の暴走娘（娘というが、彼女もアラフォーだ）の如月翔子師長だ。

要はいつものように、俺は便利屋としてこき使われたわけだ。飛びついた俺も軽率だったが、このケースに限っては俺の業務と責任も軽減するので、あながち失敗というわけでもなかった。唯一の誤算は、研修施設の資格を得るため膨大な書類提出と膨大な研修が必要になったことだ。

細密な手順書も作成しなければならない。手順書は医師が看護師に診療の補助を行なわせるため指示する文書で、「診療補助を行なわせる患者の病状範囲」、「診療の補助の内容」等を定め、記載事項では患者の病状の範囲、診療補助の内容、特定行為の対象患者、確認事項、医師との連絡体制と報告方法などを細密に決めておかなければならない。

手順書作りは煩雑な事務作業で、俺の上半期の全精力は燃え尽きてしまった。

だがおかげで、その後の病棟管理は格段に楽になった。

俺と若月師長は、そんな風に苦労を共にしてきた戦友だったので、信頼関係は厚い。そんな俺が元学長室で、破格の新人に頭を抱えていると、如月師長が現れた。

「あら、田口先生ってば、そうやって学長室の机に座っている姿が意外にお似合いね。いよいよ、高階先生の名跡を襲名披露するのかしら」

「からかうのはやめてください。一刻も早く、高階先生にこの部屋をお返ししたいんですから。如月さんは、何かいいアイディアを思いつきませんか?」

「無理ね。だってちょうどいい頃合いなんだもの。田口先生はそろそろ、これくらい偉ぶらないと、いつまでも舐められっぱなしよ」

「偉ぶりたいとは思いませんが、舐められているせいで新人に手を焼いてましてね」

「聞いてる。洲崎先生って、かなりの人みたいね。若月さんが猛烈に愚痴ってるもの。あの人がこんなにめげているのは初めて見たわ」

「ホスピス入所者に積極的な癌治療を提案したら、若月師長が困惑するのは当然です」

その言葉をきっかけに、俺の中に溜まっていた暴走ラッコへの苛立ちが噴き出した。不思議なもので如月師長に話をすると、塞いでいた気持ちが晴れてきた。

如月師長は、にっこり笑って、言う。

「これまでどんな不満も聞き遂げていた田口先生が、こんな風に愚痴るのを聞くのは初めてだわ。これっていつもと立場が真逆よね」

言われて気がついた。俺がこれまでやってきたのは、こういうことだったのか。

それなら全く無意味なことではなかったのかもしれないな、と初めて実感できた。

そんな俺の様子を見て、如月師長は両手をぱん、と打つ。

「若月さんも田口先生も上司として、部下の洲崎先生と意思の疎通がうまくいっていないのね。それならみんなでとことん話し合えばいいわ。気にくわない者同士が殴り合って夕陽が沈む頃、ぼろぼろになって草むらに寝そべり、『お前、なかなかやるな』

『ああ、貴様もな』とか言って以後、熱い友情を交わす、熱血少年漫画の定番よ。それに洲崎先生の言うことも、もっともだわ。わずかでも希望があれば、少しでもいい状態にするのは医療人の務めでしょ」

そうだ、そういえばすっかり忘れていたのだが、如月師長は、雨が降ろうが槍が降ろうが、病人や怪我人を生に引き戻すことを至上の命題とする北の防人、速水晃一の一番弟子だったっけ。

いっそ、暴走ラッコに熨斗をつけて、極北救命救急センターに送りつけてやろうか、と思ったが、そんなことをしたら、受け取り拒否で送り返されてくるのがオチだ。

洲崎医師は、俺が知る、どの医師のクライテリアにも入らない新人類のようだ。

ここで如月師長が思い切ったことを言った。いや、この程度は彼女には通常運行だろうけど。

「わかった。結局、田口先生は初めて部下を持ったものだからどう対処していいかわからない、若月師長はホスピスの精神に則らない新人の教育に手を焼いている、ここは、あたしの出番ね。『黎明棟』の上層部会議を開催しましょう。ここにその新顔先生と若月師長を呼んでください」

「え、あの、如月さんは『黎明棟』の所属ではないのでは？」

すると如月師長は笑いながら、俺の背中をばあん、と叩いた。

「堅いこと言いっこナシ。そんな細かいことを気にしてるから、田口先生は行き詰まっちゃうの。田口先生はお偉いさんなんだから、ここはあたしに任せて、どーんと構えていればいいのよ」

三十分後。俺は三階の旧学長室で四人分の珈琲を淹れていた。

俺が居住するこの部屋は学長室ではないが、ここにあるのは全て高階学長の私物だ。だから表札を掛け替えて、「黎明棟司令室」とか「不定愁訴外来出張所」とする気にはなれない。

如月さんが珈琲をひと口飲んだところに、ノックの音がした。

黒い鞄を手にした洲崎医長と、若月師長が連れ立って入ってくる。

「なあんだ、一緒にくるなんて、仲良しなんじゃない」

「冗談はやめてください。洲崎先生には本当に困らされているんですから。さっきまでホスピス入所者に、勝手に健康食品を勧めていたんですよ」と若月師長が如月師長に言いつける。

「それはダメだよ。病棟内で医薬品外のものを推薦するなんて言語道断だ。そもそも癌に効果があると謳われている医薬品以外で、本当に実効性があるものはほとんどないからね」

俺はすかさず、洲崎医長をたしなめる。

末期患者や家族が藁にもすがる思いで、医薬部外品のあやしげな健康食品やサプリに手を出すことは、よくある。「ホスピス棟」での俺の主要な業務のひとつが、そうしたものは人畜無害の気休めにすぎない、と諄々と諭すことだった。

「頭ごなしに否定しないでください。『効果性表示食品』は消費者庁のお墨付き、値段も安くてコンビニのおやつより割高な程度で気が休まるなら安いものでしょう。実物を見てから判断してほしいです。食品類は時間が掛かるでしょうが、手始めに病棟に導入したいのはこれです」

そう言って洲崎医長が鞄から取り出したのは、銀色に光るシャワーヘッドだった。

「石鹸を使わずシャワーだけで汚れが落ちる『マジカルミラクルシャワーヘッド』という製品です。原理は『ミニチュアバブル』を発生させ、ホスピス棟の末期患者さんに多い皮膚病変や褥瘡に効果があり、アトピー性皮膚炎にも効くそうです」

好奇心旺盛な如月師長が、早速手に取って上下左右から眺めた。そして、ほい、と、若月師長に手渡した。すると、若月師長も恐る恐るシャワーヘッドを眺めていたが、やがてテーブルの上に置いた。

「本当にこんなものに、そんな効果があるんでしょうか」

「治験で結果が出ている、とホームページにあるので大丈夫でしょう」

なおも不安げに眺めている若月師長に、如月師長が言う。

「若月さんも昔、ナノバブル水を導入しようとしたことがあったわよね」

「いえ、あれにはちゃんとした裏付けがあって……」

如月師長は、両手を広げて「オー・マイ・ガッド」と言い、続けた。

「あたしには今の若月さんが、昔あなたが反発した黒沼(くろぬま)前師長の分身みたいに見えるんだけど。あの頃若月さんは新しい『ホスピス棟』を作ろうと燃えてたじゃない。洲崎先生のやりたいことって、若月さんの理想とそんなに違わないんじゃない？　それは富士山に登るのに、静岡県からの『御殿場(ごてんば)ルート』や、山梨県からの『吉田(よしだ)ルート』があるようなものよ」

如月師長は、シャワーヘッドを洲崎医長に返しながら訊ねる。

「これは先生の私物なの？」

「そうです。前の病院でシンポジウムが開かれた時、配布されたんです」

「これっておいくら？」

「消費税込みでたった四万円です。しかも今ならミシシッピの商品券のおまけつきなので、超お買い得です。それにお試し期間一ヵ月の間は返品可能で良心的だし」

「でも四万円だと、シャワーヘッドとしてはかなりお高いわね」

如月師長のツッコミに、洲崎医長はあからさまにむっとした表情をした。

まずい。俺は二人の間に割って入る。

「とにかく責任者として私も調べてみよう。実際に導入するかどうかは、それから決めさせてもらう。それでいいね」

「それは仕方ないです。でもこの際、『ホスピス棟』を改組し緩和ケアを主体にしていく件も検討してほしいです。『ホスピス棟』は、きちんとやって患者の満足度が上がれば上がるほど儲けは悪くなるという、地獄のデフレスパイラル構造ですから」

「洲崎君は、儲けることがそんなに重要だと思っているのかい？」

「当たり前です。儲からなければ、きちんと治療もできなくなりますから」

言いたいことを言うと、洲崎医長は腕時計を見て立ち上がる。

「他に話し合うことがなければ、これで失礼します。受け持ち患者を回診しないと、十七時に退勤できなくなってしまうので……」

そう言って洲崎医長は部屋を出て行った。

残された三人は、呆然とその後ろ姿を見送った。

如月師長は、珈琲を飲み干して言う。

「なかなかスマートな先生じゃない。あたしのタイプじゃないけど、言いたいことをはっきり言うのは嫌いじゃないかも」

まさか如月師長が、わがままラッコ・洲崎の支持派に回るとは……。

俺と若月師長がびっくりして、如月師長の顔を見る。如月師長は、淡々と続けた。

「なんだかいいように引っかき回されてしまった気もするけど、これっていいサインだと思うのよね。あたしたちはここんとこずっと、コロナに振り回されっぱなしで、すっかりそれでよしとして、なんだかそんな状況に慣れきってた。でも、忘れてたけど、今のまんまでいいはずがない。若月さんも田口先生も、そしてここから退去した高階先生も、思い切った変化を必要としていたのよ、きっと……」

如月師長の前向きでポジティブな言葉には、かなり驚かされた。

俺の隣で、若月師長が考え込んでいた。

如月師長の言葉が一番響いていたのは、彼女だったのかもしれない。

＊

何とかして変わらなければ、という焦燥感は、世の中にも溢(あふ)れていた。

だがそうした動きを抑え込もうとする、不明瞭で巨大な何かも蠢(うごめ)いていた。

昨年暮れ、帝国放送協会（ＴＨＫ）は、「二〇二〇東京五輪」の公式記録映画を撮影した女流映画監督の軌跡を追う、公式記録映画のスピンオフ的な番組を製作した。

その番組に出演した男性の発言に「五輪反対デモにお金をもらって参加した」とい

うテロップをつけたが、男性はそんなことは言わなかったと判明し、ＢＰＯ（放送倫理・番組向上機構）の審議入り事項となった。内部調査チームは現場の失敗として「深くお詫び」したが、最大の被害者である、自由であるべき表現を金で買ったと誤解されたデモの主催者には謝罪しなかった。

放送法では放送事業者に「報道は事実を枉げないこと」と「政治的に公平であること」が求められる。だがＴＨＫの報道姿勢には「公権力に逆らう人を疎ましく感じる意識」や「人はカネでしか動かないという偏見」があったようだ。

大会終了十ヵ月後の六月下旬、五輪大会を運営した五輪組織委員会が最後の理事会を開いた。ここでは崩れかけた五輪をギリギリで支えた三人官女の二人が久しぶりに顔を合わせた。

衆議院議員の橋広厚子ＪＯＣ委員長と東京都知事の小日向美湖である。残り一人の五輪担当大臣・泥川丸代は五輪終了と共に役職を解かれていた。彼女は何とかこの儀式に潜り込もうとしたが、老獪な小日向美湖に阻まれてしまったのだという。

橋広厚子会長はしれっと、大会経費は最終的に一兆五千億円になったと報告した。招致した時の予算は七千億円だが、蓋を開けてみると経費は二倍に膨れ上がった。

五輪のため都内に新設された競技場は七つあり、建設費用は三千億円に上る。維持管理費など十億円を超える赤字の見通しで土地賃借料も十億円。

競泳会場の東京アクアティクスセンターも毎年六億円の赤字の見込みだという。

他にも五施設あって、そこで毎年生じる巨額の赤字は全て、都民の税金によって賄われる。

まさに「負のレガシー」である。

しかし橋広委員長は「組織委員会の解散後も引き続き、東京大会のレガシーを未来につなぎ、世界と未来をより良い方向へ変えていくため、ご尽力をお願いを申し上げたい」と能天気に言い、小日向東京都知事もしゃあしゃあと「これらのレガシーをさらに磨き上げてまいります」と述べて、最後の会見を締めくくった。

だが五輪実施で利益を得た人や組織は、巨大な負債の補塡はせず、都民と国民にツケを回して、自分たちはのうのうと我が世の春を謳歌している。

大泉内閣時代から、日本経済界を牛耳ってきた元総務相で、人材派遣会社「ダンボ」の会長に君臨している政商・竹輪拓三や、あらゆる官製事業に必ず顔を出して仕切る国策的な企業の筆頭である広告代理店「電痛」などが、その代表である。

彼らは巨額の利益を手にするが、損失の補塡をすることは決してしない。

あぶく銭の上澄みを手に入れ、残った滓は市民にツケ回しするだけだ。

だが安保元首相や酸ヶ湯前首相が健在の間は、彼らに寄りかかる「中抜きハイエナ」たちが、没落することは絶対にないのだろう。

絶望的な状況だが、市民はそうした欺瞞（ぎまん）と圧政にすっかり馴らされてしまっている。

二〇二二年も半分が終わろうとしていた六月の日本は、そんなどんよりとした黒雲が重く垂れ込め、晴れる気配がない陰鬱な空気に覆われていた。

我々が乗っている日本丸という船は、ゆっくりと沈没しつつあった。

出口は見えなかった。

もがこうにも、そのやり方すらわからなかった。

平和ではあるが、閉塞していたそんな日本にある日、二発の銃声が響き渡った。

それが、その後の日本を、大きく揺り動かすことになったのである。

4章　二発の銃弾

七月八日　旧病院『黎明棟』3F・学長室

七月になり、外で鳴く蟬は、ニイニイゼミからアブラゼミにバトンタッチしていた。けれども俺の耳鳴りは、相変わらずニイニイゼミのままだ。まあ、アブラゼミの方がやかましいので、助かっている、と言えばいいのだろう。

俺は元学長室の窓際に立ち、窓の外に広がる桜宮湾を眺めている。

この景色を存分に見られることだけが、ここに引っ越してよかったと思えることだ。

それ以外は、気苦労ばかりが多い。

目下、俺を悩ませているのが、初めて持った部下、洲崎医長のことだ。

机の上には、ヤツが導入を目指す「効果性表示食品」の資料が山積みだ。

胡散(うさん)臭いが、否定材料も見つからない。ひと言で言えば人畜無害の代物だ。

深々とため息をつくと、背後で声がした。

「お疲れのようですね、田口先生」

俺は振り返り、ソファに座った高階学長を見た。

ここのところ高階学長は毎日のようにこの部屋にやってきては、珈琲を飲んでいく。

「そろそろ『居室取り替えっこ』は止めませんか？　あそこは居心地が悪いでしょう」

高階学長はテーブルの上に置かれたシャワーヘッドを手に取って眺めながら答える。

「いえいえ、愚痴外来は快適ですよ。あそこにいると世捨て人になれる気がします」

「それならどうして、毎日のようにここにお見えになるんですか？」

「どうしてって……。私がここに来たらご迷惑ですか？」

「いえ、別に、そんなことはないんですけど……」

実はかなり迷惑なのだが、そんなことを面と向かって言えるはずもなく……。

「実は田口先生が、新人の扱いでお困りだというウワサを聞きましてね。彼を採用した私にも、多少は責任がありますので、申し訳なく思っているのですよ」

「まあ、何とかやっています。少しズレているところもありますが、基本的に一所懸命ですので」

「でも、こんなものを導入したがっているなんて、かなりの問題児ですね」

テーブルの上に散らばった資料をぱらぱらと流し読みして、高階学長が言う。

「『効果性表示食品』ってどんなものか、ご存じなんですか？」

「私もよく知らないのですが、少なくとも資料を読む限り、かなり胡散臭いですね」

「そうなんですよね。でも特段、害もなさそうなのできつく言えず、かなり苦慮しています。そのシャワーヘッドも、準拠する『効果性表示物品』なんだそうです」

俺がテーブルの上に置きっぱなしのシャワーヘッドを指さすと、高階学長はそれを手に取りながら、ぽつんと言う。

「あえて禁止するまでもないから却(かえ)って厄介だ、というのは全く同感です。そうそう、胡散臭いと言えば今日の午後、安保元首相が桜宮駅前で演説会をするそうですよ」

俺は窓の外、桜宮駅の方角を見遣った。

「そういえば今度の日曜は参議院選挙でしたね。すっかり忘れてました。国崎首相が誕生して、もう一年近く経(た)ったんですね。何をしたわけでもないのに、支持率が高いのが不思議です」

国崎首相の世論調査での支持率は常に六割と高止まりしていた。彼は総理に就任前、自分には「聞く力」があると言い、「国崎メモ」なる手帳に細々としたメモを取っている、と見せびらかしたが、中身は見せなかった。

「丁寧に説明して、検討する」という決まり文句を繰り返すために、ついたあだ名が「遣唐使」。

「国崎首相が、あまりにも何もしないので、政権を投げ出した酸ヶ湯前首相が再起を狙い、病気リタイアした安保元首相まで四選を目指しているというウワサもあって、なんだか外れクジしか残っていない福引きを引かされるみたいな気分です」

俺の言葉にうなずいた高階学長が言う。

「市民は実のない政治家の言葉に不信感を募らせていますね。『戸外ではマスク着用は不要』と猛暑に備えて政府が珍しくまともなことを言ったのに、誰も信用していませんから」

確かにここ三代ほど、自保党総裁の総理大臣の言葉は、悲しいほど実がない。

安保元首相は国会で百八回（くらい）嘘をついたと公式に認定された、大嘘つき。

酸ヶ湯前首相は、聞く耳を持たず、感情を伴わない紋切り型の一言居士。

今の国崎首相は、何を言っても小手先なので「口先首相」と揶揄されている。

三代が雁首揃えて、言葉に実がないという、情けない共通点がある。

「今回は突然決まったゲリラ応援演説のようですから、さぞ警備も大変でしょう」

桜宮駅の方角を眺めた。ここから駅は見えないが、なんとなく人が多い気もする。

いや、さすがに気のせいか。

しばらくして、市警察署の高いビルから一機のヘリコプターが飛び立った。

眺めていると、ヘリコプターは上空で二度、旋回した後で、突如、舞い降りた。

「高階先生、変です。市警本部から飛び立ったヘリが、駅前広場の辺りに降りました」

高階学長はソファから立ち上がり、俺の側に歩み寄ってきた。俺は続けて言う。

「あ、飛び立ってこちらに向かってきます。ああ、オレンジ新棟のヘリポートに着陸しました」

俺と高階学長が、学長室からその様子を眺めているところに、部屋の電話が鳴った。

深刻な表情で話を聞いた高階学長は、電話を切ると俺に言った。

「桜宮駅前広場で演説していた安保元首相が狙撃され、佐藤部長が対応中だそうです」

オレンジ新棟はコロナ重症患者を入院させる病棟に転用されていた。一昨年、重症患者を受け入れるため、東海地区のある病院から高額なＥＣＭＯ（体外式膜式人工肺）をレンタルした時は、バブル時期に新設されたオレンジ新棟三階のプラネタリウム室に設置され、修羅場になった。

だがその後、コロナ波が落ち着いた後で返却し、正式に追加購入した時、ＥＣＭＯはオレンジ新棟一階の重症病棟に設置され、今の三階は昔のように物置に戻っている。新病院へ移送するのは目立ち過ぎるので、新病院の垣谷病院長が騒動になるのを嫌い、隠れ家のようなオレンジ新棟での受け入れを決めたのだろう。

丸天井の隣のヘリポートに、ヘリコプターが駐機している様子を見ながら、高階学長は腕組みをした。しばらくして、また電話が鳴った。

「なるほど、体幹部に被弾した一発が、鎖骨下動脈を完全破壊して出血が止まらず、ＣＰＡＯＡ（来院時心肺停止）ですか。それだと蘇生は厳しそうですね」

高階学長は、電話を切ると俺に言う。

「この部屋を私に返してください。ここを情報集積基地にします」

「了解です」と俺はうなずいた。

高階学長が早々に「居室取り替えっこ」を反古にしたのは慧眼だった。

元学長室（今は元に戻ったから、ややこしいので以後は単に学長室と呼ぶ）を真っ先に訪れたのが、想像もしなかった人物だったことで、それが実感できた。

ノックもなしに、バアン、と扉が開き、颯爽と現れた長身の美丈夫は、警察庁の加納警視正だ。

その後ろから、おずおずと、中肉中背の玉村警部補がつき従う。

「不倫先生に腹黒タヌキ病院長。挨拶は抜きだ。搬送患者の状況を教えてもらいたい」

さすが警察庁のデジタル・ハウンドドッグ（電子猟犬）の異名を持つ敏腕だけあって、初動は迅速だ。ちなみに加納警視正が俺のことを「不倫先生」と呼ぶのは、俺が不倫しているからではなく、俺の業務の不定愁訴という言葉がぴんとこないので、勝手に言い換えているにすぎない。

「銃弾が一発、体幹部に命中し大動脈が破損、修復は困難だそうです」

さすがは外科の国手と謳われただけあって、高階学長は簡潔に状況を説明した。

加納警視正は腕組みをして目を閉じる。やがて刮目すると言った。

「今からこの部屋に警察庁の、安保元首相狙撃事件に関する医療情報の集積所を設置させてもらいたい」

「それは無理です。ここは東城大学病院のメディア対応センターになりますので」

「この件は警察庁の厳格な情報統制下に入る。従って病院発表は警察庁の承認を得て成される。警察庁の狙撃事件対策本部と大学病院のメディア対応センターが一体化することが望ましい」

「医療現場では、情報の改竄（かいざん）はさせませんよ」と高階学長は釘（くぎ）を刺した。

「改竄ではない。統制だ」と即座に加納警視正はやり返す。

トップふたりがバチバチとやり合う背後で、俺は玉村警部補と小声で挨拶を交わす。

「加納警視正は審議官になったんですが、審議官と呼ぶと怒るので呼び方は変えなくて結構です。因みに私も警部に昇進しました」と玉村警部が名刺を差し出す。

「昇進おめでとうございます。それにしてもずいぶん早いお越しですね」

「実は加納審議官と別件の調査に出ていたんです。そこに事件の無電が入り、狙撃犯は確保され、負傷者は東城大にヘリで移送と聞いて駆けつけたんです。犯人は現行犯逮捕され、現場の状況は報道映像があり『デジタル・ムービー・アナリシス（DMA）』の素材は十分すぎるほど入手できるので、桜宮市警としては盲点になりそうな、こちらに直行したんです」

するとと地獄耳の加納審議官が、俺たちの会話に割り込んでくる。

「何遍言ったらわかるんだ、タマ？　『デジタル・ムービー・アナリシス（DMA）』

は十年前で今は『デジタルツイン・インテグレーション・システム（DIS）』に進化しとるんだぞ」

加納審議官は東城大学病院の「ナイチンゲール・クライシス」という殺人事件の時、「エビデンス・ベースト・リサーチ（EBR）」の類似概念の下「デジタル・ムービー・アナリシス（DMA）」を駆使して事件を解決した。

あれから十五年、加納審議官の捜査技術は格段の進歩を遂げたようだ。

国民の大多数が持つスマホに搭載されたデジカメやビデオで、国民全員が即席の報道カメラマンになる時代には、巷（ちまた）にデジタル情報が溢れかえっていて証拠能力も高い。

「デジタル・ムービー・アナリシス（DMA）」という、映像解析による捜査手法に先鞭（せんべん）をつけた加納審議官は慧眼だったわけだ。だが当時は彼の天敵・厚労省の白鳥（しらとり）技官が「電脳紙芝居」と揶揄したので、加納警視正は怒りまくっていたものだ。

加納審議官は唯我独尊、周囲を顧みず独立独歩で捜査現場を縦横無尽に駆け巡る。

そんな横暴な上司に振り回される、よく似たポジションの俺と玉村警部補、もとい、玉村警部は同病相憐（あいあわ）れむで、小声でこそこそと会話を重ねた。

そこに落雷のような、加納審議官の怒号が響く。

「タマ、お前は署に戻り犯人の取調べに関する情報を、逐一伝えろ。病院の情報はここで俺が統括する。署長には発表は俺の了解を取ってからするよう、徹底させろ」

「は、かしこまりました」と言って飛び上がり、玉村警部はたちまち姿を消した。

加納審議官はソファに座ると腕組みをして、目を閉じた。

「ここからは俺のひとり言だと思って、聞き流してくれ。本来、怪我の状態など病院から発表されるのが当然だが、参院選直前の今は政治的な影響が大きく、官邸が指示して警察庁、検察庁が出張り情報統制することになるだろう。明日にはガチガチに固められてしまうだろうが、愚図な国崎首相の仕切りだから、今晩はやり過ごすはずだ。その一晩を俺がコントロールする」

「医療現場では情報改竄はしませんから」と高階学長が繰り返した。

「なんでもかんでも隠蔽したがる官邸の支配から脱するため、必要最低限の情報を発信しておくための隠れ拠点だ。隠蔽とは真逆だから、病院に迷惑を掛けることはない」

加納審議官が片頰を歪めて笑うと、高階学長が俺に言う。

「それでは田口先生、新病院に安保元首相事件の統括本部を設定して、垣谷病院長に委員長に就任してもらってください。公表内容はこちらで検討してから発表する仕組みを構築してください」

表向きには新病院にメディア対策室を立ち上げ、こちらからメディアの目を逸らすダミー作戦か、と納得した俺は言った。

「基本線は了解ですが、新病院の統括本部を仕切るのは、新病院の人間の方がいいと思います。兵藤先生が適任なのではないかと」

「なるほど。では、その線で対応してください」

俺は学長室を飛び出した。二階の居室に戻ると洲崎医長がいた。

院内ＰＨＳで兵藤クンを呼び出す合間に、洲崎医長に言う。

「安保元首相が狙撃され、オレンジに搬送された。ＣＰＡＯＡだ。……ああ、兵藤先生、高階学長からミッションが下された。至急、旧病院二階の俺の居室に来てくれ。……ん？　ああ、今はそっちは引き払って旧病院の二階と三階にいるんだ。え？　そっちには高階学長が……いや、ややこしいから説明は後回しだ。とにかく今すぐ二階の旧ＩＣＵの医局員室に来てくれ。大至急だ」

俺が電話を切ると、青ざめた顔の洲崎医長が震え声で言う。

「安保元首相がお亡くなりになったんですか？　犯人はどんなヤツですか」

「詳しい情報は、俺も知らないんだ」

そこに息せき切って兵藤クンが駆け込んで来た。電話をして三分も経っていない。

コイツのフットワークの軽さには、一段と磨きが掛かってきたな、と感心する。

兵藤クンは、洲崎医長を見て一瞬、怪訝そうな表情になる。

「兵藤先生にはまだ紹介していなかったな。先月から『ホスピス棟』に着任した洲崎医長だ」

洲崎医長がぺこり、と頭を下げると、兵藤クンはうなずきながら言う。

「『ホスピス棟』の新任なら田口先生直属の部下なんですね。そっかそっか、ついに田口先生も年貢を納めて、直属の部下を持ったんですね。おめでとうございます、なんてそんなことは今はどうでもいいです。高階学長からの密命って何ですか」

いつも俺に下される腹黒タヌキ病院長の無理難題は、長年、兵藤クンにとって垂涎(すいぜん)の的だっただけあって、表情が生き生きしている。

俺が高階学長のミッションを伝えると、兵藤クンは胸を張ってうなずく。

「それなら僕の得意中の得意分野です。大船に乗ったつもりでお任せを、とお伝えください」

そう言い残して出て行きかけた兵藤クンの袖にすがりついて、洲崎医長が言う。

「尊敬する安保元首相に関わるので、お役に立ちたいです。私を使ってください」

「僕としては、お願いしたいよ。この大命には猫の手も必要な状況だからね」

兵藤クンはちらりと俺を見て、言う。

洲崎医長は俺の唯一の部下だ。彼を引き抜かれたら俺の仕事が増えてしまう。

一瞬、そんな風に思ったけれど、そこで、はっと気がつく。

もともと業務の四分の三は俺がやっているし、今さら四分の一増えたところでどうってことはない。半月前までは俺一人で対応していたわけだし。

それにこうして見ていると、洲崎医長と兵藤クンは、意外に気が合いそうだ。

——このまま兵藤が、コイツを引き取ってくれたら……。

「いいだろう。病棟は私に任せて、兵藤先生の指示に従いなさい」

俺がそう言うと、二人は連れ立って姿を消した。

俺は二階の医局員室を出て、エレベーターで十階の「コロナ病棟」へ向かう。

若月師長に状況を説明すると、若月師長は緊張した面持ちで報告する。

「如月師長からも連絡がありました。とりあえず重症患者のオレンジへの移送は中断してほしい、と言われました」

「わかりました。私は、三階の学長室にいます」

俺は十階から、階段を一気に駆け下りて、三階の学長室に飛び込んだ。

加納審議官と高階学長が並んでソファに座り、大画面のテレビを見ている。画面ではテレビ局が偶然撮影していた狙撃場面が、流されている。加納審議官の舌打ちが部屋に大きく響く。

「ち、間抜けなSPめ。異音がしたら対象に覆い被（かぶ）さり保護するのが基本だろうが。これで桜宮市警のおべっか署長は更迭だな」

「警察官出身の評論家の方が言う通り、爆竹の音と間違えたのでしょう。凶器は手製のピストルのようですから」と高階学長が取りなすように言う。

「アイツは、警察庁では口ばかり達者で使い物にならなかったヤツだ。信じるな」

加納審議官が吐き捨てるように言う。俺は意を決して、剣呑な雰囲気に割り込んだ。

「兵藤先生が、『大船に乗ったつもりでお任せください』とのことです。随時、報告を入れてくれることになっています」

「そうですか、ご苦労様です」

ノックの音がした。返事も待たずに部屋に飛び込んできたのは、「血塗れヒイラギ」の通り名を持つ女傑、時風新報社会部の別宮葉子記者だ。

俺の許を足繁く訪れ、コロナ関連のスクープ記事を何本もモノにした敏腕記者だ。

「やっぱり田口先生はここにいらしたんですね。『コロナ病棟戦記』の著者にインタビューしてたら、狙撃された安保元首相が運び込まれてきたんです。すぐに追い出されちゃったんですけど、田口先生が学長室に引っ越したと聞いたので、ひょっとしたらと思ってここに来たんです。いろいろ聞きたいことがあります」

別宮記者が食いついてきたところに、加納審議官の携帯が鳴った。

「おう、タマ。どんな具合だ？　ふん、なるほど。わかった。何か判明したら適宜連絡しろ」

玉村警部の報告に耳を傾けていた加納審議官の眉間に、深い皺が刻まれる。

電話を切った加納審議官は、別宮記者を一瞥した。すかさず彼女は名刺を差し出す。

「初めまして。桜宮の地方紙『時風新報』の社会部副編集長の別宮と申します。今回の狙撃事件について、速やかに情報発信したいので是非、ご協力をお願いします」

加納審議官は渋い顔になった。俺は別宮記者に助け船を出すつもりで言う。

「別宮さんは『地方紙ゲリラ連合』の代表で、黒原東京高検長の検事総長就任のための法律改正の情報を公開して阻止したり、浪速の都構想も潰した実績がある、優秀な記者さんです。私もよく一緒に仕事をさせていただいています」

各都道府県に必ず一紙か二紙ある地方紙は、部数は少ないが地方での占有率は高く、統合する地方紙連合体は、一千万部の全国紙に匹敵する。全国紙のように省庁から記者クラブへの援助を受けていないので、忖度なしに筆を揮える。第四権力として権力監視するという気概を持ち続けている点で、天下の『新春砲』と並び称される存在だ。別宮記者はその代表の座にある。

加納審議官は、彼女の名刺を一瞥して返した。

「俺は特定の記者とは馴れ合うつもりはないが、黒原検事長就任を阻止した記者なら同席を許す。犯人は浦上四郎、四十代男性だ。動機は個人的な恨みだそうだから一般的な殺人事件だな。まあ被害者が特別な人物だということを除いては、だが。この事件の動機は逆恨みに近い。襲撃犯の母親は『奉一教会』の熱心な信者で、そのため家庭が崩壊した。その恨みの矛先が安保元首相に向けられたようだ」

「『奉一教会』というと一時、霊感商法で社会的に問題になった宗教団体ですね？」

「その通り。二〇一五年、文科省宗務課が改称を容認したため実態が見えにくくなり、またぞろ高額献金で問題になりつつある。新名称を使うのはヤツらの思う壺だから、俺は『奉一教会』と呼ぶ。以前から問題があった『奉一教会』に便宜供与しお墨付きを与えたのが、安保元首相だ。昨年、『奉一教会』の集会へ祝福のビデオメッセージを送ったことが襲撃の引き金になったそうだ」

「それなら一刻も早く、犯人が話す内容を発表しないと。全国紙は記者クラブの仕切りで官邸にお伺いを立てるはずですから、情報が隠蔽されかねません」

別宮記者の言葉を聞いた加納審議官は、携帯をかけ始める。

「タマ、次の二点を知り合いの記者に至急伝えろ。犯人に精神異常はなく犯行責任を負える事件であること。動機に政治的な意図はなく、『奉一教会』に対する逆恨みの、単純な殺人事件であること。署長の承諾？　そんなものは必要ない。タマは要人警備にも今回の殺害事件の捜査にも加わっていないから自由に動ける。一刻も早く、メディア関係者にこの情報を流せ」

加納審議官が携帯電話を切ると、学長室の電話がけたたましく鳴った。

「高階です。おお、兵藤先生、垣谷病院長と、事件対応本部を立ち上げてくださったのですね。新病院に殺到しているマスコミへの対応はどうすればいいか、ですか」

高階学長は受話器の口を押さえ、加納審議官に尋ねる。

「安保元首相の死去は公表して構いませんね？　狙撃された一報は、テレビのテロップで既に流れていますから」

「それはサッチョウの本部にお伺いを立てないとまずい。桜宮市警の署長からお伺いを立てさせ、返答を待って公表してもらいたい。それと記者さん、あんたもこの情報は正式に発表されるまで記事にしないでいただきたい。これは情報隠蔽ではなく、現段階では国家的な機密情報の統制の範疇に入ることだ。いずれ必ずオープンにすることは、約束しておく」

「わかりました。ではひとつだけ。狙撃犯が人権的に不利益を蒙らないよう、弁護士をつけてください。公文書を破棄した官僚を起訴しない検察ですから、どんな捏造調書を取らないとも限りません。早急にきちんとした弁護士をつけることが必要です。どうせ『ミランダの告知』なんて、日本の警察はやらないんですから」

「『ミランダの告知』って何なんですか？」と俺が質問すると、加納審議官が答える。

「合衆国憲法修正第五条の自己負罪拒否特権に基づき米国連邦最高裁が確立した、刑事司法手続だ。黙秘権があることや、弁護士の立ち会いを求める権利があることなどの四ヵ条と共に、いつでも取調を打ち切る権利がある、と通告する必要があり、それなしの供述は公判で証拠扱いされないという、米国の司法制度だ」

別宮記者はうなずく。

「被疑者の人権を守る制度なんですが、日本では、逮捕された被疑者は『取調べ受忍義務』があるとされ、捜査官が好きなだけ取調べを続けられます。世間の注目を集める事件では朝から晩まで尋問が続けられ、弁護人の立ち会いもなく、弁護人も止められません。現代の拷問なんです」

「別宮さんは、司法関係にも詳しいんですね」

「知り合いの日高弁護士の受け売りです。赤星未亡人の国家賠償請求に対応されているの」

加納審議官は名刺を取り出すと、さらさらとメモして別宮記者に渡した。

「弁護士会から、その弁護士を国選に推薦させろ。そうしたら俺が裏で手配させる」

別宮記者がショートメールを打つと、加納審議官は一息ついた。

「十年前、桜宮で『神々の楽園』教団内で殺人があっただろう。あれは『奉一教会』の関連団体だった。俺は本部の摘発に迫ったが、警察庁長官がストップを掛けたため、捜査は中止された。指令元は当時の首相だというウワサだったんだ」

「そんなことをリークしたりして、玉村警部は大丈夫なんですか?」

俺が心配になって訊ねると、加納審議官は片頬を歪めて笑う。

「タマは下っ端だから、無能と思われるだけだ。安保元首相は『奉一教会』の悪事の封印役を果たしていた。地獄の釜の蓋が開いたら百鬼夜行、下手をしたら加害者の身が危ない。犯罪者は法で適正に罰されるべきで、政権や霞が関の思惑で歪められては法治国家と言えん。タマにリークさせたのはリスク回避だ。すぐに本社から斑鳩の野郎が出張ってくる。それまでが勝負だ」

脳裏に、警察庁のサイレント・マッドドッグ（沈黙狂犬）と呼ばれた男性の、無表情な風貌が浮かぶ。加納審議官は手帳を取り出すと、さらさらとメモして俺に手渡し立ち上がる。

「何かあったら、ショートメールをくれ。どんな些細なことでも構わない。俺は少し席を外す。戻ってくるつもりだが、無理かもしれない」

俺は、受け取った手書きのメモを眺めた。

加納審議官は、足早に立ち去った。扉が閉まる直前、加納審議官が英語で会話をしているのが聞こえた。分厚い扉が閉ざされると、部屋には奇妙な静寂が広がった。

俺の耳に、ニイニイゼミの耳鳴りが戻ってくる。

「さすがに少々疲れました。田口先生、珈琲を淹れてくれませんか」

高階学長がこの部屋に復帰すると決まっても、紅茶マスターの院長秘書の中園さんはまだ愚痴外来にいるんだな、と気づいた俺は、うなずいて立ち上がる。

三人分の珈琲を淹れながら、加納審議官にもらった携帯番号を登録した。

テレビはどのチャンネルも、安保元首相銃撃の緊急ニュースの特報番組だ。ザッピングすると「テレビ首都」だけは「ハイパーマンバッカス」という特撮番組の再放送を流していた。

サクラテレビを見ていると突然画面が切り替わる。

白衣姿の知った顔が出ていた。兵藤クンが画面の中央で病状を説明している。記者会見には垣谷病院長や三船事務長に加え、金魚のフンの洲崎医長の顔まであった。

兵藤クンの説明はしどろもどろでわかりにくかった。

「すでにお亡くなりになっています」という肝心のひと言が言えなければ、茫漠とした物言いになってしまうのは仕方がない。それでも兵藤クンは懸命に説明を続けた。ヤツにとって一世一代の晴れ舞台かもしれないな、と思って見ていると、病院会見が中断されスタジオのコメンテーターが話し始めた。

高階学長は大きく伸びをした。

「今夜は長丁場になりそうです。今のうち病院食堂で腹ごしらえをしておきましょう」

「それならあたしもご一緒していいですか?」と別宮記者はそつがない。

ひとり残された俺は、珈琲カップを手に持って立ち上がり、大きな窓に歩み寄る。

夕陽が水平線に沈んでいく。ほんの半日前、眼下に見える桜宮駅前で、日本を揺るがす狙撃事件が起こっただなんて、信じられないような平和な風景だった。

ハーフミラーになった窓には、呆然とした俺の顔が映っている。

その後、食事から戻った二人と入れ替わりで、最上階のレストランで食事を取った。

あちこちで職員がひそひそ話をしている。

部屋に戻ると、テレビ画面では救命救急センターの佐藤部長が記者会見をしていた。

その説明は歯切れがよかった。

「安保元首相は病院到着時にＣＰＡＯＡ、すなわち来院時心肺停止で、力及ばず蘇生は叶いませんでした。先ほど明菜（あきな）夫人が病院に到着し、午後五時三十五分に息を引き取りました」

その言葉に一瞬、会見会場は静まり返った。

カメラのシャッター音だけが会場に響く。

記者たちは、フラッシュの光の残像の中、一斉に質問を浴びせ始めた。

質疑応答では、どうどう廻（めぐ）りの質問が繰り返された。

質問が途切れたら、安保元首相の命が絶たれてしまうと考えているかのように、延々と同じ質問を繰り返す。

その後は特段、新展開もなく夜十時頃、学長と別宮記者は帰宅した。

二人とも「何かあったらショートメールで連絡をください」と言い残していった。

どいつもこいつも俺を連絡当番だと思っているのか、と少々イラついてしまう。

だが気を取り直し、加納審議官にショートメールで、病院上層部による会見の内容を報告した。

すると即レスで「ご苦労」の一語の返信がきた。

素っ気なさ過ぎるぞ、と一瞬思ったけれど、俺が報告したことはテレビ報道の総括なので、加納審議官はとっくに把握していただろう。俺としても、頼まれた以上は、形式的にでも報告しておいた方がいいかな、程度の軽い気持ちだった。

だからそんな程度の返信はもっともで、むしろあの加納審議官としては、それは部外者の俺に相当気を遣った、出血大サービスの対応なのだろう、と思えた。

その夜、俺は念のため、学長室に泊まった。

病棟から毛布を調達し、ソファに横になる。なんだか研修医の頃を思い出した。

さすがに疲れていたらしく、俺は眠りに落ちたことに気づかず、目が覚めた時には、大きな窓いっぱいに朝の光が溢れていた。

大きく伸びをして立ち上がり、窓辺に歩み寄る。

岬の果てにある、東城大と因縁が深い、「光塔（ミナレット）」がきらりと光る。

いつもと変わらない、平穏な朝の訪れだ。

だが、その時俺は気づいていなかったけれど、目に見えないところで、世の中は大きく変わってしまっていた。

あの時、狙撃犯の浦上四郎は、二発の銃弾を撃っていた。

一発は、安保元首相に命中し生命を奪った、逆恨みで的外れな私怨の銃弾。

そしてもう一発は、虚空に向けて撃たれた、無関心な社会への銃弾だった。

それは玻璃（はり）の天空を打ち抜いて、空からたくさんの塵芥（ちりあくた）が、キラキラ光り輝きながら、降り注いできたのだった。

5章　狙撃の真理

七月二十五日　旧病院『黎明棟』3F・学長室

二週間後、七月下旬のある日、俺の居室を、時風新報社会部副編集長の別宮記者が再訪した。彼女はなにか事が起こるタイミングでやってくる、俺にとって幸運の女神（なのか？）である。

別宮記者は、地方紙の曖昧な連合体である「地方紙ゲリラ連合」の代表でもある。その活躍ぶりは縦横無尽で、特に体制派からは蛇蝎（だかつ）の如く嫌われている。

東城大のバチスタ事件の死刑囚の手記を独占スクープしたことで名を上げた彼女は、最近では「浪速白虎党（びゃっことう）」の宿願だった「浪速都構想」を否決する原動力となった記事を書き、今でも浪速では語り草になっている。

事件当日、彼女はたまたまオレンジ新棟に居合わせ、安保元首相の狙撃犯の状況を、加納審議官に教えてもらっていた。国内の報道では、犯人の状況は直後の参院選まで伏せられていた。

ところが海外メディアが、犯人の動機は「奉一教会」への恨みだと暴露した。

このニュースを個人のSNS情報が拡散した。国内メディアでは、「地方紙ゲリラ連合」がホームページで報じたが、その後、大手メディアも追随し、スクープのインパクトは今ひとつだった。

けれども別宮記者はめげずに、「報道されてよかった」とけろりとしている。

彼女は桜宮市管財局の役人の赤星哲夫氏が、首相夫人の不行状の隠蔽のため、公文書改竄をさせられたことを苦に自殺した事件も追っていた。財務省や安保元首相を追い詰める記事を書き、国と上司の担当職員を相手取った、未亡人の民事の損害賠償裁判のサポートもしている。

その日、別宮記者は憤慨していた。

知子夫人が起こした、瀬川元理財局長への賠償を求める民事裁判が、代理人・日高正義弁護士による、知子夫人への尋問を最後に結審したという。

別宮記者は、知子夫人の証言を読ませてくれた。

——改竄に関与させられてから夫は笑わなくなりました。一度もしなかったけんかも頻繁になりました。瀬川さんには法廷で話をしてほしかった。国会での安保元首相の不用意な発言が原因で改竄が始まりました。このままでは黒い疑惑を抱いたまま、安保元首相は国葬にされてしまう。すると彼が良い事しかしていない、優れた政治家であるかのようなイメージになってしまいます。でもそうじゃない。安保明菜夫人は知っていることを、私に教えてほしいです。

そんな別宮記者だから、この一件を座視できない気持ちはよくわかる。

一方、東城大学病院は、安保元首相暗殺の一件で多大な迷惑を被っていた。

まず事件直後に、東城大学病院の対応が杜撰だったのではないか、と非難された。

きちんと救急措置をしていれば救命できたのではないか、と言うのだ。

だがこれは幸い、同業の医療従事者から猛烈な反論が押し寄せ、たちまち鎮火した。

それは第一に、安保元首相の状態を明確に説明した佐藤部長の功績が大きい。

そもそも銃で撃たれて来院したＣＰＡＯＡで、あそこまで損壊が酷い患者を救える医師など、世界中を見回してもどこにもいないなんてことは、医師ならば誰もが理解していた。

そうした対応に関し、第三者の医師の意見を集約して、アンケート記事にまとめてくれたのが、別宮記者が代表を務める「地方紙ゲリラ連合」だった。

俺が改めて礼を言うと、別宮記者は照れたように微笑する。

「田口先生、今さら水臭いです。あたしたちは一蓮托生、地獄の沙汰も金次第でしょ？」

どうもこの人は記者のクセに、諺や故事成語の使い方が少しおかしい。ただ、記事ネタを探り当てる嗅覚は鋭いので、会社では重用されているのだろう、と俺は勝手に解釈していた。

「コロナは『第７波』に入っているのに、社会の反応は鈍いですね。医療現場の逼迫度は酷くて、医療崩壊に等しい状況で、医療現場が頑張ってかろうじて崩壊を免れているのに」

別宮記者の言葉に、俺はうなずく。

「皮肉にも崩壊するする、とさんざん脅したと言われ、今では狼少年扱いですから。今の状況は『医療崩壊（メディカル・コラプス）』ではなく『医療麻痺（メディカル・パラライシス）』の方が実感に近い気がします」

別宮記者は目をキラキラさせて、メモを取り出す。

「『メディカル・パラライシス』かあ。それ、いただきます。さすが『帝国経済新聞』のウェブサイトにエッセイを連載していた、文豪医師だけのことはありますね」

俺は顔をしかめた。別宮記者は俺の師匠筋のベストセラー作家・終田千粒にミリオンセラーを連発させた凄腕編集でもあり、俺の文筆業に関わる黒歴史を隅から隅まで熟知しているのだから、嫌味にしか聞こえない。

だがこの女性は、途轍もない強運の持ち主でもある。

この日もそうで、別宮記者と話していると高階学長から連絡があった。

別宮記者が同席していると告げると、彼女も一緒にすぐ来て欲しいという。

なので二人で学長室を訪れると、思わぬ来訪者がいた。

あの事件当日以来、音沙汰がなかった加納審議官がソファに座っていたのだ。

その前には学長秘書で紅茶マスターの中園さんが淹れた紅茶が、湯気を立てている。

「ちょうどよかった。腹黒タヌキ学長と不倫先生に途中経過を報告して、このあとあんたにも報告しようと思っていたんだ。おかげでひとつ手間が省けた」

それから、加納審議官は別宮記者に頭を下げた。

「まず、情報公開を差し止め、スクープを台無しにしてしまったことを謝罪したい」

「気になさらないでください。それより犯人にまともな弁護士をつけるために、手を回してくださってありがたかったです。加納審議官の対応がなかったら、犯人の真の動機が闇に葬られてしまったかもしれない。なにしろ政権に不都合な時は、暴行犯の逮捕状の執行を止めたりする警察ですから」

ちくりと皮肉を利かせた別宮記者の言葉に、加納審議官はむっとした表情になる。

だが、何も言い返さず、ソファに深々と沈み込んだ。

「ご理解、感謝する。それを恐れたから、タマに情報オンチの間抜けなフリをさせて、あの時点でわかっていたことをメディアに流したんだ。だがそれでは足りないと思ったので、知人の米国と英国の記者にもリークしておいた。結局それが奏功したが、日本のジャーナリズムはなんとも情けない。だが後追いで『奉一教会』の掘り下げ報道がされているから、まあ、よしとしよう」

やはり海外へのリークは加納審議官の仕業だったのか、と俺は合点がいった。

「そこでお詫びに、最新の捜査情報を提供する。本日、桜宮検察は狙撃犯・浦上四郎の鑑定留置を決定した。正式発表は明朝の予定だから、記事にするのはそれ以降にしていただきたい」

「そういうウワサがあるとは聞いてましたけど、本当にやっちゃったんですね」

「俺は反対したんだが、検事総長が官邸の圧力に屈してしまったようだ」

「鑑定留置はいつまでの予定ですか」

「普通は三ヵ月程度だが、官邸は犯人の初公判をできるだけ引き延ばそうとするだろう。それで目一杯引っ張って年内いっぱいか。その頃にはほとぼりが冷めていることを願うんだろう」

「それは異常ですね。事件直後から犯人が動機を語っているし、犯行現場は報道カメラが直接記録しているから紛れようがないのに。そんなことをしてるから、日本の司法は国際的に前近代的な人権無視の遺物と認識されてしまうんです。自白しなければ延々と拘置を続け、精神的圧迫を加え続ける。所謂『人質司法』は精神的な拷問や虐待に等しいと見做されるのに、警察や検察の自浄作用は一向に見られません」

俺が驚いて言う。

「この現代社会でそんな野蛮なことが行なわれているなんて、信じられませんね」

すると加納審議官は、苦虫を噛みつぶしたような表情になる。

「逮捕されると被疑者は四八時間以内に検察庁に送られて、検察官はほぼ必ず勾留請求する。裁判官は否決せず十日間の勾留を認め、『やむを得ない事由』があれば更に十日間延長する。これは法的には例外的な延長だが、ルーティン化している。その上、接見禁止処分などお手の物だ。ところが今回の事件は世間の耳目が集まっている上、安保元首相の過去の所業がほじくり返されているから非常にデリケートで、政府や検察としても露骨な情報統制は掛けにくい。だから接見禁止を掛けるよりも、鑑定留置への切り替えという手法を、選択したんだろうな。鑑定留置だの勾留延長だのといった手法を駆使して、公判開始を可能な限り先延ばしにしたいんだろう」

「捜査機関が接見禁止を請求したら裁判所は簡単に認めるのに、浦上容疑者が接見禁止にされないことを日高弁護士は不思議がっていました。そういう裏事情を警察・検察側の視点で教えてくれたのは審議官が初めてです。司法制度について危機感を持っていらっしゃる警察官僚に、お目に掛かれて嬉しいです。実は今日、日高弁護士が初めての接見をしているのでこの後、お会いすることになっているんです」

「それは何よりだ。あの時は本当に助かった。改めて礼を言わせてもらう」と言い、紅茶を飲み干した加納審議官は、ほう、と目を見開く。

「英国王室御用達のフォートナム&メイソンの『クイーン・アン』か。いいものを馳走になった。では、俺はこれで失礼する」

「あ、お待ちください。あたしは日高弁護士と一緒に赤星未亡人の国家賠償請求と民事訴訟のお手伝いをしています。今後、そちらの件でも相談に乗ってもらえませんか？」

「断る。俺は特定のメディア関係者となれ合うつもりはない。だが、使える人間のリストに入れてやろう。俺が必要だと思った時は連絡する」

「ありがとうございます。よろしくお願いします」と別宮記者はあっさり言う。

俺でも加納審議官の前では風圧に耐えるので精一杯なのに、全く物怖じしない度胸に感心する。

立ち去ろうとした加納審議官に、別宮記者はなおも食い下がろうとする。

こうした執念深さが「血塗れヒイラギ」の真骨頂だろう。

「警察庁の公式見解でなくて、私見で結構ですので、安保元首相の国葬に関して、どのようにお考えか、お答えください」

「あくまで個人の意見だが、国会を蔑ろにした、とんでもない決定だと思う」

国崎政権を、歯切れ良く一刀両断した加納審議官は、少し考えてつけ加えた。

「あんたのしつこさを見込んでもうひとつ、とっておきのネタを教えてやろう。東京地検は八月中旬頃、東京五輪絡みの収賄事件に本腰を入れる。お盆の前後に激震が走るだろう」

そう言った加納審議官は、別宮記者を一瞥すると、大股で颯爽と部屋を出て行った。

その後ろ姿をうっとりと見送った別宮記者は、ほう、と吐息をついた。

「凄まじいまでの殺気をまき散らすお方ですね。ああいう人が捜査現場に生き残っているということは、あたしたちにとって希望の光です」

＊

日高正義弁護士は、面会相手が現れるのを待っていた。
拘置所の面会室は蒸し暑かった。窓の外ではミンミンゼミが鳴いている。
どれくらい待っただろう。
やがて重い扉が開いた。
看守に付き添われて姿を見せたのは、黒縁眼鏡を掛けた、痩せぎすの男性だった。
初めての面会なのに、青年とはどこかで会ったことがあるような気がした。
すぐにその理由に思い当たる。
ここ半月、彼の顔を、テレビ画面で何度も見ていたからだった。
街頭演説をしている安保元首相の背後を、離れたところからぼんやり見ている彼。
ふい、とその場を離れる彼。
数十秒後に手製の短銃で、目の前の演説中の人間を撃とうと決意した顔ではない。

そして狙撃後に数人のＳＰに地面に押さえ込まれている彼。

どの時も、表情は変わらなかった。その目は虚ろだった。

それは今、目の前でぼんやり座る様子と、ぴたりと重なった。

係員が姿を消し、面会室でふたりきりになった。

「初めまして。私は浦上さんの国選弁護人に選任された弁護士の日高正義と申す者です。本日はまず、あなたのお話を伺おうと思い、参上しました」

浦上四郎は、ぼさぼさの髪で、硝子玉のような目を細めた。

そうしてしばらくして、ぽつんと言った。

「話すことは、何も、ありません」

「しかし、狙撃から逮捕まで時間があります。ひょっとして、別の人を撃とうとして勘違いしていたとか、そういうことはありませんか」

「いえ、ぼくは、安保さんを撃ちました」

「あなたは安保さんから命を狙われていて、正当防衛で撃った、という可能性はどうですか？」

するとと浦上四郎は、不思議そうな顔をした。

「そんなこと、あるはず、ありません。安保さんは、ぼくのことなんか、知らないです。どうして、そんなこじつけみたいな、ことを言うんですか？」

「浦上さん、私はあなたのお話をお聞きしたいのです。たとえそれがどれほど突飛で、荒唐無稽なものだと思われたとしても、刑事弁護というものは、まず依頼人の訴えに耳を傾けるところから始まるのだと、私は考えているのです」

浦上四郎の、硝子玉のような目には、動きがない。

「どうでも、いいです」

掠(かす)れ声でそう言った浦上四郎は、ぽつん、ぽつんと続けた。

「どうせ、ぼくは、死ぬんです。あの日、貯金が底を、つきました。でも、死ぬ前に、何かを、したかった。『教会』の鶴小玉(かくしぎょく)総裁を、狙撃したかったけど、日本にくるか、わからないから、代わりに、安保さんを、撃ったんです」

一音節ごとに区切りを入れるように、浅い呼吸をして、最後に小さく吐息をついた。

「確かに、あなたが安保宰三氏を手製の短銃で射殺した事実は目撃者も多く、映像も残されているので、争点になりにくいかもしれません。しかしそれでも、精神的に追い詰められて、普段と違っていたとか、精神疾患の既往歴もあることから、責任能力の欠如を主張するという道はあり得るのです」

「ぼくは、ひとつ、やり遂げ、ました。後はもう、どうでも、いいんです」

首を左右に振った浦上四郎を見つめて、日高弁護士は言う。

「弁護人は、依頼者の希望に沿えるよう、努力します。あなたは無罪を勝ち取りたいと思っていない、ということはわかりました。でも私は、あなたの望むことは、できるだけ叶えられるよう、精一杯努めたいのです。どんな些細なことでも構いません。何か、望むことはありませんか？」

しばらく考え込んでいた浦上四郎は、ぽつりと言った。

「僕が、こうしたことを、なぜしたか、そのことは、知ってもらいたいです」

その瞬間、日高弁護士は、自分が何をすべきか悟った。

彼は接見の直前、盟友の別宮記者からメールを受け取っていた。

そのメールは、検察官が請求した浦上四郎の鑑定留置を、裁判所が決定したと伝えていた。

組織的背景のない単独犯の事件は、普通、接見禁止はつけづらい。

だが鑑定留置にすれば「鑑定に影響を与えるから」という理由で、外部との接触を封じることができる。それは検察が家族や知人、メディアと被疑者が接触しないようにしようとしていることの現れなのではないか。

つまり検察は、浦上四郎の声が、世に出るのを封じ込めようとしている。

ならば弁護方針はひとつしかない。

「承知しました。あなたの言葉が世に届くよう、できるだけのことをします」

浦上四郎の視線が、かすかに揺れた。

この事件は、裁判員裁判になるだろう。

一般人から選ばれた裁判員が、浦上四郎に極刑を選ぶ可能性は低いに違いない。「奉一教会」の悪行で家庭を壊されたことが、裁判員の同情を引くことは間違いないからだ。

それに人一人を殺しただけでは死刑にならないのがこの国の通例だ。

ただし、過去に一例だけ、一人の殺害で死刑に処された事件がある。通り魔的に見知らぬ女子大生を襲い、強姦した後、焼殺するという残虐な事件の犯人は、一人の殺害で死刑に処されている。

そんな前例がある以上、この国に巣くう権力亡者は浦上四郎の暴挙を許さず、極刑に断罪しようとするかもしれない。

特にこれまで続いてきた一連の政権の得意技、越法的な処遇をすれば、彼を社会から葬り去るのは、さほど困難と思っていないに違いない。

そうさせないためには、浦上四郎が刑事責任を問える正常人であることを証明し、今は犯行を悔いていることを表明させ、きちんと殺人罪として問われるようにしなければならない。

どんなに同情的な事情があろうとも、殺人は罪である。けれども、罪を犯したからと言って、全ての人権が剝奪されるような扱いにならないように、配慮しなければならない。

そのために今、日高弁護士が弁護人としてできることは、浦上四郎の言葉を、世の中に発信し続けることだ。それが何よりも重要だと気持ちを固めた。

日高弁護士は、頼りになる相棒の女性記者の顔を思い出しながら、これで自分は依頼人の希望に寄り添う弁護ができる、と確信した。

ただしこれは通常の依頼人に対する弁護とは、全く違うものになるかもしれない。

だが彼の存在を、この社会に確保するための、必須の活動であることは間違いない。

その時、依頼人の背後の扉が開き、拘置所の職員が顔を見せた。

「先生、十二時になりますが、あとどのくらいでしょうか」

日高弁護士は浦上四郎の顔を見た。表情に動きはない。

初回の接見は、とりあえず十分だろう。

そう考えた日高弁護士は、「もう終わりにします」と告げた。

浦上四郎は、職員に従い、接見室を出ていった。

扉が閉まる直前、浦上四郎は振り返ると、日高弁護士に小さく頭を下げた。

6章　問題児大集結

八月十五日　旧病院『黎明棟』2F・医局員室

八月の窓には、ツクツクホウシの鳴き声が響いている。この蟬の声を聞く度に、蟬一族は新たな言語を持とうとしているのではないか、と思ってしまう。

今日、八月十五日は「終戦記念日」だ。大日本帝国が無謀な戦争を仕掛けた太平洋戦争で、強大な米英にこてんぱんに叩きのめされて全面降伏した、日本の黒歴史の日である。

本来なら「敗戦記念日」とすべきだが、国家の威信を掛け、負けたと言いたくがないために、言い換えたのだろう。そんな小手先のまやかしでも、年月が経てば詐術として機能し始める。

安保元首相の暗殺について、世論は揺れていた。死者に鞭打つべきではないという論調が主流になる中で異彩を放ったのは、国際法学者で明治史研究家の宗像壮史朗博士の論説だろう。

——暗殺を正当化や美化してはならないという建前に良識ある市民は縛られている。その一方で、民主主義の建前を破壊した大宰相に、そんな美徳を適用する必要はない、という過激な極論もある。こうした議論を止揚するにはこう言うしかない。民主主義社会では暴力行為による変革は許されない。独裁者は一発の実弾で生命を奪うのではなく、理念を語る言葉の銃弾で政治生命を絶つべきだ。だが持たざる者が自己を全うするための「革命権」も保障されるべき人権である。

人の社会は常に二律背反を内包し、二重螺旋のように絡み合っていくものなのだ。

だが、いくら気になっても、俺なんぞが結論を出せるはずもない。

なのでとりあえず洲崎医長が提案している「効果性表示食品」の採用の可否の判断をしよう、と気持ちを切り替えた。提案者を部長室に呼び出し、「効果性表示食品」導入の利点を説明させると、彼は嬉々として説明した。

「『効果性表示食品』は、企業の責任で科学的根拠に基づいた、身体に喜ばしい機能を表示した食品です。商品数も多いから、いろいろ選べてお得なんです」

「その『企業の責任で』が引っ掛かるんだ。国の審査がなくて企業任せだったら、無責任になってしまうんじゃないのか。そもそも『トクホ』とは、どう違うんだ？」

「広がり方が違います。『トクホ』こと『特定保健用食品』の申請件数は千件ちょっとですが、『効果性表示食品』は設立後十年足らずで五千件を超えています。どちらが世のニーズにあっているかは一目瞭然です。きっとこれから病院での採用も増えていくでしょう」

「そんなあやふやなことを、あの石頭の厚労省が認めるとは思えないんだが」

「『効果性表示食品』は医薬部外品なので、監督省庁は厚労省ではなく消費者庁です」

「それは奇妙だね。医薬部外品でも厚労省の管轄になるはずだろう？　厚労省も信頼できないけど、医薬品絡みで消費者庁となると、言語道断に思えるんだが」

「厚労省はアンチエイジングみたいな系統には、動かないんだそうです。しかし田口先生は意外に頭が固いですね。先生は体制に対して、懐疑的な雰囲気を感じますが、昔、何かトラウマになるような出来事でもあったんですか？」

出し抜けに聞かれて、俺はあたふたする。それは図星だったからだ。

だが詳しく語ると長くなるし、暴走ラッコ・洲崎は人の話を我慢強く聞くタイプでもなかろう。やむなく、俺は話題を変えた。

「ところで洲崎先生が『効果性表示食品』にそこまで入れ込むのはなぜなんだい？」

「前の病院で、院長主催の『効果性表示食品』のシンポがあったんです。『効果性表示食品』制度の創設者の先生が来て、理念を説明されました。この間のシャワーヘッドは、その時に配られた粗品です。その創業者は、三木(みき)先生という方です。分子生物学の世界の有名人で、見かけはみたらし団子みたいで親しみが湧きました。ラッキーカラーだという、緑色の背広が印象的でした。そこで『効果性表示食品』がたくさんあると聞いて、私も推進してみたい、と思ったんです。その時に聞いた謳い文句の、『事業者の責任で、科学的根拠を基に商品パッケージに効果性を表示するものとして、消費者庁に届け出られた食品』は、がんじがらめの岩盤規制の鎖を解き放つ、新しい時代の到来を感じさせる文言だと思いました」

うーむ、それはどうなんだろう。俺はむしろ、その言葉には無責任な響きを感じた。

すると洲崎医長は続けて、驚くべきエピソードを話した。

「実はそのセミナーで、安保元首相にお目に掛かったんです。院長が湘南医師会会長で安保元首相と盟友で、ゲストとしてお見えになったんです。大宰相なのに腰が低く、私如きの若造と固く握手して、『これからの日本の医療は先生のような若い医師が支えてくださるのです。よろしくお願いしますね』と言われて、感激しました」

洲崎医長の頬が紅潮する。俺は、不思議に思って洲崎医長に訊ねた。

「前の病院の院長とはそこまで意気投合していたのに、なぜ転職したの？」

「コロナ診療に反対してたのに、補助金が出たら掌返しで発熱外来を立ち上げたんです。しかも院長は、コロナ診療を嫌がる私に、週一回発熱外来をやらせました。でもそれは我慢できました。どうしても見逃せなかったのは、コロナ病床を申請しながらコロナ患者の受け入れを拒否したことです。ベッド一床あたり年間一千万の補助金が出ますが、院長は三床申請しておいて、いざ患者が来るとスタッフが足りないと言って、入院を断った。年間三千万、濡れ手で粟をしたのが、許せなかったんです」

補助金をもらいながら、コロナ患者を受け入れない病院があるというウワサは聞いたことがある。最近の日本では、そんな目端が利く連中が大手を振って跋扈(ばっこ)している。

だが洲崎医長も、根っこは生真面目な医師なんだ、とわかり少しほっとした。

するとその時、突然扉が開きスカイブルーの背広、黄色いシャツ、真っ赤なネクタイという、三原色の派手ないでたちの、小太りの男性が現れた。

「ヘロウ、エブリバディ」と言いながら、部屋に入ってきた人物を見て、俺は思わず天井を仰いだ。

コードネームは「火喰い鳥(ひくいどり)」の厚労省のはぐれ技官、白鳥圭輔(けいすけ)だ。奇しくも洲崎医長が、俺に「トラウマ」があると見抜いた、その原因が襲来してきたのだ。

「田口センセが出世して部下を持ったと聞いて、矢も楯(たて)もたまらず来ちゃった」

「誰ですか、この人は」と洲崎医長が即座に反応する。

「誰って『厚生労働省の生けるレジェンド』とは、なにを隠そう、この僕のことだよ」

そう言うと白鳥は、机の上の『効果性表示食品』の資料を取り上げる。

「田口センセ、こんなバカげたものを導入するの？　実は『効果性表示食品』について調査に着手しようとしたところなんだよね。相変わらず気が合うね、僕たちって」

「私はそんなつもりは全くないんですが、洲崎先生が導入したがっていまして」

俺があわてて言い訳すると、暴走ラッコ・洲崎が直ちに応戦を始める。

「厚労官僚のあなたが『バカげたもの』と、頭から否定したくなる気持ちはわかりますけど、これは厚労省の岩盤利権に風穴を開けた、素晴らしい仕組みなんです」

「わあ、久しぶりだな。僕にガチンコしてくる青年なんて。僕が厚労省の『岩盤規制』の熱烈な支持者だなんて、大笑いだよね。まあ、無謀な突進は若者の特権だけど、前途ある若者に、人を外見で判断したら痛い目に遭うということを、たっぷりと教えてさしあげないといけないな」と白鳥技官は上機嫌で言う。

「厚生労働省の高級官僚という体制派の走狗(そうく)でありながら、『岩盤規制』に異を唱えるなんて、ひょっとして白鳥さんは、英雄気質の人なんですか？」

洲崎医長があまりにもトンチンカンなことを言うので、とんでもない、大いなる勘違いだぞ、と否定しようとした。だがそれよりも早く、白鳥は満足げにうなずく。

「この新人クンはなかなか見所がある。田口センセはいい部下に恵まれたね。でも『トクホ』と『効果性表示食品』をごっちゃにしたらダメでしょ。『トクホ』こと『特定保健用食品』は、『からだの生理学的機能などに影響を与える保健効能成分（関与成分）を含み、その摂取により特定の保健の目的が期待できる』というもので、厚生労働省が試験を実施し、その上で認定する。片や『効果性表示食品』の方は消費者庁が関連省庁だ。この『関連省庁』という呼び方がミソで、それは監督責任はないよ、ということなんだよ」

「監督責任がないということは、裏を返せば無責任、ということなのでは？」

俺の合いの手に、白鳥は手をぱん、と打ち、机の上のパンフレットを指差した。

「おお、弟子の成長を見るのは嬉しいね。はい、よくできました。まったくおっしゃる通りです。それじゃあ田口センセ、パンフレットのこの部分は、どう思う？」

俺はしぶしぶ、白鳥の太い指が示した文章を読んでみる。

——国の定めるルールに基づき、事業者が食品の安全性と効果性に関する科学的根拠など必要事項を販売前に、消費者庁長官に届け出れば、効果性を表示できます。国が審査を行なわないので、事業者は自らの責任において科学的根拠を基に適正な表示を行なう必要があります。

「これでは、事業者が科学的根拠なるものをでっち上げても、見抜けないのでは？」

「ブラボー！　まさにその通り。でっち上げを見抜くシステムはないんだよね」

すると洲崎医長がムキになって、俺と白鳥技官のやりとりに割り込んでくる。

「そんなことはありません。きちんとした審査組織の『日本加齢抑止協会』が対応しているはずです」

「さすが、押さえるべきところは押さえてるね。でも悲しいかな、論理に大穴が開いてる。さすが愛弟子（まなでし）だけあって、そんなところも田口センセとそっくりだね」

白鳥は首を左右に振る。

おい、いつから暴走ラッコ・洲崎が俺の愛弟子になったんだ、と胸に滾る反論を口にする前に、白鳥は俺の椅子に座ると、勝手に机の上のパソコンをいじり始める。

そして「日本加齢抑止協会」の「申請システム」というページを開いた。

白鳥は「今度はここの朗読をよろしくね、田口センセ」と言う。

俺は抵抗する気力もなく、力ない声で読み上げていく。

——「日本加齢抑止協会」は「日本加齢抑止医学会」の協力の下、科学的根拠や研究レビューで制度の発展と健康増進社会の実現に協力し、多領域の専門医師・歯科医師によるレビュー作成、届け出支援、臨床試験の相談等支援業務を行ないます。「効果性表示食品データブック」も毎年更新し、このデータブックに数値を掲載すれば自社原料を「日本加齢抑止協会」の専門医に評価されていることを示せ、選択の指標としていただけます。

「洲崎センセ、この文章には医学的に大問題があります。さて、それは何でしょう」

「これぞまさしく『日本加齢抑止医学会』という学術団体が、医学的根拠を保証していることを示す文章でしょう。一体、どこに問題があるんですか？」

「洲崎センセってひょっとして、ネットの儲け話に騙されたことがあるんじゃない？」

白鳥技官の指摘に、洲崎医長は黙り込んでしまう。

おい、図星かよ。

当てずっぽうの誹謗に思われた白鳥の指摘は、見事に彼の金的を射貫いたらしい。

——コイツはいつもこうやって、相手の肝を摑んで、それを握り潰していくんだよな。

白鳥の怒濤の集中砲火は、容赦なく洲崎ラッコ城に炸裂する。

「この僕がわざわざ説明してるんだから、ちゃんと理解してね。この『日本加齢抑止医学会』と『日本加齢抑止協会』の関係性が大問題なんだ。そもそも『日本加齢抑止医学会』の実態が見えない。査読システムもないのにデータを容認するご都合主義の権化の『日本加齢抑止協会』は、医学で一番大切な『第三者に追試可能な客観的データの集積』を蔑ろにしているんだ」

洲崎医長がしきりに首を捻るのを見て、白鳥は肩をすくめた。

「どうやらもう少し、嚙み砕かないと理解できないかな。ところで洲崎センセはご論文のご執筆のご経験はおありかな？」

「ないです。そんなものは医療には不要ですから」

シティボーイの洲崎医長は唇を嚙んでそう答えたが、その声は震えている。

白鳥が洲崎医長の弱点を着実に抉っているのがわかる。

初めは、しめしめ、やっちまえ、なんて思っていた俺も、気の毒に思い始めた。

暴走ラッコの弱っていく様が、いつもの自分と二重写しになってしまったからだ。

「白鳥技官、今の若手の初期研修では、基礎医学への重心が軽くなっていて、論文執筆などを学ぶことのない研修医がほとんどなんです」

俺自身、論文をろくすぽ書いていないのに、組織の中枢に居座っている後ろめたさがある。

「まさしく、そこが問題なんだよね。洲崎センセが言う『岩盤規制の破壊』には、学問を軽視しても、経済さえ回ればいいというあさましさがある。『日本加齢抑止協会』が推奨している『効果性表示食品』の推進は、『根拠に基づく責任ある医療』の破壊につながるんだ」

白鳥の機銃掃射に蜂の巣にされた洲崎医長を、俺は心中でそっと慰める。

お前はまだ若い。俺なんてこの年になっても未だにコイツにこてんぱんにされてるんだからな。

ノーサイド、という気持ちで、俺は最初から不思議に思っていた疑問に立ち返る。

「ところで、白鳥技官はどうして『効果性表示食品』について調査しようと思ったんですか？」

「それは僕が今関わっている、『エンゼル創薬』問題のど真ん中にビンゴだからだよ」

「『エンゼル創薬』というと、コロナワクチンを浪速発で作ると打ち上げながら結局出来ずに撤退した、製薬ベンチャーですよね。そこと『効果性表示食品』はどんな関係があるんですか」

「よくぞ聞いてくれました。『効果性表示食品』を立ち上げたのが、『エンゼル創薬』の創業者の三木正隆センセ、というオチなのさ。僕が『効果性表示食品』を標的にしたのは、コロナワクチン開発の手法の大掛かりバージョンだったからなんだよね」

話がいきなり大きくなって呆然とする俺を置き去りに、白鳥は更なる衝撃の言葉を続ける。

「きっとこんな展開になるんじゃないかと思って、彦根センセとの会合を桜宮でセッティングしておいたんだ。待ち合わせ場所は藤原さんの喫茶店なんだけど、もう来てる頃だから、呼び出せばここにすっ飛んでくるよ」

そう言うと、白鳥はデスクの電話を取り上げて、外線をかけ始める。

「彦根センセ？　実は今、東城大の田口センセのところにいるんだ。よかったら、今日の会合はここでやろうよ。もちろんＯＫだよね。じゃあ待ってるよ」

電話を切ると白鳥技官は、俺に向かって、下手くそな、土砂崩れウインクをした。

「田口センセの盟友、彦根センセが三十分後にここに飛んで来るってさ」

俺はため息をつく。コイツと一緒だと、気分はいつもジェットコースターだ。

二十分後。銀縁眼鏡の男性が現れたのは、白鳥が「高階学長にご挨拶に行くので席を外すね」と言って立ち去った直後だった。

「お久しぶりです、田口先生。その節はお世話になりました」

「世話になったのはこっちだ。あの時、PCR検査対応してくれて、本当に助かった」

彦根新吾は房総救命救急センターの所属の病理医だが、病理の遠隔診断のパイオニアでもある。

所属病院に縛られず、あちこちを転々とする流浪のフリー病理医という顔もある。だがヤツの本領は医療の社会環境を整えるという、政治的な領域で発揮される。

彦根は本拠地を「浪速ワクチンセンター」に移し、大規模PCR検査ができる体制を整えた。それを東城大のために転用してくれたおかげで、東城大はなんとか立て直しが出来たのだ。

二〇二一年五月、東城大学で院内クラスターが発生し「奇跡の病院」と持ち上げられていたのが一転、世論に叩かれまくった苦しい時期のことだ。彦根は東城大と浪速大の研究提携を成立させ、「浪速ワクセン」に後輩の天馬大吉（てんまだいきち）を周旋し、コロナワクチン開発に従事させている。

その彦根と桜宮で会おう、と設定した白鳥の真意を、鬼の居ぬ間に探ってみた。

「今日は白鳥技官と桜宮で会う約束をしてたそうだが、用件は何なんだ？」

「さあ。あの人は僕を呼び出す時、用件は言わないんです。癪（しゃく）に障（さわ）るのが、呼び出された後には、いつも納得させられてしまう、ということなんですけど」

するとと白鳥に蜂の巣にされたばかりの洲崎医長が、おずおずと訊ねる。

「あのう、今度のこの先生は、どういった素性のお方なのですか」

「学生時代の後輩で病理医の彦根新吾先生だ。彦根、こちらは『ホスピス棟』の医長に着任した洲崎先生で、私の部下だ」

「初めまして。洲崎洋平といいます。田口先生に『効果性表示食品』の病棟導入を提案し、第一歩としてそのシャワーヘッドを病棟に入れたいと思っているんです」

「ふうん、そういうことでしたか。相変わらず田口先生って懐が深いですね」

彦根は持ち前の嗅覚のよさで、たちまち暴走ラッコ・洲崎の本性を見抜いたようで、玉虫色の発言でお茶を濁す。俺は少し意地悪な気持ちになって、洲崎医長に言う。

「彦根先生は安保明菜夫人と携帯電話でやりとりするくらい、親しい間柄なんだよ」

「やめてください。明菜夫人とは携帯で二度、話をしただけなんです」と彦根は頭を掻く。

「それはすごいです。私は安保首相ご本人に『頑張ってください』と肩を叩かれただけでした」

安保シンパのマウンティングを仕掛ける洲崎医長の思惑は、腹黒い彦根には全てお見通しだ。

「うわあ、安保元首相ご本人と面識があったんですか。それは貴重な体験ですね。特にこんな風になってしまった今となってはねえ」と、性格の悪い彦根は驚いてみせる。

彦根はそう言いながら、机の上のシャワーヘッドを手に取った。とりあえず白鳥の到着を待って、暴走ラッコ・洲崎への対応を決めよう、と考えたようだ。

そこに見計らったかのように扉が開き、白鳥が戻ってきた。コイツは、あちこちに盗聴器やら隠しカメラを備え付け、出番を陰で待っているのではないか、と思えるぐらい間がいい。

「なんだ、彦根センセ、来てたんだ。三十分後と言ってたから、高階学長の部屋にご機嫌伺いに行ってたんだけど。ところで田口センセが、高階センセと部屋の取り替えっこをしたって本当？　どうしてもっと粘らなかったんだよ。そうすれば高階センセが東城大の吹きだまりのお籠もり部屋で燻(くすぶ)っている姿を見られたのに。田口センセって肝心のところで気が利かないんだよね」

俺は、他愛ないことをぐだぐだ言われるのがイヤなので、話を本題に戻した。

「それより今日、彦根先生と会おうとした目的は何なのですか？」

俺の質問に、彦根と洲崎は、それが早く聞きたい、という表情でうなずく。

「今、国崎首相はコロナ対応を、感染症の2類から5類に引き下げようと画策してる。つまり政府の責任でやるコロナ対策を全部やめちまおう、とお考えだ。この愚策について彦根センセと今後の方針について、すりあわせをしておきたくてさ」

「つまり、また僕を白鳥さんの手先として、コキ使おうという魂胆なんですね」

彦根がげんなりした顔で、呟く。


「やだなあ、そんなえげつない話じゃなくて、僕が出張っていけない場所に、僕の代理人として彦根センセを派遣することがあるかもしれないよっていうだけだよ」

それってまさに子分としてこき使うということじゃないのかな、と思う。けれども俺はそのことは指摘せず、自己防衛に走った。


「そこに東城大が絡んでくる理由が不明ですが。残念ですが私は『コロナ病棟』で多忙を極め、白鳥技官のお役に立てないかもしれません」

「でも洲崎センセは子分なんでしょ？　猫の手も二倍になれば少しはゆとりが出来るはずだよ」

「実は洲崎先生は新臨床研修制度の落とし子で、働き方改革の推進者で『コロナ病棟』の仕事はタッチせず、『ホスピス棟』の仕事に専念したい、と宣言しています。黎明棟の業務量はコロナ8、ホスピス2で、洲崎先生がホスピス2の半分を担ってくれるので、私の総業務量は10が9になったくらいで、大して変わっていないんです」

普通、上司にそこまで言われたら、穴に入りたくなるが、洲崎医長は逆に胸を張る。

「私は緩和ケアを専任でやりたいんです。ホスピス患者は向上心が低いのですが、緩和ケアなら、よくなりたいという希望を持つはずです」

「なるほど、それで『効果性表示食品』を取り入れよう、という野心があるわけか」

「野心だなんて、下世話な言い方は止めてください。崇高な理想と言ってほしいです」

俺と彦根、そして白鳥は一瞬、鼻白んだ。毛色も傾向も異なる三人を一瞬でも黙らせて、機能停止に陥らせるとは、さすが暴走ラッコ・洲崎、ただ者ではない。

「基本的な質問なんですけど、そもそも2類を5類に落とし込むと、何が問題なんですか？」

「うん、初学者らしい、実に素朴でいい質問だね。ここは彦根センセに見せ場を譲ってあげようかな。説明よろしく」

上から目線の白鳥のフリに、彦根はイヤそうな顔をする。

だが仕方なく、しぶしぶ説明を始める。

「新型コロナは感染症法上2類で、感染者は全数把握が義務づけられ、医療費は全額公費負担になります。入院勧告や就業制限、外出自粛要請が可能で、医療機関は限定され、医療費は全額公費負担です。5類の代表的疾患は季節性インフルエンザで、感染者は定点把握で医療費はワクチンも含めて保険診療による自己負担で、入院勧告も就業制限も外出の自粛要請もできません」

白鳥はぱちぱち、と拍手をする。

けれども次の言葉は、賞賛より非難の方が強めだった。

「お医者さまとしては、わかっている方だね。でもこれは感染症の初学者・洲崎センセの質問なんだから、根底から説明しないとダメでしょ。いつなんどき日本にエボラ出血熱が入ってこないとも限らない。無知な医者を教育する機会をすかさず捉えて正しい知識を伝授しないと、ね」

短い話の中でたちまち、初学者から無知な医者まで一気に格下げされてしまった洲崎医長は、むっとした顔になる。

だが白鳥は悪びれずに、滔々（とうとう）と続ける。

「『感染症法』は『感染症の予防及び感染症の患者に対する医療に関する法律』で、一九九八年十月に『伝染病予防法』、『性病予防法』、『エイズ予防法』の感染症関連三法を統合したものだ。厚労族の親玉の第83代・本橋龍次郎（もとはしりゅうじろう）首相の肝いりの法案だけど、参議院選で惨敗した責任を取り首相を辞任したので成立させたのは次の大渕（おおぶち）首相になった。本橋龍次郎首相の宿願は行政改革で、失墜したのは消費税増税だという剛腕剣士だから、感染症法の創設なんてお茶の子さいさいだったんだよ。それはまさに時代が必要とした法案だった。二〇〇七年には結核予防法を統合して旧来の感染症関連法案の統合を終え、二〇二一年の新型コロナウイルス感染症の拡大防止に向けて関連法案が修正されたワケ。で、５段階に感染症を分類して、１類はエボラ出血熱、クリミア・コンゴ出血熱、南米出血熱、天然痘、ペスト、マールブルグ病、ラッサ熱の７種の致死的伝染病がある。2類には結核、ポリオ、ジフテリア、SARS（重症急性呼吸器症候群）、MERS（中東呼吸器症候群）、鳥インフルエンザの6種があり、1類と2類は入国拒否ができる。新型コロナウイルス感染症は2類の七番目の疾患のワケ。3類はコレラ、赤痢、腸チフス、パラチフス、腸管出血性大腸菌感染症の5種がある。4類と5類は数が多くて全部言えないけど、4類にはA型肝炎、マラリア、日本脳炎など、5類は季節性インフルエンザ、麻疹、AIDS（後天性免疫不全症候群）、ロタウイルス感染症（感染性胃腸炎）、細菌性髄膜炎などがあるんだよ」

病名を聞いて幼い頃の恐怖の書「家庭の医学」が脳裏に浮かんだ。

五十年前の「家庭の医学」には1類は載っていない疾患が多く、2類は古株と新顔が半々で、3類以下にはなじみの古株が多かった。

「でも、新型コロナウイルスの対応でうろたえた安保内閣が、はちゃめちゃをやっちゃったもんだから、未だに混乱が収まり切っていないんだ。初めは2類扱いしたんだけど、すぐに1類相当に格上げしちゃったから、エボラなみの厳格な対応になってしまったんだ。もっとも、詳細不明な新規感染症に対してオーバーアクションになったとしても、同情の余地はあるんだけどね。実際、最初の頃の欧米は凄まじい惨状だったワケだし」

その頃のことを思い出して、俺も背筋が寒くなった。白鳥は続ける。

「でも日本のコロナ感染状況は欧米ほど酷くない、と判明してからの取り繕い方が、あまりにもお粗末すぎたんだ。総括もしないで令和二年八月から一気に5類に落とし込もうとして失敗して、令和三年二月には、2類から新型インフルエンザの特別項目に追加してごまかしたんだ。挙げ句の果てに、政府は5類に落とす前段階として、全数把握を中止しようと目論んでいるらしいんだよね。まあ、いずれは5類に移行しなくちゃならないんだけど、よりによって、感染爆発している今じゃないでしょ。今年の春先は、感染者数も落ち着いていたんだから、その頃に提案すればよかったんだ。ほんと、口先首相はグズで困るよ」

滔々と喋(しゃべ)り倒した独演会の途中で、白鳥技官は、ふと気がついた、というように、壁の掛け時計を見上げた。

「あ、そろそろ打ち合わせの時間だな。今後、僕は東城大に頻繁に出入りすることになるかもしれない。そうなったらいずれ洲崎センセとは、本格的に一戦交えないといけないかもね。さて、こんなところでグズグズしていられない。彦根センセ、それじゃあ行くよ」

「行くって、どこへですか?」と戸惑う彦根の問いには答えず、彦根の首根っこを摑んで部屋を出て行った。

不気味な予告を残して白鳥が姿を消すと、取り残された俺と暴走ラッコ・洲崎は、呆然と佇むしかなかった。
そこにはまさに台風一過の晴天のような空気が、部屋一杯に広がっていた。

第2部

弔鐘

八月十七日　時風新報社会部

7章　混沌たる盛夏

八月十七日の夕方、冷房の利きが悪い時風新報社の三階で、別宮記者は、七月から八月にかけての一連の騒動を総括した取材メモを読み返していた。

いくつかは「地方紙ゲリラ連合」の特集記事になったが、全てが混沌として先の見通せないことに対する備忘録の様相を呈していた。安保元首相の施策を見返すと、いかに彼が見せかけで長期政権を維持してきたか、改めて思い知らされる。何か予感がして、朝刊の締め切りに追われる同僚たちを横目に、別宮記者は一心不乱に自分のメモに没頭した。

別宮メモ①　安保元首相の暗殺と参議院選挙（七月）

安保元首相が死亡した七夕の翌日の七月八日は、三日後に参院選を控えていた。報道は追悼ムードに包まれ、選挙報道はきわめて少なかった。

七月十日、第二六回参議院選挙が行なわれた。事前の票読みでは与野党接戦で、自保党の苦戦が予想されたが、元首相の暗殺という事態への同情票か、僅差で自保党が勝利する選挙区が続出、改選前より八議席増やし六三議席を獲得し、与党が過半数を維持して圧勝した。

自保党は衆院参院双方で単独過半数を得て、与党単独で安保元首相の悲願の憲法改変ができる安定勢力を確保し、国崎首相は、次の衆院選まで国政選挙がない「黄金の三年間」を手にした。

別宮メモ②「アボノミクス」の総括（二〇一二年〜二〇二二年）

安保元首相の経済政策「アボノミクス」は大規模金融緩和政策が主体だった。ゼロ金利という異次元の金融緩和政策を実施すれば企業収益が上がり、社員の給与もアップしてインフレが起き、経済拡大につながるとする「トリクルダウン（経済活性化による利益の再分配）」が期待された。

だが企業の業績は上がったが、企業はその利益を内部留保でため込んでしまった。アボノミクス下で、「雇用を確保し、低い失業率を達成した」というのも甚だ疑問がある。

正規雇用が減らされ、非正規雇用ばかり増やすという数字上のトリックで、見かけの失業率を低く見せかけたが、その結果、雇用は不安定になり、賃金は上がらず、日本経済は主要先進国の中でダントツに悪い状態になってしまった。

別宮メモ③「安保元首相の国葬」と「奉一教会」問題（七月～八月）

安保元首相の暗殺を契機にして「奉一教会」と政界の癒着が露見した。

安保元首相に関しては「有朋学園事件」や「門倉学園問題」、「満開の桜を愛でる会」などの醜聞があっても、大きな打撃とならなかったが、今回は風向きが変わったらしく思われた。

犯人の母親は『奉一教会』の信者で、そのため家庭崩壊したが、安保元首相がその教団をさまざまな面で支援し広告塔となっていたことで、恨みを買ったというのが、犯行の動機であると海外メディアが報じ、ＳＮＳ（ソーシャル・ネットワーク・サービス）でも拡散された。このため、参院選翌日の七月十一日「奉一教会」幹部が襲撃犯・浦上四郎の母親が信者だと認めざるを得なくなった。

翌十二日、全国霊感商法対策弁護士連絡会（全国弁連）が会見を開き、襲撃犯のような信者家族の悲惨な境遇が「信者二世」問題としてクローズアップされた。安保元首相が暗殺された直後は、自保党議員が「民主主義への冒瀆であり、政治テロは絶対許されない」と主張していたが、狙撃犯の動機が判明するとむしろ、元首相や自保党と奉一教会のひとかたならぬ癒着に、疑惑の目が向けられるようになってきている。

なお、安保首相の長期政権の下では、自保党のスキャンダルが噴出するたびに、北朝鮮がミサイルを放つというタイミングの一致がSNSなど一部で揶揄されていたが、実際に「奉一教会」と北朝鮮は蜜月関係にあり、日本の信者から霊感商法や寄進などによって収奪した資金が北朝鮮に流れていたことも明らかになってきている。するとこの件も、あながち「偶然の一致」と言えないのかもしれない。

別宮メモ④　相次ぐ国崎首相の判断ミス（七月～八月）

参院選で自保党が圧勝した数日後の七月十四日、国崎首相は「安保元首相を悼み国葬とする」と表明した。だが暗殺の動機が明らかになり、さらにその十ヵ月前の「奉一教会」の大規模集会で、安保元首相が満面の笑みを浮かべて、鶴小玉総裁に対し賛辞を述べたビデオレターの映像が報道されると、国葬に対して反対を表明する声が大きくなってきた。

国崎首相は、「奉一教会」に関わった政治家を閣僚から外すという名目で、異例の時期に内閣改造を断行したが、皮肉にも新閣僚は「奉一教会」と関係が深い者が八名から九名に増えてしまう。だが「遣唐使」とあだ名される国崎首相はいつものように「任命責任を重く受け止めている」という決まり文句で済ませてしまおうと考えているようだ。

別宮メモ⑤　「奉一教会」の「名称変更疑惑」（二〇一五年）

一九九〇年代、教団の霊感商法の反社会性が社会問題となった。一九九七年頃から文科省に何度も名称変更を申請したが、「教義など団体の実体に変化がないので名称変更は認められない」として、その都度門前払いされた。ところが七年前の二〇一五年、第二次安保内閣の文科大臣・下仁田（しもにた）大臣が突然、変更申請を認めた。

当時、全国弁連は「社会的批判が高まり資金獲得が困難になったことで、名称変更して正体を隠し、資金や人材を獲得しようとしている」と指摘し、変更を認証しないよう申し入れていたが、この名称変更は強行された。

二〇二二年八月、日本マルクス党の国会議員が文化庁に名称変更の決裁文書の提出を求めたが、同庁は「公にすると『奉一教会』の正当な利益を害する恐れがある」とし「変更理由」に関わる部分を黒塗りにした。公文書としてはありえない対処である。

別宮メモ⑥　「奉一教会」の原点（一九五四年〜二〇二二年）

「奉一教会」こと「世界奉一神霊教会」は、一九五四年、朝鮮戦争が終息した翌年に、文鮮洞（ぶんせんどう）によって設立された。聖典は「文鮮洞夫妻を頂点とする世界的な『政教一致国家』を樹立する」ことで、全人類を「サタンの血統」とし、そこから逃れるためには、選ばれた相手と「祝福」結婚（集団結婚）することが必須だと説いた。

この過程において、文鮮洞は「理想世界の実現のために、共産主義世界を壊滅させる」という名目で、韓国の金正洙（キムチャンス）軍事独裁政権が設置した「ＫＣＩＡ（韓国中央情報部）」と手を結び、互いに利用し合う関係となった。

別宮メモ⑦「奉一教会」と霊感商法（二〇〇九年〜二〇二二年）

理想国家建設の資金集めの役割を一手に担わされたのが「奉一教会」日本支部だ。ＫＣＩＡ譲りの手法で信者をマインドコントロールし、霊感商法や高額献金に駆り立てた。正体を隠して街頭アンケートで家族構成を聞き出し研修で洗脳し、「先祖の因縁がある」などと脅して高額な印鑑や壺を購入させた。

これらの手法は、特定商取引法違反、薬事法違反などで全国で数多く摘発されていたが、形を変えて続けられ、二〇〇九年には東京地裁で「相当高度な組織性が認められる継続的犯行の一環」と認定されている。さらに、家庭内暴力や経済的困窮で多くの家庭が破綻した。

その結果「信者二世」は貧困に苦しみ、生まれた時から信仰を強要され、信者との結婚を強いられるなど悲惨な境遇に陥ることが多かった。

こうした問題は、被害者弁護団や一部ジャーナリストが地道に訴え続けてきたが、自分も含めて、大手メディアはこの問題に無関心だった。

このことは、ジャーナリストの端くれとして痛恨である。

しかも「奉一教会」の教義が、日本人にとって売国的な内容だったことは衝撃で、日本女性が韓国男性に嫁ぐ集団結婚式が、日本の外貨を韓国に持ち込むことが主目的だったことも暴露され、「奉一教会」への反発は日に日に大きくなってきている。

別宮メモ⑧「ネトウヨ≒奉一教会信者」説の検証（七月～八月）

安保元首相の強力な親衛隊だったネトウヨとよばれる人々は、彼らが崇めた安保元首相が、日本を貶める教義を持つ教団トップに媚びへつらったことを知り、どう感じたのだろうか。

また、自保党が推進しようとしている憲法改正の内容が、「奉一教会」の方針とぴたりと一致していることに、愕然とした者も多かったようだ。夫婦別姓やLGBT推進政策への強硬な反対、「こども庁」に「家庭」という言葉を入れて、「子ども家庭庁」とするなど、自保党の政策は「奉一教会」の教義を実現するかのようだ。

一方、「奉一教会」の教義の「故に日本人は韓国（の教団）に奉仕するべき」という「贖罪」は、日韓関係が良好でないからこそ成立する、というのは皮肉である。日韓が和解すれば、「日本人が贖罪のために韓国に奉仕しなければならない必然性」

が消滅してしまう。

だからこそ逆説的だが、信者に対し「贖罪のための献金」が要求される一方で、両国の対立とヘイトを煽(あお)らなければならない。

それが「ネトウヨの一部＝奉一教会信者」という推認の根拠である。

＊

ここまでのメモを、改めて読み返した別宮記者は、ため息をついた。

七月から八月にかけ、安保元首相の銃撃事件以後の世間の報道と関心は、暗殺事件一色に染め上げられていたが、世の中はいい方向に進んでいる、と思い込もうとした。

その時、フロアに姿を見せた局長が、興奮した様子でテレビのチャンネルを変えた。

「山が動いた。東京地検特捜部が、五輪疑惑に突っ込んだぞ」

編集部のざわめきが一瞬、消えた。皆の目が、テレビ画面に集まる。

画面では、東京地検を背にしたアナウンサーが、事態を報じている。

「東京地検特捜部、五輪大会スポンサーの紳士服大手会社を強制捜査」の文字が躍る。

「別宮、すぐに五輪案件について記事をまとめろ」

別宮記者は、打てば響くように答えた。

「下調べは済んでいます。地検特捜部は三つの柱で攻めるつもりでいるようです」

別宮記者は、抽斗(ひきだし)から分厚い書類を取り出した。

ぱらぱらと書類を読んで、局長が言う。

「よし、明日の一面トップはこれで行く。今から三十分以内に原稿にしろ」

「了解です。一緒に『地方紙ゲリラ連合』にも流してもいいですね？」

「こんな極上ネタを準備していたお前に、ダメとは言えないさ。思い切ってやれ」

別宮記者は加納審議官の顔を思い浮かべ、霞が関の方角に、ぺこりと一礼した。

翌朝、時風新報の一面を、別宮記者の記事が飾った。

「疑惑だらけの東京五輪、ついに強制捜査へ」（八月十八日付時風新報）
東京地検特捜部が、東京五輪絡みの汚職案件でついに動きを見せた。昨日（八月十七日）、東京地検特捜部は東京五輪大会組織委員会の朽木(くちき)元理事を受託収賄容疑で逮捕した。五輪大会スポンサーの紳士服大手会社側から賄賂を受けた疑い。
（記・別宮葉子）

結局、別宮記者が事前に調べ上げたことには触れず、純然とした報道記事になった。

その判断は新聞社として当然だった。裏取りが不十分だったからだ。

だが別宮記者は失望しなかった。検察が本気ならいくらでも掲載のチャンスはある。こうしたことは市民は、うすうす察していたけれど、これまでは決して表に出ることがなく、韜晦と捏造と隠蔽の狭間に消えていったものだった。市民は、こうしたことがついに白日の下に晒されたことに対する戸惑いと新鮮な驚き、そして解放感を感じているようだった。

早刷りの記事を読みながら、別宮記者は局長と、今後の方針について話し合った。

「先月、帝国放送協会（ＴＨＫ）が放映した五輪一周年記念番組では、安保暗殺後で見直す中、賞賛一色にできず五輪反対デモの様子も流しました。ＴＨＫが持ち上げた、女流監督が撮影した公式映画も、興行的に大惨敗しました。それで一本書けますがどうしましょうか」

「それはいずれやる。だがしばらくは金絡みの話に傾注する。検察の動きは見かけ倒しに終わる恐れもある。組織委員会の解散を待って着手した面も否定できん。朽木理事のラインは、全体から見れば些末でトカゲの尻尾切りに見える。わが社は汚職の一点突破で検察の尻を叩き続ける。メディアが真実を報道し、罪人が法に基づき逮捕されるという、当たり前のことが実践されそうな、この機運は絶対に逃してはならん」

「確かに五輪の汚職構造は、日本社会の全てに共通する宿痾だと市民は直感的に見抜いています。検察もそうした空気の変化を感じ取ったのかもしれません」

「別宮は甘ちゃんだな。その程度で検察が真の使命に覚醒したと考えるのは、楽観的すぎるぞ。これは単に政権周辺の政治家の権力闘争が、表に出たにすぎない、とまだ懐疑的だよ。注目すべきは、検察がどこまで摘発するか、だな。汚職の根源はIOCと『専任代理店＝電痛』が作り上げたビジネスモデルで、朽木元理事など枝葉にすぎない。『政府・IOC・電痛』の本丸に切り込むかどうかで、検察の本気度がわかる。俺の読みでは、検察はそこまでやらないだろうし、やれないと思うがな」

「そうでしょうか」と言った脳裏に、精悍な警察庁の電子猟犬の顔が浮かんだ。

あの人なら突破してくれるかもしれないと思った次の瞬間、加納審議官は警察庁で、検察庁ではないことに気がついて、たちまちその確信が揺らいでしまう。

「今さらですが、どうしてみんな『五輪スポンサー』になりたがるんでしょう」

「『パートナー』になれたら、『わが社は東京2020オリンピックを応援しています』という宣伝が打てるからだ。それがどれほどの儲けになるかは不明だが、他社がやるからウチも、という横並び体質の企業は、降りるに降りられない。東京五輪は、世間から白眼視された罰ゲームになったが、そういうところには常に、利を求めて金の亡者が集まってくる。これまでも散々繰り返された、官製の大型企画につきものの悪弊だよ」

「これまでと違って、なぜ今回、朽木理事は逮捕されてしまったんですか？」

「組織委の理事は特別法によって、『みなし公務員』になるからさ。朽木元理事は独断で、都民や国民の負担軽減につながるスポンサー料を、相場よりも引き下げた。これは組織委や国民に対する背任行為にあたる、というのが、検察が描いた新しい絵図なんだろうな」

局長はテレビ画面で、同じようなニュースばかりが繰り返されるのを眺めながら、続ける。

「朽木元理事は、『一業種一社』だった公式スポンサーを、『一業種複数社』に変え、多くの企業を参加させ、口利き料を取るという新しいビジネスモデルを作り上げた。スポンサー料は激増し、朽木元理事の周旋範囲も拡大した。そんな風に利を貪欲に追求するのが『電痛』の常套手段だ。普段は利を企業から吸い上げるが、今回は国民が納めた巨額な税金も加わった。『みなし公務員』では許されないことだ。法律ギリギリを渡り歩き、政治家に甘い汁を吸わせ、企業や国から利を搾り取る手法はあさましいが、法的に罪に問えないことが多い。そんな利権構造が日本を蝕み続けたんだよ」

「東京五輪の招致時の予算は七千億円だったのが、最終決算で一兆四千億円と倍増した過程で、巨額のカネが抜き取られたんですね。ＩＯＣと『電痛』が暴利を貪り、そのツケを国民に押しつける構図の中心で『安保トモ』の連中が甘い汁を吸った、というわけですね」

「その通り。今の日本社会の基本構造は、『中抜きシステム』だ。現場で働く者に、労賃が届く前に、多重的に上前をはねる『中抜きハイエナ』が襲いかかる。そんな制度構築の一番の功労者は大泉元首相時代のブレイン、竹輪拓三元経産大臣だ。利に聡(さと)い彼は五輪の利権を仕切ったが、安保暗殺の数日後に、自分が関わっていた企業の全ての役職を辞任した。その迅速さは、彼がいかに『安保トモ』としての恩恵を受けて公金を食い物にしてきたか、そして安保元首相がいなくなった今、即座に辞職しないとどれほどヤバいかということを、雄弁に物語っているんだ」

局長の言葉を聞いた別宮記者は、皮肉めかした言葉を、吐息混じりに言う。

「二〇二二年夏、市民は首相在籍通算三千百八十八日という憲政史上最長の首相在位期間を誇る大宰相・安保宰三の『偉大さ』を、改めて思い知らされたわけですね。ここまで国民を愚弄したイベントは他にないでしょう」

「ところが、それはそうでもないんだよ。残念ながら政府や政治家が絡むイベントは多かれ少なかれ、そうした顔を持っているんだ。その意味で日本の国絡みの企画は、最初から根腐れしているものになっているんだ」

「原点に返れば、五輪を開催した地元が儲からなければ、地域振興の意味がありません。コロナ禍の中、五輪を開催してくれたので、売り上げの三割をバックします、くらい言ってもいいはずです。でもＩＯＣの『ぼったくり男爵』は、そんな気配を微塵(みじん)

も見せない。バッカバカしい。東京五輪は五輪ビジネスの終わりの始まりになりました。いくらお人好しの日本人だからって、もう札幌冬季五輪なんて、絶対にやりたくないでしょうね」

別宮記者は、数日前に読んだ、IOCが二〇三〇年の冬季五輪の開催地に関するヒヤリングを、期日未定で延期すると発表した、という記事を思い出す。

「そうだといいがな。日本人ってヤツは、喉元過ぎれば熱さを忘れる体質が染みこんでいるから、俺は悲観的なんだが」

その言葉を聞いた別宮記者は、顔を上げた。大きな瞳が、キラキラと輝いている。

彼女は前のめりで、つんのめるようにして、言った。

「でしたら前哨戦として、同じ構図の『浪速万博』の裏側を暴き立てて、開催を見直すべし、という記事を打ち上げてもいいですか」

「ふむ、面白そうだな。日処がついたら、見せてみろ」

「ラジャー。すぐに取り掛かります」と別宮記者は敬礼した。

しめしめ、思う壺になってきたわ、こうこなくっちゃね、と「血塗れヒイラギ」は、小声で呟いた。

8章　補助金パラダイス

九月十日　浪速府天目区・菊間総合病院

安保元首相の国葬儀の日程が近づくにつれて、国葬を巡る世論は二分されていった。そんな中、九月七日に、国産コロナワクチンの開発を華々しく打ち上げた製薬ベンチャー企業「エンゼル創薬」が、新型コロナウイルスワクチンの開発を中止すると、しれっと発表した。

それを受け二日後、「梁山泊(りょうざんぱく)」の主力メンバーに、招集が掛かった。

二〇二〇年十一月に「浪速都構想」を問う住民投票で、「浪速白虎党」の思惑を打ち砕き、二〇二一年五月には関西ローカルのテレビ番組「どんどこどん」で鵜飼(うかい)府知事を血祭りに上げた盟主・村雨弘毅(むらさめひろき)の下、地道な活動に勤(いそ)しんでいた面々が半年ぶりに浪速に集結したのである。

「浪速白虎党」は全国政党を名乗りながら、今ひとつメジャーになれない地方政党だ。全国展開する時は、浪速の冠を取って「白虎党」を名乗るが、浪速での勢力が圧倒的に強く、「浪速白虎党」と呼ばれることが多い。

「浪速白虎党」の創設者・横須賀守(よこすかまもる)元党首は、村雨元府知事の後継者を名乗りながら、政治理念を換骨奪胎し、全く違う政党に作り替えた。その後党首を辞し、今はテレビコメンテーターで名を上げているが、その発言は支離滅裂で終始一貫せず、場の空気に合わせて発言をころころ変えるため、「横須賀ストーリー」と揶揄されることもある。

天下の名曲にそぐわない、失礼千万なあだ名である。

今では政策集団「梁山泊」の盟主である村雨弘毅にとって、忌むべき仇敵(きゅうてき)である。

「梁山泊」は自発的かつ自立的な任意団体で、活動目的によって離合集散を繰り返す、融通無碍(むげ)の組織体だ。「官僚機構の独断専行を抑え、市民に利を取り戻す」という理念を掲げている。

二〇二〇年五月、安保首相の在任中、お手盛り人事で黒原東京高検検事を最高検検事長に任命するために改正しようとした「検察庁改革法案」が廃案になった時、いったん解散していたが、「浪速都構想」を打破するために浪速で再起動した。それも達成して再び活動休止していたが、「エンゼル創薬」のワクチン開発中止の発表を受け、議長である彦根の要請により盟主・村雨が招集を掛けたのである。

西日本特有のクマゼミの鳴き声がシャワシャワと多重的に響く中、集会場となった菊間(きくま)総合病院のカンファレンス・ルームに、梁山泊のコア・メンバー五名が集結した。

次期浪速市市長選への出馬を表明している村雨弘毅・元浪速府知事。

浪速府医師会会長を務める菊間祥一(きくましょういち)・菊間総合病院院長。

そしてお馴染みの房総救命救急センター病理医の彦根新吾、時風新報社会部・別宮葉子記者、そして白鳥圭輔・厚労技官の桜宮トリオである。

活動内容により、メンバーが変幻自在に入れ替わる「梁山泊」の機動性は高い。

村雨総帥が口火を切る。

「今回、『エンゼル創薬』が新型コロナワクチン開発を中止すると発表したのを受け、彦根先生から招集要請がありました。まず彦根先生から説明していただきます」

議長役を務める彦根はうなずいて、立ち上がる。

「『エンゼル創薬』は製薬企業として、ワクチン開発の経験はなく、最初から開発するつもりがなかったのではないか、という疑惑を持たれています。百億円を超える巨額補助金を受けておきながら、『失敗しました、はいサヨウナラ』では、浪速の政治を糺す『梁山泊』として見過ごせません。『エンゼル創薬』が正式に開発中止を発表したので、開発に伴う情報開示制限が外れました。その欺瞞を暴くため、臨時会議の招集を要請しました」

それを受けて、別宮記者が言う。

「大手新聞やテレビは例によって完全スルーです。なのでとりあえず、『地方紙ゲリラ連合』を発動して、鵜飼・浪速府知事の責任を追及する記事を書いておきました」

別宮記者は記事のPDFをメールで各自に送信した。

――二〇二二年九月七日、製薬ベンチャー「エンゼル創薬」がコロナワクチン開発を中止したと発表した。二〇二〇年四月、鵜飼昇(のぼる)・浪速府知事は、臨床試験の目処が立たない段階であったにもかかわらず、「実用化されれば、十万人単位で接種が可能」と前のめりの発言を繰り返した。府知事の「煽り発言」で同社の株価は五倍以上に急騰。その帰結が「開発中止」では疑問の声が出るのは当然だ。鵜飼府知事は「チャレンジなくして成功はない」と言うが、会見やテレビで「エンゼル創薬」のワクチン開発の「成功」を煽ったことに対する説明責任は当然生じる。行政のトップの発言は関連企業の株価に影響するので、重い責任が伴う。また「エンゼル創薬」も、税金が投入された研究である以上、失敗したデータを公表する義務があるだろう。

「なるほど。『将を射んと欲すればまず馬を射よ』というわけですか」と村雨が言う。

「いえ、あたしは『小』なんて欲してません。はなっから『大スクープ』狙いです」

いつものように別宮記者は故事成語に対して、とんちんかんなコメントを返す。

「別宮さんはともかく、珍しく村雨さんも引用が変です。それだと『将』が『エンゼル創薬』の三木社長で、『馬』が鵜飼府知事になってしまいます。それは逆でしょう」

彦根が突っ込むと、白鳥技官が首を横に振る。

「彦根センセの方が浅はかだよ。実態は村雨さんの引用の方が適切なんだ。それと重大な訂正をしておこうか。三木センセは『社長』ではなく、『顧問』だよ。社長は『エンゼル創薬』の創業時から二人三脚の田山社長っていう人なんだ」

「それは知りませんでした。その辺りはおいおいご教示いただきます。『浪速ワクチンセンター』の宇賀神元総長は、いつもに増して怒りまくっていらっしゃいます」と、別宮記者が言う。

「そりゃそうだろう。どうせ宇賀神さんは『それだけの補助金をウチに寄こせば、ウチの鳩村がとっくの昔に国産ワクチンを開発していたぞ』とか、言ってるんだろ」

「あら、さすが白鳥技官、バッチリお見通しなんですね。もとはと言えばこの記事は宇賀神元総長のインタビューから、罵声と怒声と個人的な面罵を抜いて再構成したものなんですよ」

別宮記者があっさり舞台裏を種明かしすると、菊間院長が笑う。

「それでは唐辛子を抜いた麻婆豆腐ですよ。できれば原典を読んでみたかったですね」

「諸君、和気藹々なのもいいけどさ、別宮さんのこの程度の記事で盛り上がっているようじゃ、この先が思いやられるよ」

「でも、浪速都構想の時も、こうしたささいな記事から火が点いたじゃありませんか」

「あれはラッキー・パンチだよ。いつも二匹目のドジョウがいるとは限らない。この記事を読むと、別宮さんは無意味で無鉄砲な方角に無駄弾を乱射してるみたいに見えるよ。『税金が投入された研究なら、失敗したデータを公表する義務がある』という論説は、とんちんかんすぎるんだ」

「なぜ、とんちんかんなんですか。別宮さんは『エンゼル創薬』が見せかけの開発で、不当に国の補助金を詐取している可能性を示唆しようとしているのに」

彦根が反論すると、白鳥は人差し指を立て左右に振りながら「ちっちっち」と舌を鳴らす。

「そこが、わかってないんだよ。国の補助金に、結果を報告する義務なんてないんだから」

「バカな。科研費ではボールペン一本の備品購入まで、詳細な報告が義務づけられているというじゃないですか」

「それは末端泡沫（ほうまつ）研究者の話。製薬会社に下りる開発費用はお大尽さ。だからさっき村雨さんが『エンゼル創薬』を『将』に例えたのは適切なんだ。厚労省の補助金の使い方は本当にいいかげんなんだよ。例えばどこかの製薬会社にコロナワクチン開発に十億円の補助金をつけたとする。でもその補助金を、コロナワクチンの開発関連に使わなくても全然ＯＫなわけ」

彦根と別宮はあんぐり口を開けた。彦根が動揺して、鸚鵡（おうむ）返しに訊ねる。

「コロナワクチンの開発補助金を、コロナワクチン開発以外に使っても問題ナシなんですか？」

「そういうこと。例えばワクチン精製施設を造るという建前さえしっかりしていれば、建物を建てた後で別の薬剤の製造施設にしても、お咎めナシなんだ。厚労省は用途を調べないからね」

「そんなバカな……」と彦根は絶句してしまう。

「これは補助金全般に言えることなんだ。だから『エンゼル創薬』がワクチン開発に手を上げて補助金をたっぷり貰い、実績を上げずに撤退しても他の製薬会社は糾弾しない。大なり小なり、みんな似たようなことをやってるから、迂闊に責めたりしたら、即座に自分たちに跳ね返ってくるからね。でも、さすがに『エンゼル創薬』ほど露骨な会社は、見たことがないけどね」

「そんな不正、黙って見過ごすわけにはいきません。どうすれば責任を追及できるんですか」

「補助金の不正使用の糾弾は困難だよ。ただ、『エンゼル創薬』はもともとワクチン開発の実績がゼロのベンチャーだから、さすがに問題がなくもない、というわけではないわけでもない」

「ないないないないってややこしく言わないで、はっきり言ってください。結局、問題あるんですか、ないんですか」

白鳥はしぶしぶ「問題はある」と、ぼそりと答えた。

「そもそもそんな製薬会社が、どうして補助金をもらえたんですか？」と別宮は怒り心頭だ。

「そんなこと、言うまでもないだろう。三木顧問が『安保トモ』だからだよ」

あっさりそう言った白鳥技官は、黙っている菊間・浪速府医師会会長を指さした。

「ほら、さっきから菊間センセがおとなしいでしょ。医師会も同じ穴のムジナなんだもの。多分、菊間センセの病院にも先日、抗原キットの無料配布先の報告は不用だ、という厚労省からの通達が行ってるはずだよ。一部の医師が無料キットを業者に横流しして不当に儲けていることくらい、厚労省はとっくに把握済みなんだ」

「ウチはやっていませんが、浪速府医師会の中にはそうしたことをしている病院もある、というウワサは聞いています。先週、通達が送られてきたのも事実です」と言い、菊間院長は俯く。

「ほらね、だから言ったでしょ。厚労省と医師会と製薬企業は持ちつ持たれつ、ズルズルの腐れ縁なんだよ」と白鳥が胸を張る。

いつの間にか、別宮の非難の矛先を、ちゃっかり医師会に転嫁している。

見事につられてしまった別宮記者だが、闘志が溢れ出て、やる気満々だ。

「コロナマネーの闇はどす黒くて深く、悪徳業者にしてみれば、補助金パラダイスなんですね。どこかに糸口はないんですか？　人間がやることですから、どこかに必ず粗があるはずです」

「さすが、噛みついたら雷が鳴るまで離さない、『スッポン葉子』だけのことはあるなあ」

別宮記者が、むっとした顔をして言う。

「ドサクサに紛れて、変なこと言わないでください。そんな妙なあだ名が、梁山泊のみなさんの心に刻みつけられちゃったら、どうしてくれるんですか」

「いやいや、みんな僕のセンスに納得してるみたいなんですけど」

別宮記者が周囲を見回すと、何故かみんな、俯いてしまった。

白鳥技官は続ける。

「あんなヤツをいつまでものさばらせ続けたりしたら、厚労省の火喰い鳥の名折れだから、もちろん、手は考えてるさ。でも、三木顧問はしたたかでなかなか尻尾を出さないんだ。だけど、安保元首相が倒れた時はさすがに焦ったと見えて、チョロリと尻尾を出してしまった。それがこの文章さ。安保元首相が暗殺された三日後に、医師だけが参加できる専門サイトに緊急投稿された記事なんだけど、実に面白いから読んでみてよ」

白鳥が配った書類の表題は「安保政権の医療政策の素晴らしさを振り返る」。筆者名は「浪速大学操作遺伝子治療学寄附講座教授・元内閣府参与・三木正隆」。

読み終えた人たちが次々に顔を上げる。白鳥が言う。

「文章を読むと、安保元首相は優れた医療行政の政治家に見える。政治オンチで、新聞やネット記事を鵜呑みにするお医者さんにそう思わせるため緊急投稿したのさ。内閣府参与を務めただけあって実によく書けてる。でもこの文章は、エジプト象形文字におけるロゼッタ・ストーンみたいに、安保政権のブラックボックスを解明してくれた。官邸チーム主体で『岩盤規制』を破壊し、**『安保政権の医療政策は、医療制度の良い面を残しつつ、社会保障費の増加に伴う財政赤字で痛む医療体制をいかに立て直すかという、二律背反の課題に立ち向かったものであった』**なんて、安保シンパなら涙なしに読めないだろう。**『アボノミクスの三本の矢で一番重要な、民間投資を喚起するため大胆な規制・制度改革をし、内閣府に規制改革会議を設置した』**とあるのは、盛大に新春砲を食らった泉谷首相補佐官と本田審議官の不倫ペアが中心メンバーだ。内閣府のお手盛りで医療分野の制度改革をして、**『最先端医療の発展と関連産業の裾野を広げることが目的』**だなんて言ってるけど、安保政権の医療政策は、厚労省と医師会を仮想敵として攻撃するという、えげつない利益誘導にすぎなかったんだよ」

憤懣やるかたない、という表情で、白鳥は続けた。

「硬直化してたけど『岩盤規制』は市民の安全を守るためでもあった。でも安保元首相は、『岩盤規制』を破壊し、『お友だち』へ利益誘導した。『再生医療の早期承認』や『混合診療の解禁』や『薬品のネット販売の解禁』を安保元首相の功績としてるけど、三木顧問は『コテコテジャン』承認で直接、恩恵を受けてる。『エンゼル創薬』が開発した薬剤はそれ一種だけ。しかも治験で結果を出せず、承認に四苦八苦してた。でも安保内閣で内閣参与として参画し『再生医療の早期承認』という制度を導入してもらい、ようやく『コテコテジャン』の仮免をもらったんだ。三木センセは政治家に取り入るのは天才的に上手くて、『浪速白虎党』の『ナニワ・ガバナーズ』の鵜飼府知事、皿井(さらい)市長もイチコロなんだよね」

そう言って白鳥は、深々と吐息をつくと、続けた。

「この文章では三木顧問が今、一番重視していることにさらりと触れている。『効果性表示食品』について『**効果性表示食品制度の創設は、事前届出制で企業の責任にて保健機能の表示ができる。届け出た商品は五千件を超え、規制改革により四千億円以上の新規市場が創出されたのである**』とある。『トクホ』は厚労省の承認が必要だけど、『効果性表示食品』は消費者庁の承認は必要なく、企業が勝手に打てる。この仕組みにお墨付きを与えたのが安保元首相なんだよ」

「でも安保元首相は『潰瘍性大腸炎』という難病だったから、医療現場の改革には、なみなみならぬ意欲があったという言葉には、納得させられてしまうんですけど」

別宮記者がそう言うと、白鳥は首を左右に振る。

「実はそこも疑わしい。安保元首相は自分ではそう言ったけど、医師団は一度たりとも正式コメントしたことはない。第一次安保政権を投げ出した時は『機能性胃腸障害』の診断だったのが、いつの間にか『潰瘍性大腸炎』にすり替わった。誰の入れ知恵なのかわからなかったけど、この文章で真相が判明した。三木センセが裏にいたんだ。『**安保元首相の潰瘍性大腸炎は、私との対談で初めて公表された。病気について話すのは政治家にはマイナスだが、私がフォローすると約束すると、第一次政権の退陣時の病状を話してくれたのである**』とあるでしょ」

「確かに、第一次政権を投げ出した時、一週間後にステーキを完食したという報道がありました。潰瘍性大腸炎の重症患者ではありえませんが、機能性胃腸障害ならよくあることです。すると、未承認の新薬で体調が改善したというエピソードはなかなか意味深で、しかもそれを『岩盤破壊』の根拠にするなんて、かなり秀逸で狡猾ですね」

彦根議長の言葉を聞いて、村雨総帥が言う。

「『新型コロナワクチン開発』も、『浪速万博』の理事に収まったのも、浪速市民を蔑ろにして利を得る構図は一緒ですね。でも三木顧問を標的にするのは『浪速白虎党』打倒の観点からすると、ちょっとピンボケしているようにも見えますが」

「それは違います。『浪速白虎党』を打倒するには、僕が『白虎党の三本の矢』と名付けた、不当な利をもたらす利権構造を打破する必要があるんです。その一の矢である『浪速都構想』は幸い昨年、破壊できました。なので二の矢、三の矢を打ち砕けば浪速は自ずと奪還できるでしょう。それが『ナニワ・ワクチン』と『浪速万博』です。今はそのジグソーのパーツをバラバラに組み立てている段階です。三木顧問への攻撃は遠回りのようでいて、実は一番手っ取り早いんです。僕としては医療面から追及したいところですが、補助金の不正使用や『効果性表示食品』に関しては、白鳥さんの腰が引けてます。でも『浪速白虎党』と組んだ『浪速万博』は狙い目です」

「その辺の理屈がよくわからないのですが」

村雨総帥が言うと、白鳥技官が、種明かしをするように話に割り込んできた。

「それは大泉元首相時代からのさばり続ける、竹輪さんと安保さんの癒着構造がそっくりそのまま、鵜飼知事と三木センセの相似形になるからだよ。しかもミニチュア版だから、底が浅くてとてもわかりやすい。だから僕は三木センセを『ハンペン小僧』と呼べばいいと思うんだ」

「なぜにハンペンなんですか」と別宮が、あらぬ方向へツッコミを入れる。

「わからないかなあ。利権の原画を描いた竹輪拓三の物真似野郎だから『プチチクワ』、つまり『ハンペン小僧』でしょ」

「おでんの世界で、ハンペンが竹輪より格下だというその根拠は？」

「うるさいなあ。僕の中ではそういうことになってるんだよ。酸ヶ湯前首相もおでんファミリーの一員だから、ガンモドキあたりにしようかな、と思って」

不毛な問答を聞いた彦根は、練り物のアナロジーならハンペンより、さつま揚げの方が近いのではないか、と思う。しかしそんなことを言ったら、牽強付会魔王の白鳥があらゆる屁理屈を総動員して自分の例えを正当化するだろう。そんな無駄な時間を過ごす暇はない、と彦根は冷徹に判断した。だが恐れ知らずの好奇心ガール・別宮記者は、更にあらぬ方向へ突っ込んで行く。

「それなら、国崎首相は何になるんですか？」

「うーん、のっぺりしてるから、カマボコかな」

「それはおかしいわ。そもそもカマボコは、おでんファミリーではないし」

「そりゃそうさ。国崎首相は、おでんファミリーではなくて、おせち一族だもの」

ここに至ってついに我慢ができなくなって、彦根は口を開いてしまう。

「白鳥さんの『おでん・メタファー』には根本的な問題があります。竹輪会長は何の変換もせず竹輪として、三木顧問は名前と無関係のハンペンにするのは非対称的で、美しくありません。せめて竹輪さんを『ちくわぶ』に変換しませんか。『ちくわぶ』の舎弟が『ハンペン』となれば、不完全なメタファーが閉じた環になりますので」

一気に言い切った彦根は、白鳥の怒濤の迎撃に備えて万全の構えを取る。ところが意外なことに、白鳥は押し黙ってしまった。場になんとも言えない、虚脱した空気が漂う。

やがて、白鳥技官は浮かぬ顔でぽつんと言った。

「そんなことより、『エンゼル創薬』の裏で大物ナマズが蠢いていることが問題だ。『エンゼル』をバックアップしてる『サンザシ製薬』が、申請しているコロナ用抗ウイルス製剤『ゾッコンバイ』の審査経過が、『エンゼル創薬』の『コテコテジャン』の経過と瓜二つなんだよ。七月の『薬事分科会』の審議では緊急承認要件が不十分と結論づけられ、継続審議になったけど、有効性が証明できないのにフライング承認させようという態度が見え見えなんだよ」

逃げたな、と思いながらも、議長として彦根はコメントせざるを得ない。

「そちらへの戦線拡大は難しいので、まず『エンゼル創薬』の『ワクチン開発失敗』にターゲットを絞ります。『ワクチン開発』に関しては白鳥さんの腰が引けているので、僕が主攻をやります。菊間先生や宇賀神元総長、天馬先生に鳩村先生など、援軍は多士済々ですから」

彦根の発言に、「ま、せいぜい頑張ってね」と白鳥は冷ややかに言う。

「それなら『浪速万博』はあたしが詰めましょう。『開示請求クラスタ』の佐保さんにお願いすれば面白い情報を引き出してくれるかもしれません。それと、おでん話で思い出しましたが、村雨さんが積極的に動いてくださったおかげで先月、浪速外食産業協会が『浪速万博』の民間パビリオンの出展を辞退するという大成果を上げています。ご報告まで」と別宮が続いた。

「外食協会の智房会長とは昵懇でしたが、『地方紙ゲリラ連合』の記事のおかげで危機感を共有できました。今後も別宮さんの剛腕に期待してます。次は『エンゼル』城を陥落させましょう」

村雨総帥が檄を飛ばすと、「梁山泊」のメンバーは一斉に立ち上がり、部屋を出て行った。

この日から、浪速は大きく動き始めたのである。

9章　黎明の謀反

九月十一日　旧病院『黎明棟』3F・学長室

九月になり、街にはヒグラシの声がもの悲しげに響いている。

安保元首相の国葬儀が近づくにつれ、世論は二分されていった。時風新報社会部・別宮記者は、「地方紙ゲリラ連合」の記事で、そうなった三つの理由を挙げた。

ひとつめは法的根拠がないこと。ふたつめは国崎首相の説明が至らなかったこと。そしてみっつめは、安保元首相の業績に対し、客観的な総括がされていないことだ。ひとつでも大問題なのに、三つも重なったら騒動になって当然だ、と別宮記者は指摘する。その返す刀で、現在の国崎首相の横顔を、呵責(かしゃく)なく描き出していく。

歯切れのいい記事を読み進めた俺は、この二ヵ月間のめまぐるしい日々を思い出す。

国葬を打ち出した直後、国葬実施の支持は過半数を超えた。

だが安保元首相が「奉一教会」とズブズブの関係だったことが暴露されると、同情の追い風はたちまち、逆風に変わる。

ワイドショーは一転、安保元首相の暗部を曝(さら)け出す報道をやり始めた。

先鞭をつけたのはワイドショー界の暴れ馬、諸田藤吉郎(もろたとうきちろう)率いる「バッサリ斬るド」。

裏付け情報を惜しげなく提供したのが万田ナイトという、「奉一教会」の悪行を二十年間追い続けた、気骨のジャーナリストだ。

「バッサリ斬るド」が連日「奉一教会」問題を取り上げ高視聴率を叩き出すと、他局も恐る恐る追随し、ワイドショーは「奉一教会」一色になった。

お約束の表面的な追及に、政治家が見え見えの釈明をすると、いつもの大手メディアなら、そこで追及の手が緩み、政治家の逃げ得にしてしまう。

だが万田ナイトの地道な調査情報は、そんなおざなりの言い抜けを許さなかった。

こうしてこれまでの報道と一線を画した、厳しい追及がされていった。

俺は、別宮記者の記事に立ち返る。

――安保元首相の長期政権の下で、ダメにされたものがふたつある。

ひとつは「メディアの健全な批判精神」である。安保政権下で「報道の自由度ランキング」は、世界22位から72位へと急落している。

もうひとつが、政治家の良識である。「首相は解散に関してだけは嘘をついてよい」という不文律があるが、裏返せばそれは、他のことは嘘をついてはいけない、ということだ。だが安保元首相は国会で百八回嘘をついたと公式認定され、国会で見え透いた嘘をついても辞任せずにやりすごす、という悪しき前例を残した。

更に、安保元首相は、「アボノミクス」の実績をよく見せかけるために統計データを改竄し、彼の治世の間、誤魔化し続けた。

そんな安保政治を長く容認したため、日本経済は失墜し、日本は凋落した。そこで起こった前代未聞の不祥事が「有朋学園事件」であり、最大の悲劇が「赤星事件」だ。安保長期政権の負の側面を、今こそ再検証すべき時が来ている。

天皇陛下の大喪の礼と違い、国葬に関し規定する法律はなく、政府は内閣法制局に、国葬の決定は内閣の専権事項なので問題ない、というコメントを出させ、吉田滋（よしだしげる）・元首相の国葬についての見解をメディアに流した。だが参考にすべきは、憲政史上最長の任期を勤め沖縄返還を果たし、ノーベル平和賞を受賞した大宰相、佐藤英作（さとうえいさく）・元首相でさえ、国葬を回避して国民葬になったという先例だろう。こうしたケースで適切な前例を挙げ、政府の暴走を止めるのが従来の官僚機構の役割だったが、そんな気概ある官僚は、安保時代に淘汰（とうた）されてしまったのかもしれない。

それでも幸運児・国崎首相には、まだ挽回（ばんかい）のチャンスはあった、と別宮記者は言う。ここで国会を開会し議論を尽くせばよかったのだ。法治国家として当然の手続きを踏むだけで、国民は評価し支持率は高止まりしただろう。だが国崎首相は民主主義の本義を無視し、安保時代の悪しき手法を踏襲し、閣議決定だけで押し切ろうとして、野党と国民の猛反発を買った。

別宮記者の記事は、次の一文で締めくくられていた。

——今の日本社会は大いに揺れ動き、根本的な変革期を迎えようとしている。

特集記事の末尾の一文が、真夏の空の積乱雲のように、白く鮮やかに映った。

*

その頃、俺は洲崎医長の、新たな攻勢に辟易していた。

白鳥・彦根連合軍にぼこぼこにされても懲りず、暴走ラッコ・洲崎は「ホスピス棟」を「緩和ケアユニット」に改組すべしという主張を、懲りずに押し出してきた。

ことここに至って、俺は高階学長の裁定を仰ぐべく、洲崎医長と直接対峙することを決意した。

時はまさに九月十一日、いろいろな意味で体制がひっくり返った九・一一である。

多くの人は二〇〇一年、米国本土を攻撃したアルカイダのテロを思い出すだろう。

だが中南米の人々は一九七三年、チリの民主国家を転覆させた、ピノチェトの軍事クーデターのことを思い起こすのだという。

俺は民主的な病院運営を守るべく、敢然と立ち上がった勇者……では全然ない。

まあ、俺が上司として権力を行使すれば、洲崎医長の謀反を鎮圧するのは容易い。けれども俺は、そういう反乱を力ずくで叩き潰すのはあまり好みではない。

太古の昔、神経内科学教室の講師だった俺の座を狙って、当時まだ新参者だった兵藤クンが謀反を起こした時も、彼にその座を譲ることを前提に対応した。

身を捨ててこそ浮かぶ瀬もあれ、という道歌があるが、身を捨てる気満々なのでは、相手が戸惑うのも当然である。そんな異次元の戦略にうろたえた兵藤クンは、気の毒にも自爆した。

そのおかげで、俺の根城となる不定愁訴外来は設立された。それは俺の平和的な性格から導き出された、収穫の果実だったと言える。

だから洲崎医長に理があれば、権限を委譲してもいいと、本気で考えていた。

だがそんなことを俺が直接言ったりしたら、暴走ラッコ・洲崎は図に乗るだろう。

それゆえに、東城大の権威である高階学長の裁定は必須なのである。

学長室を訪れ、ソファに座った俺と洲崎医長に、中園さんが紅茶を出してくれた。

洲崎医長が時計をちらりと見て、言う。

「ご多忙な学長のお時間を頂戴するのは恐縮なので、すぐ本題に入っていただきたいです」

時計の針は午後三時を回っている。こうしたやりとりが長引くと、午後五時ジャストに退勤できなくなってしまうのを心配していることが、ヤツの表情からありありと読み取れた。

失礼千万な話だが、そんな不遜な表情を隠すつもりが全くないのは、さすが異次元の大物だと表現することもできる。

「では早速、本題に入りましょう。田口先生、何を話し合うのか、簡略に説明してください」

「黎明棟は現在、『ホスピス棟』と『コロナ軽症患者病棟』の二本立てで運営しています。先日、『ホスピス棟』を担当してもらっている洲崎先生から、『ホスピス棟』を『緩和ケアユニット』に改組したいとの申し出がありました。これには組織改編が必要なので、私の権限を超えています。そこで高階学長の裁定を仰ごうと思った次第です」

すると、高階学長は渋い表情で言う。

「それは、田口先生の権限の範囲内で解決すべき問題でしょう。こうした問題は、どんな組織にもあることで、この程度でいちいち改編を考えたら、組織は立ち行かなくなってしまいます」

「しかし洲崎先生の言い分には一理あるので、高階学長のご判断を仰ぎたいのです」

表面は謙（へりくだ）っているが、要は「製造者責任を果たしてください」という、半ば脅迫だ。

「田口先生がそこまでおっしゃるのなら一応、洲崎先生の言い分をお聞きしましょう。洲崎先生、説明していただけますか？」

洲崎医長は物怖じすることなく、シティボーイらしくスマートに意見を述べる。

「私は『ホスピス棟』を『緩和ケアユニット』に吸収した方がいいと考えます。緩和ケア主体にすれば患者が増え、ホスピス患者への対応も細密になるからです。『コロナ第7波』の中、三ヵ月前には四人いた『ホスピス棟』の患者が、ゼロになりました。『ホスピス棟』が実質上消滅した今こそ、『緩和ケアユニット』に看板を掛け替える絶好のチャンスなんです」

「なるほど。なぜそんなに急に、ホスピス患者がいなくなってしまったのですか、田口先生？」

「ここ二年来、コロナ禍の影響で新規入所を停止していた中で、お二人が天寿を全うされ、残るお二人はコロナに罹患（りかん）するも治療を望みませんでした。これは『コロナ病棟』と『ホスピス棟』を近接して設置した、私の初期の制度設計が間違っていたんです。環境が変化したという言い訳はできますが、設計がきちんとしていれば、どんな状況にも対応できたはずです。このような事態が生じてしまったのは、私の判断ミスだったと言わざるを得ません」

するとと高階学長は、珍しく語気を荒らげて言う。

「今のは不用意な発言です。言葉尻を捉えられ、医療ミスと誤解されたら大事です。制度設計上のミスは問題がないとは言いませんが、医療事故とは違う話だと考えます。加えてトップの田口先生が責任を痛感し、問題点を把握して改善を目指していらっしゃるのですから、糾弾されるべき事案ではありません。二名のホスピス入所者がコロナでお亡くなりになったことも、コロナがこれだけ蔓延している中では、不可抗力の側面があると思います」

「確かに軽率でした。発言は撤回します。しかし病棟の責任者として、二人のホスピス入所者がコロナで亡くなったことに対する責任は、何らかの形で取らなければならないと思います」

「患者がお亡くなりになる度に、医師がいちいち責任を感じていたら、この世から医者はいなくなってしまいます。お気持ちはわかったので今後も話し合っていきましょう。しかし、名村先生のご指導で、感染者分離を徹底するシステムが構築できたのではなかったのですか?」

「あの頃と今では、感染の次元が変わってしまったのです。名村語録の中で最重要ポイントは、『間違えたら迅速に変更するのが、未知の感染症対策で最重要事項である』だと教わりました」

「『過ちては改むるに憚ること勿れ』ということですね」

「そうです。コロナの蔓延度合いが異次元の凄まじい段階に入ったことに加え、ワクチン接種率が向上し、感染しても無症候だったり症状が軽微で感染に気づかず勤務する医療従事者やお見舞いの家族が増えました。そんな感染者が『ホスピス棟』に入ると、入所者はワクチン接種を希望しない方が多いので、あっという間に重篤化してしまいます。こうした事態を予見できなかった私の責任は大で、『ホスピス棟』の責任者として引責辞任するのが適切だろうと考えたのです」

高階学長は腕組みをして考え込む。やがて顔を上げた。

「わかりました。田口先生のご希望を考慮した上で、次のように決定します。田口先生には今の地位に留まっていただきます。洲崎先生に『ホスピス棟』の実権を委譲しないのは、当院に就職して間がなく、フィットしていると言い難いからです。そんな人事を断行したら現行スタッフと軋轢が生じます。洲崎先生に現場を任せるにしても、最終的な判断は田口先生がしてください」

その判決を聞いた洲崎医長の肩が一瞬、激しく震えた。

ううむ、見事なまでのゼロ回答だ。これでは暴走ラッコが納得するはずがない。

案の定、洲崎医長は上目遣いに高階学長を睨みつける。

「田口先生が、高階学長のお気に入りだということは、よくわかりました。しかし馴れ合い政治は組織を腐らせます。高階学長も長期政権を盤石にしたいのであれば、ここではしっと茶坊主を処断すべきだと思います。でないと高階長期政権は没落し、瓦解してしまいますよ」

うわあ、本人を前にして言ってくれるなあ、と俺はしみじみと洲崎医長を見た。

隣の高階学長は、苦笑いを浮かべている。高階学長が長期政権を望んでいるだなんて、とんだお笑いぐさだ。この人の引退願望を見抜けないようでは、病棟を取り仕切る資格はない。

その上、俺が「茶坊主」だという表現を誰よりも珍妙に思っているのが、評されたふたりなのだから話にならない。俺は高階学長の茶坊主ではなく、都合のいい使い走りにすぎない。

とにかく洲崎医長の言っていることは、なにからなにまで的外れだった。

スタイリッシュな容貌、弁舌爽やかな好青年だが、波乗り青年・洲崎医師には何かが足りない。

彼の言葉には、信念に根付いた誠実さ、真摯さが足りないのだ、と俺は改めて気がついた。

普通の上司なら、ここまでコケにされたら、頭ごなしに怒鳴りつけるだろう。

だが生憎(あいにく)、高階学長も俺も、そんな加虐趣味は皆無だった。

「さて、困りましたね。茶坊主の田口先生、どうしたらいいでしょうか」

うわあ、ここで丸投げとは想定外だった。

もっとも、学長室と愚痴外来を取り替えっこする、なんていう素っ頓狂なことを考えつくだけでなく、あまつさえ実行に移してしまう高階学長が相手なら、これくらいは予想しておかなければならなかった。

仕方なく、俺は妥協案を捻り出した。

「洲崎先生の意図を汲みつつ現状の問題点を改善するため、『コロナ病棟』と『ホスピス棟』を物理的に完全分離します。現在ホスピス入所者はいないので『ホスピス棟』に十二階の極楽病棟を当て、コロナ患者を下の階に移します。次の新規ホスピス入所者は、十二階の『ホスピス棟』に入ってもらい、その階の決定権を洲崎先生に委譲する、というのはいかがでしょう」

「しかしそうすると、新しい患者が来るまで、洲崎先生のお仕事がなくなってしまいますが」

「新しい組織を立ち上げる雑事に専念してもらえばいいでしょう」

「田口先生は多忙で、洲崎先生が優雅な仕事ぶりになりますが、よろしいのですか?」

「私は構いません。洲崎先生が着任した三ヵ月前までは、私は一人で切り盛りしていましたし、洲崎先生は『ホスピス棟』業務に専念されていたので、この改変で私の業務負担が増えることは、全くありません」

聞きようによっては、この三ヵ月の洲崎医長の働きぶりは全然大したことがない、と言われているようなものだ。だが俺の言葉など、暴走ラッコ・洲崎にしてみれば片腹痛い戯れ言で、腹の上に載せた石で、ホタテ貝をたたき割るくらいの感覚しかないのだろう。

「それなら権限も完全委譲して、独立させていただいても同じことですよね」

あくまでも強気に、独立手段を追求する洲崎医長に、俺はやむなく言う。

「そんなに焦ることはないでしょう。今でこそ私も『黎明棟』のトップなどという、分不相応な地位にありますけど、私も今の先生と同じくらいの年頃には神経内科の万年講師にすぎなかったんです。今のポジションで成果を出せば、権限は自ずとついてくるものなんですよ」

すると高階学長が拍手をした。

「いやあ、さすが百戦錬磨の田口先生、実感を伴った重みがあるご発言ですねえ」

百戦錬磨になってしまったのは、あんたの無茶振りのせいだろ、と喉元まで出掛かったけれど、当然そんなことは口にできるはずもない。

釈然としない様子がありありの洲崎医長に、高階学長が話しかける。

「若手の先生の貴重なお時間を奪うのは申し訳ないのですが、私としても洲崎先生の人となりを、知りたいので、今しばらく年寄りの雑談にお付き合い願えますか？」

暴走ラッコ・洲崎はちらりと時計を見てしぶしぶうなずく。

学長にここまで低姿勢で言われたのに、しぶしぶ、という形容詞がついてしまう態度を隠そうとしないとは、つくづく大物である。

時刻は四時半を少し回っている。少しくらいなら業務を今日中に終わらせるのもわけはない、と判断したのは明らかだろう。なにしろ今の「ホスピス棟」は患者がゼロなのだから。

高階学長は穏やかな口調で、洲崎医長に問いかける。

「今の若者は、仲間と宴会している時に政治の話をすると、空気が読めないヤツと言われてしまうとお聞きしたのですが、本当ですか？」

「ええ、たぶん。政治談義なんて、ダサいです」

「では国会中継をご覧になったこともないのですか」

「そんな面倒なことは不要です。ネット記事で十分です」

「私が若い頃は、寄ると触ると政治談義を、夜を徹してやっていたものですが、すっかり青年は様変わりしてしまったようですね。では、安保元首相の国葬儀に関しては、どう思いますか」

「もちろん大賛成です。憲政史上最長の首相在任期間を達成し、経済政策では『アボノミクス』で雇用を創出し日本を繁栄させ、外交で各国首脳と親密な関係を築き、日本の声価を高めました。医療界でも岩盤規制を打ち破り、新たな市場の創出に尽力された、不世出の偉大な宰相ですから、それくらいするのは当然です」

滔々と語る洲崎医長をじっと見つめた高階学長は、「なるほど」とうなずいて言う。

「よくわかりました。では田口先生の提案を受け入れるにあたり、ひとつ条件をつけます。病棟に『効果性表示食品』を導入するのは当面、見合わせてください」

シティボーイ・洲崎は、ハリウッドの端役のように大袈裟に両腕を広げて、肩をすくめる。

「それでは『緩和ケアユニット』を創設する意義が、半減してしまいます。どうしてダメなのか、理由をお聞きかせ願いたいです」

「『効果性表示食品』は、医療の基本精神に反しているからです」

「そんなことはありません。その効能は、『日本加齢抑止医学会』が保証しています」

「それでは医療の土台にするには不十分なのです。医学とは客観的データを積み上げ、そこから抽出された真実を土台に構築される。だが『効果性表示食品』では肝心のデータが担保されていないので容認できません。それが呑めないなら、田口先生の提案自体を却下せざるを得ません」

暴走ラッコ・洲崎は凍り付いたように固まった。

部屋は重苦しい静寂に包まれる。

気詰まりな沈黙の中、高階学長は中園さんに英国紅茶のお代わりを頼むと、テレビを点けた。

俺と部屋の取り替えっこをして以来、このテレビの価値を再認識したらしく、わりと見ていることが多いようだ。

画面には五日前の九月六日に執り行われた英国新首相、エリス・シトラス保守党党首の就任式が流れた。

それはエリザベス女王の姿が公共の電波に流れた最後の時だった。

シトラス首相を任命したエリザベス女王は、二日後の九月八日に亡くなった。

御年九十六歳、死因は老衰と発表されたが、その追悼ニュースの一場面として流されたのだ。

それを見て、高階学長がコメントする。

「英国の底力は凄いです。広大な植民地を有し『日の沈まぬ帝国』の威名を誇ったグレート・ブリテンも、今はすっかり斜陽になってしまいましたが、その気骨は全く衰えておりません。見事なリーダーシップでコロナ禍に対応したポリス・ジョン前首相が辞任を余儀なくされたのは、議会で虚偽答弁をしたためです。一方、バブル時代に世界を席巻し、栄華を誇った日本は、今は見る影もありません。大国の傍らにある資源の乏しい小さな島国で、かつては栄光に包まれていた斜陽国という点で、日本と英国はよく似ています。でも今の日本は底なしの泥沼に嵌まっています。どうしてこんなにも大きな差が生じてしまったのでしょうねえ」

高階学長は、テレビを消すと言う。

「若手の貴重な時間を無駄にしてすみませんでした。年寄りには戯言を言うくらいしか、楽しみがないものでして。でも年寄りの話には傾聴すべき智恵もあります。ですので聞ける時に聞いておいて損はない。年寄りはたいてい、若い人より先にこの世からおさらばするのですから」

その言葉を聞いた洲崎医長はのろのろと立ち上がる。

高階学長の言葉は、暴走ラッコ・洲崎にも、少しは影響を与えたようにも見えた。けれども彼の目は爛々(らんらん)と闘志に輝いており、決して感服した、というわけではなさそうだ。

学長室を退出する洲崎医長の背中を見ながら、この諍い(いさか)は長引くかもしれないな、と思った俺は、げんなりして、冷めた紅茶を一口、すすった。

10章　女王陛下の国葬

九月十九日　旧病院『黎明棟』３Ｆ・学長室

九月十九日の夕方、病棟の仕事を終えた俺はその後の経過を報告するために学長室を訪れ、秘書の中園さんが淹れてくれた英国紅茶をご馳走になっていた。

そこにいきなり顔出ししたのは招かれざる客人、嫌われっ子世に憚るを体現する男、神出鬼没の厚労省の白鳥技官だった。

「ハロウ、田口センセ。愚痴外来はもうお見限りで、すっかり寄りつかなくなっちゃったんだね。最初は、あっちに行ってみたんだけど、鍵が掛かってたから、ここかな、と思ってきたら大当たり。返還してみたものの、やっぱりこの部屋には未練タラタラって感じなんだね。わかるわかる」

「全然違います。確かに一階の不定愁訴外来は、今は仮閉鎖していますが、ふだんは黎明棟の三階の部長室で過ごすことが多くなったせいです」

俺は気色ばんで言うと、「ふうん、そうなんだ」と言って、白鳥はにまりと笑う。

それからいきなり話題を変える。

「そういえば、田口センセの手下の洲崎センセはお元気かな？」

「元気も元気、洲崎先生は私から独立して『ホスピス棟』の主任になりましたよ」

いつもの白鳥のチェンジ・オブ・ペースにずっぽり嵌まってしまった俺は、高階学長に報告したばかりの病院人事をうっかり漏らしてしまい、高階学長に厳しくたしなめられてしまう。

「田口先生、白鳥さんは我が物顔でこの部屋に出入りしているから勘違いしがちですが、一応部外者なんですから、濫(みだ)りに病院人事を漏らさないでください。この人事は正式に発令していません。それと病院の機構に関してはいい加減なことは言わずに、正確にお伝えしてください。こう見えて白鳥さんは大学病院の所管官庁の厚生労働省の、それなりにお偉い立場におられるお方です。あらぬ誤解を招くと、とんでもないことになりかねません。洲崎先生は田口先生の監督下のままですから」

白鳥は目をキラキラさせながら、前のめりになった。

「うわ、洲崎センセは田口センセにあっさり返り討ちにされちゃったんだね。すると『効果性表示食品』の導入は阻止できたんだね。それは残念、いや、よかったですね。実は僕は今、彦根センセと『効果性表示食品』のあら探しをしてる真っ最中なんだ。東城大で導入してたら、実態がわかって、ものすごくラクチンだったんだけどなあ。ところで田口センセは『効果性表示食品』の実物は見たことあるの？」

そう聞かれた俺は、首を横に振る。

「それが全然イメージが摑めないんです。『効果性表示食品』で検索すると消費者庁のサイトに飛び、『全ての効果性表示食品の届け出情報について』というPDFをダウンロードすると、それはお知らせのペラ一枚で『効果性　届出情報で検索を』とある。『効果性　届出情報』で検索するとまたさっきの消費者庁のサイトがヒットし、その下のサイトをクリックすると、『効果性表示食品コンサルティング』というサイトにたどり着いて、やっと膨大な全体像を載せたPDFが見られたんです」

「それは素人に消費者庁が安全性や効果を担保しているように見せかける詐術なんだよ。仕切りは『効果性表示食品コンサルティング』という非公的な組織で、そこから消費者庁の受付サイトに飛ぶと説明書類と申請書類の膨大さを目にして『効果性表示食品コンサル』にお願いしちゃおうかな、とまんまと誘導されちゃうワケ。消費者庁が一枚嚙んだ、壮大な猿芝居なんだ」

「『効果性表示食品』って宣伝してますか？　テレビCMではお目に掛からないんですけど」

「ワイドショーの幕間の直接説明をするCMで、さりげなく触れたりしてるよ。最近嵌まってる『キャンディブレイカー』というスマホゲームでやたら宣伝を見る。広告動画を見るとライフを一個もらえるんだけど、『ガチで脂肪が落ちるぞ』だの『顔のシミが取れて赤ちゃん肌になるわ』とか『内臓脂肪を燃やそうぜ、イエイ』なんて派手に煽っておいて、小さな文字で『効果は個人差があります』なんて言い訳してる。『トクホ』だとこういう宣伝文句は裏付けデータを厚労省が認めた後でないと打てないけど、『効果性表示食品』なら審査なしで宣伝は打ち放題で、何かあっても自己責任でお咎めナシなんだ」

　滔々と語る白鳥は一流のセラーの風格がたっぷりだ。ただし商品を売り込むのではなく、ライバル会社の競合商品を蹴落とす「コントラ・セラー」だが。

　白鳥が、勝手にテレビを点けると、画面に荘厳な教会が映された。

「今日は一日中テレビを見るべき日でしょ」

「うっかりしてました。エリザベス女王の国葬は今日でしたね」

　学長秘書で紅茶マスターの名声高い中園さんが、香り高い紅茶を出してくれた。

　勤務時間は超過しているが、白鳥技官のせいで帰るタイミングを失したようだ。

　白鳥はＴＨＫを選ぶ。中継画面には、大英帝国王冠や王笏(おうしゃく)とともに、色とりどりの華やかな花束が置かれた女王の棺(ひつぎ)が映し出された。アナウンサーが厳かな口調で言う。

――九月八日に亡くなった英女王の棺は十三日夕、バッキンガム宮殿に帰還して、翌十四日からはウェストミンスター宮殿にて四日間、国民の弔問を受けました。たった今、ウェストミンスター寺院へ運び込まれ、これより大主教と首席司祭の手で葬儀が執り行なわれます。

「八日から国全体で喪に服し、ウェストミンスター・ホールには四日間、弔問に訪れる市民の列が夜通し絶えなかったそうです。葬列が通ると、ビッグ・ベンが鳴らされ、市内のハイド・パークでは荘厳に弔砲が撃たれました。これぞ『ザ・国葬』ですね」

高階学長が感極まった声で言うと、白鳥が茶々を入れる。

「ロイヤルファミリーは、スキャンダルのスケールも凄いよね。七十三歳の新国王、チャールズ国王は、ダイアナ元王妃との離婚時に、今のカミラ妃との不倫がバレるし、ヘンリー王子とメーガン妃は王室離脱して暴露本の刊行を目論んでる。王族は軍服を着用するけど、ヘンリー王子はモーニング姿。いやはや英国王室は弓を引くものには厳しいなあ」

白鳥はロイヤルファミリーの相克を喋り倒し、高階学長の感激に水を差した。

ヤツの毒舌塗れの解説を聞いていると、厳粛な葬儀が全く違った風に見えてくる。

「チャールズ国王になり、それまでの国歌だった『ゴッド・セーブ・ザ・クイーン』を、『ゴッド・セーブ・ザ・キング』という、タイトルと歌詞に変えたんだ。こういう柔軟なところが英国流だね。女系天皇を拒否する、不埒(ふらち)な日本の皇室評論家は、時代遅れの男尊女卑、家の尊重を訴える爺(じい)さんかと思ったら、『奉一教会』の連中が噛んでいたっぽい。ＬＧＢＴを拒絶する方針もそう、悪評芬々(ふんぷん)の杉村泰美(すぎむらやすみ)なんて女性議員を比例代表一位に優遇した上、総務省政務官に抜擢(ばってき)した理由も、『奉一教会』への配慮と考えると納得がいく。僕は宗教方面は疎かったけど、迂闊だった」

白鳥は自分の頭を拳でごんごん叩く。

画面の中では、英国の新首相に着任したばかりのエリス・シトラス首相が、聖書の一節を朗読している。

「亡くなられる二日前、シトラス首相を首相に任命し、組閣を要請したのが女王の最後のご公務だったそうです。シトラス首相は、エリザベス女王が在位して十五人目の首相で、一人目はウィンストン・チャイルド卿ですから歴史の凄みを感じます。英国首相は女王と週一度謁見し、長年の経験を活かして助言を与え、首相が政策の舵を切るという、素晴らしい関係です」と高階学長がしみじみと言う。

厳粛な式典が終わり、テレビ画面に、女王の棺を運ぶ霊柩車が映し出された。大勢の国民が沿道に詰めかけ、女王の葬列を見送った。数日前から沿道に待機している人々も少なくなかったという。市民が葬列に、花束を投げていいたのが印象的だった。

英国政府は、女王の葬列に一輪だけ花を投げていい、という粋な決定をしたため、葬列には白い花が一面に敷き詰められた。

それは国民の哀悼と敬慕の気持ちの発露に見えた。

英国王室御用達のダージリン「ファースト・フラッシュ」を飲みながら、高階学長が言う。

「それにしても、エリザベス女王の突然の逝去で一番ショックを受けたのは、国崎政権だったのではないでしょうか。どう考えても比べられてしまいますから。片や、国民の総意により、コモンローに基づく厳粛な国家行事、片や法的根拠はなく、閣議決定で政府が独断で決定し、国会で議論すらせず強行される、得体の知れない式典。世論調査で当初は国葬実施の賛成は過半数を超えていたのに、やがて反対が半数を超え、今では六割以上が反対を唱えたせいか、世論調査自体が実施されなくなりました。その上、G7首脳でただ一人、参列を表明していた希望の星だった、カナダのトルネード首相がハリケーン対応で急遽参列を取りやめたため、弔問外交の大義名分が完全になくなってしまいました。今回の国葬は惨憺たる式典になりそうです」

白鳥技官がうなずく。

「お粗末な話だけど、これも官邸官僚の劣化のせいです。国崎首相がくだらないことを思いつくのはいいけど、それを現実の日程に落とし込む時、国連総会の開催日程なんて、外務官僚は当然知ってる。だから普通『九月末には直前に国連総会があり、国葬儀は無理です』『それなら止めとくか』というやりとりになるんです。当たり前だった官僚チェックが全く機能していないんです」

「そういえば、女王の国葬が発表された直後、国崎首相が弔問に訪れる意思があると報じられましたね。天皇陛下が皇后陛下と共に参列するご意思を真っ先に表明されたのは、積み重ねてきたロイヤルファミリー同士の深いお付き合いを考えれば当然ですが、首相は、よくそんな身の程知らずのことを考えるものだ、と呆れました」

「それも官邸官僚の機能不全です。『女王の国葬は親交の深い天皇ご夫妻がご招待され、各国一組の縛りがあるので首相のご招待はありえません』と宮内庁が忠言すべきなんです。そこをすっ飛ばし、検討段階でメディアに漏れ、それを官邸がチェックできていない。官邸は情報統制に関して、かなりの機能不全になってるようです」

「危険な徴候ですね。今こそ安保元首相の国葬を止める勇気が必要でしょう」

熱弁を振るう高階学長に冷や水を浴びせるように、白鳥が言う。

「さっきから気になってたんですけど、安保元首相は『国葬』じゃなくて『国葬儀』ですからね。細かいことを間違うのは、ボケの第一歩だから気をつけてください」

高階学長がむっとしたのが伝わってきた。ここは一方の部下で、もう片方の弟子である俺が二人の間を取り持ち、この剣呑な雰囲気を中和しなければ。

「ところで、『国葬』と『国葬儀』ってどこがどう違うんですか？」

白鳥は、ころりと機嫌を直して、にこにこしながら言う。

「いい質問だね。従来の『国葬』としたら野党議員に定義に合わないとツイッターでこてんぱんにされ、法的にも裏付けられず、あわてて小手先の言い換えでごまかしたんだ。簡単に言えば『国葬儀』という珍妙な言葉を、でっち上げたんだよ」

「しかしこれでは、安保元首相の国葬は一層貧相に見えてしまうでしょう。故人を悼む国葬が、故人の評判を貶めてしまいそうです。一体、誰の得になるんでしょうか」

高階学長の疑問に、白鳥技官が明快に答えた。

「なんとしても国葬儀をやりたい人たち、『奉一教会』の信者と『奉一教会』の顔を立てたい自保党の得になるんです。三万円という高額記念紙幣を発行しようという動きが、一部議員や保守系政治団体『大日本会議』から上がっているなんて話もある。『走り出したら止まらない。それが硬直した独善的な組織の特徴で、戦前の陸軍がまさにそうだった。安保元首相の国葬とは、いかにもそんな組織がやらかしそうな類いのことである』という歴史学者の宗像博士の論説が、適切かつ手厳しいです」

「ところで、超ご多忙な白鳥技官が、こんなところで油を売っていていいんですか？」

俺がちくりと皮肉ると、白鳥技官は平然と言う。

「それは大丈夫。ここに来たのは、東城大学病院に『効果性表示食品』が導入されそうになっていたら阻止するつもりだったからなんだ。高階学長の適切な判断のおかげでムダ仕事が減ったワケ。それと今、僕はテレビをダラダラ見ているように見えるかもしれないけど、重要なミッションをこなしてる最中なんだ。何の因果か、国葬儀の手伝いをすることになっちゃってさ。だから同じ国家規模の国葬を細部まで検討することは、今の僕にとっては最優先事項なんだよね」

そう言うと白鳥は「中園さん、紅茶お代わり」と図々しくもオーダーした。

高階学長は、今気がついたというように、あわてて中園さんに言った。

「勤務時間は終わっていますから、白鳥さんのオーダーは気にせず、お帰りください」

「いえ、いいんですの。今日は私も、エリザベス女王の国葬を拝見したいと思っていて、先ほどからお側で見ていましたので。今、紅茶を淹れ直しますね」

中園さんが穏やかに微笑んで言うと、白鳥技官が図に乗って言う。

「実は気になってたんだ。この紅茶は美味しいけど、英国王室の底力を堪能するには、英国紳士の、中園さんの本来の紅茶の淹れ方の楽しみ方にすべきですね」

「おや、中園さんの紅茶の淹れ方に、ケチをつけるおつもりですか？」

珍しく高階学長が本気で怒りの表情を、ちらりと浮かべた。

「ええ、本場の紅茶の淹れ方は全然違うんだもの。高階学長の飲み方はジャパニーズ・スノッブの手法です。高階学長が敬愛してるのは英国のスノッブ貴族なんですか、それとも質実剛健で合理的思考を持っている英国国民、どっちなんですか？」

「もちろん賢明な英国国民全体です。でも英国貴族を否定するつもりもありませんが」

高階学長が、白鳥の見え見えの誘導を軽やかに躱すと、白鳥はなおも突進する。

「それなら紅茶はティーバッグにして、ミルクティにした方がいいと思います」

紅茶を運んできた中園さんが微笑する。

「白鳥先生のおっしゃっていることは正しく、返す言葉はございません」

「ほら、わかる人にはわかるんだよ。じゃあ今後は紅茶の淹れ方を変えてくださいね」

するとと中園さんは、きっぱりと言う。

「淹れ方は変えません。英国の淹れ方は風土が違い、日本にそぐわないんです」

「またまたあ。中園さんまで屁理屈を言うなんて、ふたりとも強情っ張りだなあ」

「英国は硬水で日本は軟水です。硬水だとお茶が出にくくティーバッグを入れたままにしても苦くなりませんのでミルクティーは合理的です。でも日本は軟水でタンニンが出過ぎて苦くなります。ですので時間を計って淹れる、日本茶的な入れ方が合っています。日本独自の上品な紅茶作法が広まったのは、英国の貴族文化への憧れと美化に加え、千利休以来の茶道文化があり、家元制度的なものを受け入れる素地があったからです。日本でアレンジを加えて、独自の文化を築き上げたのです」

白鳥は、上品な口調で語られる圧倒的な蘊蓄に、呆然と耳を傾けていた。

中園さんが説明を終えると、白鳥は机に両手をついて深々と頭を下げた。

「お見それ致しました。数々のご無礼、平にご容赦ください」

「つい余計な差し出口を申し上げました。けれども、紅茶は思い思いのやり方で楽しめばそれが一番いいと思います。白鳥さまのご高説に反論したのは、高階先生がこの淹れ方をお気に召されているので、淹れ方を変えたら先生の紅茶ライフが残念なことになりかねないので、今後も変えるつもりはないと申し上げたまでです」

新たに紅茶を淹れ直してくれた中園さんは、「それでは、失礼します」と言い残し、秘書室に姿を消した。

その場にいた三人は、黙り込んだ。やがて高階学長が我に返り、胸を反らした。

「ほらね、実はそういうことだったんですよ」

「あのね、僕は紅茶に関して素晴らしい知識を披瀝(ひれき)してくれた、中園さんの見識に感服したけど、高階センセには降参してないんですから、誤解しないでくださいね」

そんな風にあからさまに言われてしまい、高階学長は、むっとした表情になる。

そんないざこざがあったが結局、白鳥は夜中まで学長室に居座り続けた。

仕方なく、俺もご相伴して、深夜まで中継を見た。

夜更けに学長室を辞去した俺は、月を見上げながら、ひとり家路をたどる。

ふと、新しいスイーツを開発して人気店になった藤原さんの喫茶店「スリジエ」に、久しぶりに行って、今夜の話を教えてあげようかな、と思った。

11章　大宰相の国葬儀

九月二十七日　旧病院『黎明棟』3F・学長室

安保元首相の国葬儀の当日、俺はまたも学長室で、高階学長とテレビを見ていた。

今回の視聴は、時風新報社会部の別宮記者からの要請だった。

「コロナ禍での国葬儀を見た医療従事者の感想」という、こじつけ感満載の手前味噌(みそ)企画だ。別宮記者は申し訳なさそうに言い訳をする。

「こんな企画をお願いした経緯を白状しますと、白鳥技官に、お二人の感想をモニターしてほしいと頼まれて、押し切られまして……。ご多忙なお二人のお時間を戴(いただ)き、申し訳ありません」

高階学長が微笑を浮かべて言う。

「いいんです。この依頼のおかげで、堂々とテレビを見られるわけですし。それにエリザベス女王の国葬を白鳥技官と一緒に見た時に言いたい放題されてしまったという経緯もあります。白鳥技官は、今日は国葬儀のお手伝い当番だそうですね」

「それで怒り心頭かと思いきや、そうでもないところが、白鳥技官の真骨頂ですね。さすがは、転んでもただでは起きぬ、不屈の起き上がり小法師(こぼし)です。どんなていたらくになるかウオッチしたかったから、特別手当をもらえて見学できるのはラッキー、と言ってました。でもそれだと全体が俯瞰できないのと、凡庸なパンピーの視点からどう見えたのか興味があるので、お二方の感想を詳細に聞きたいんだそうです」

どうも別宮記者は、取材に突進している時は、配慮に欠ける部分がある。

白鳥に「不屈の起き上がり小法師」だなんて、誰も思いつきもしなかった、斜め上の形容詞を当てはめるセンスは凄いが、俺だけならともかく高階学長にまで「凡庸なパンピー」なんていう白鳥の無礼な表現をダイレクトに伝えてしまうなんて、いくら親しい仲でも、無神経すぎる。

「ところで高階学長はともかく、田口先生はこんなことをしているヒマはあるんですか？　コロナの蔓延は酷い状況になっている、という話をあちこちの医療機関から聞きますけど」

ああ、それも「高階学長はともかく」という枕詞は余分で、失礼だろう。

それに依頼をした張本人から、ヒマなのか、なんて心配されるのは釈然としない。

こうしたことが度重なるので俺は最近、別宮記者のことを心中密かに「女白鳥」と呼んでいる。

もちろん本人には絶対に言えないけど。

俺は、苦笑している高階学長を横目で見ながら、現状を説明する。

「もともと重症患者はオレンジ新棟に送っていて、今は新病院内にも『コロナ病棟』が付設されているので、『コロナ専門病棟』の負担は減っています。もちろん、コロナ感染者は徐々に増加しているので、油断は禁物ですが。それと同僚の洲崎先生に今日の趣旨を説明したら、本部の新病院の兵藤先生のバックアップ付きという条件で、『コロナ病棟』を診てくれるという快諾を得たので、こうしてここにいられるんです」

「それって『快諾』なのかしら。そんな先生に業務を丸投げして大丈夫なんですか」

「彼は『ホスピス棟』を『緩和ケアユニット』に改組しようと、頑張っています」

「そんなことをしたら、若月師長さんと衝突しちゃいませんか」

「鋭いですね。おっしゃる通りで、二人は冷戦の真っ只中です」

それから、国葬儀の放映が話題になった。

俺はこの依頼のため、朝から病棟でテレビを流し見していた。

その日は朝からニュースや情報番組で、会場となる東京・日本武道館周辺の警備や献花台、反対デモの様子を報じていた。

朝八時には、献花台が設けられた九段坂に、人々がぽちぽち行列し始めていた。

そうこうするうちに、千鳥ヶ淵の緑道に献花の順番を待つ行列ができ始めた。

献花の順番を記した整理券を、レポーターが映した。それを見て一瞬、「あれ?」と思ったけれど、画面が切り変わってしまったので、確認はできなかった。

そうして十二時過ぎ、別宮記者と高階学長、俺の三人で、ウーバーイーツで頼んだお弁当を食べながら、テレビを見ているわけだ。費用はもちろん別宮記者持ちだ。学長秘書の中園さんはお休みだ。お弁当を遠慮なさった気がする。

事情通の別宮記者が言う。

「THKは、百十分の特設ニュース番組を編成しています。五輪の公式映画のドキュメンタリー番組の字幕捏造騒動でBPO入りしたり、関連映像製作会社が『奉一教会』の所有ビルに入っていることをネット民に暴露されたりと、なにかと風当たりが強くて、中立性を保っているように見せるため、抑制を利かせたようです」

「民放はどうなんです？」

「安保支持色が強い『サクラテレビ』は二時間の国葬儀の中継と四時間の特番を組んでいます。『奉一教会』問題に切り込んでいる『帝都テレビ』は『バッサリ斬るド』ではなく通常ニュース番組の拡大版で視聴者をがっかりさせました。『テレビ首都』がアニメ『ハイパーマンバッカス』の再放送と通常運転なのはさすがです。でもその『テレビ首都』ですら五分間の特番をするのですから、さすがは大宰相の国葬儀ですね。

そう言えば『大宰相』って『オオサンショウウオ』と響きがなんか似てますね」

別宮記者が素っ頓狂なことを言い出し、俺と高階学長は顔を見合わせた。

やむなく、俺は指摘する。

「大宰相は、『おおさいしょう』という読み方じゃなくて、『だいさいしょう』と読むんですよ。ですから『オオサンショウウオ』とは響きは全然違います」

「さすが文豪医師の田口先生。いつも字面で見るだけで誰も口にしないので、読み方を間違えました。でも『オオサンショウウオ』って、なんかしっくり来ませんか？」

不覚にも俺は、うなずいてしまいそうになる。だがここでうなずいたら『文豪医師』という肩書きを容認したことになってしまう、と気がついた。

あぶないあぶない。

「五十五年前の吉田滋首相の国葬の時も、三十三年前の昭和天皇の大喪の礼の時も、夜のバラエティや歌番組は自粛でした。今回はどの局も、夜は通常番組を放送するようですね」

高階学長が四方山(よもやま)話をしていると、画面に安保元首相の国葬儀会場が映し出された。

「参院選の遊説中に銃撃され亡くなった安保宰三元首相の国葬儀が日本武道館で行なわれます。国会議員、海外の要人、各界代表らが参列する予定です。戦後の首相経験者の国葬は、吉田滋元首相に続き二回目で、実に五五年ぶりとなります」

ベテランの女子アナが、粛々と説明を始める。

空撮ドローンが、自宅を出た安保元首相の遺骨を乗せた車列を映し出す。

「今、安保元首相の遺骨を抱いた安保明菜夫人が家を出ました。生前の安保元首相は安全保障に力を注いでいたため、遺族のたっての願いで、車は防衛省に立ち寄ります」

厳戒態勢の中、通行止めの首都高を、パトカーに先導され、前後を二台の白バイに挟まれた車列が進んでいく。警備に当たる警官は二万人が動員されているという。

やがて車列は首都高速を降り、防衛省に向かう。いつの間にかコントローラーの主導権を獲得した別宮記者が、右手にコントローラー、左手にスマホという二丁拳銃スタイルでザッピングしていると、あるチャンネルでぴたりと止まる。

「きゃあ、反安保の首魁と言われた歴史学者の宗像博士がコメンテーターに抜擢されています。さすが帝都テレビ、攻めますねえ。これではニュース特番の衣を被った『バッサリ斬るド』だと言われても言い逃れはできませんよ」

宗像壮史朗博士は国際法学者で明治史研究家で学界の重鎮だ。穏やかな風貌から繰り出される論陣は舌鋒鋭く、体制の欺瞞を容赦なく糾弾してきた。

「日本学術会議」委員に推薦されながら酸ヶ湯前首相に任命拒否された宗像博士は、明治天皇の治世を敬慕し、安保政権を貶めたと非難された。だが正確には、明治時代の史実と現在の政治を厳正に比較しただけだった。だから博士が淡々と行なった反論は、却って強烈に響いた。

——心地よい言葉だけを、都合よく国民に発信した連中が、太平洋戦争の敗色濃厚な状況を隠し、ヒロシマとナガサキの民の大量虐殺へ導いたのである。

政権からスーパー問題児の烙印を押されている宗像博士が地上波に登場したのは、国葬儀に対する逆風が吹きまくっている世情を納得させるためなのだろう。

「そう言えば宗像博士を師と仰ぐ終田師匠は、『続々コロナ伝』を連載しないんですか？」

ベストセラー作家の終田千粒は、俺の文学の師匠ということになっている。その経緯は話せば長くなるので省略するが、彼はコロナの感染蔓延の騒動について描いた「コロナ伝」と、その続編の「ゴトー伝」という二冊のミリオンセラーを出していた。

何を隠そう、その連載の仕掛け人こそ、目の前の別宮記者である。

「あたしも水を向けてみたんですが、今回は気が乗らないのでパスしたいと言われてしまって。国崎首相のことを『おちょぼ口カワハギ』と喩えていいか、なんていうもんだからやめたんです。だって、ちっとも面白くないんですもの。それに狙撃事件をモチーフにするのも、ちょっとデリケートかな、と思いますし」

「血塗れヒイラギ」の異名を取る別宮記者にしては穏当な判断だ。だが、超攻撃的な彼女と露悪的な過激作家のコンビによる、死者を鞭打つような連載は、さすがに気が引けるのかもしれない。

テレビ画面は防衛省の玄関前に切り替わる。

安保元首相の遺骨を乗せた車が止まり、自衛隊員の儀仗の礼を受けた。一分足らずのあっけない表敬を終えると、防衛省を後にして日本武道館に向かう。

その様子を空撮ドローンが追いかける。沿道に市民の姿はほとんどない。

「ただ今、安保元首相の遺骨を乗せた車が武道館に到着しました」

画面に武道館の玄関が映し出された。

葬儀委員長の国崎総理が、車から降りた安保明菜夫人を出迎えた。先導する国崎総理に、遺骨を抱いた安保明菜夫人が従い式場に入場する。

自衛隊の奏楽隊が葬送曲を演奏する中、弔砲が鳴り響く。

弔砲は遺骨が会場内に入ってからも、かっきり二十秒間隔で鳴り続けた。

テレビのワイプ画面に、北の丸公園に設置された砲台が映る。自衛隊員が空砲を撃つと、大きな薬莢（やっきょう）が転げ落ち、湯気を立てる。会場に葬送曲が流れる中、安保元首相の遺骨が明菜夫人の手から国崎総理へ、そして国崎総理から儀仗隊へ手渡された。

儀仗隊の三名が粛々と登壇し、遺骨を祭壇に安置する。葬送曲が止んだ。

副葬儀委員長を務める官房長官が開会の辞を述べて式典が始まった。国歌演奏は、歌わずに静聴するようにとのアナウンスが流れ、一分間の黙禱（もくとう）の間、聞き慣れない穏やかな曲が演奏される。

「ここで『国の鎮め』とは……靖国神社と深く関わる戦前の軍歌なので、憲法が謳う政教分離の原則に反するかもしれませんね」と、高階学長が呟いた。

「祭壇があまりにもショボすぎると、ネットで騒然です。『満開の桜を愛でる会』を仕切った悪名高い会社が随契で単独受注したので、評判は最悪です。でも安保元首相の所業を後世に残す、素晴らしい選択かもしれません」と別宮記者は言う。

退屈な中継に焦(じ)れた別宮記者のザッピングが激しさを増す。画像に違いが現れたのは式典開始二十分頃、政府が制作した安保元首相の生前映像が会場に流された場面だ。

普段着の安保元首相が照れ笑いを浮かべ、東日本大震災の「復興歌」をたどたどしくピアノで弾く生前の映像が流れた。その曲に乗せて憲政史上最長の任期を誇った大宰相の内政、外交における業績が次々に映し出されていく。

「ＴＨＫ」と「サクラテレビ」は政府制作映像を流したが、「帝都テレビ」はＣＭを挟んで政府制作の映像を小画面でインポーズしつつ、安保元首相の政策を振り返った。結婚式の仲人口のように、悪いことを言えないのは仕方がないとしても、あまりに賞賛一色なので、さすがに鼻白んでしまう。別宮記者が小声で言う。

「『ＡＢＯＤＡ』という政権太鼓持ち雑誌が、安保元首相の追悼画像投稿をツイッター上で募集したら、安保元首相の言い間違いや国会の迷答弁、外交の場面での茶坊主ぶりを示した画像が大集合して大喜利状態でした。国会答弁で『云々(うんぬん)』を『でんでん』と読み間違えたり、『総理大臣は立法府の長』と言ったり、あの方はＶＯＷ的な素材の宝庫でしたから。ウクライナ侵攻で世界中から非難の的のロシア国家元首のウラミマース・プータンに『ウラミマース』なんて言いながら小走りで駆けよる姿は、丁稚(でっち)小僧みたいでした」

別宮記者のザッピングは結局、宗像博士を抜擢した「帝都テレビ」に落ち着いた。

政府制作の映像にかぶせた宗像博士のコメントは辛辣(しんらつ)だった。

「法律家の評価は、安保氏は立憲主義を軽視したものです。国会を無視して何でも閣議決定し、公文書を破棄・改竄してお咎めなしという、民主主義国家の根幹を破壊したのは大罪です。国葬儀に対し賛成・反対を表明する以前に、この儀式が何のために行なわれるのか、理解していない国民も多い。今後、法的な検証が必須になることは間違いないでしょう」

囲み画面で流された業績ビデオは、宗像博士の言葉によって、粉々に打ち砕かれた。

ビデオの後は三権の長の国崎首相、衆院議長、参院議長、最高裁長官が追悼の辞を述べた。

「細目(ほそめ)衆院議長の登壇直前、各局が一斉に式場の映像からスタジオのコメントに切り替えたのは、政権のリスクヘッジでしょうね。何しろ細目衆院議長は『奉一教会』との深い関係性をメディアに追及されながら説明を忌避していますから。画面に映れば当然、『奉一教会』との関係性に触れることになり、安保元首相と『奉一教会』の関係を想起させかねませんから」

別宮記者は、声を潜めて続けた。

「白鳥さん情報では、テレビ各局に、画面に映してはいけないゾーンが伝えられているそうです。そこには『奉一教会』の幹部が招待されているとか、いないとか」

「まさか。ありえませんよ。でもそんな邪推をされるのも、招待客名簿を公開しないからです。全額、税金を使った国事行為なんですから、内閣府は招待客名簿と出席者名簿を公表すべきです」

高階学長が憤然とした口調で言うと、別宮記者はうなずく。

「招待客の選定にも問題ありそうです。終田先生は、自分に招待状が来なかったとぷんぷんしてました。あんな作品を書いておいて、招待されると思っているんですから図々しいです」

「いかにも終田師匠らしいですね。そういえば今回の国葬儀では、招待を断るとツイッターに上げる国会議員や文化人が続出し、安保シンパが、はしたないと言って非難してましたね」

「テレビに出まくっている三笠ロリさんや、作家の丸田さんは怒り心頭でしたね」

欠席をツイッター表明するのは下品だと批判した安保シンパのうち、三笠ロリは、喪服というには露出度が高すぎるブラックドレス姿をツイッターにアップしてモデル気取りかと笑われ、作家の丸田は祭壇をバックに記念撮影をしツイッターにアップする俗物ぶりで、そんな二人の方がよっぽどはしたない、と良識ある人々の失笑を買ったのは翌日の話である。

三権の長の弔辞が終わると、次に演台に立ったのは友人代表の酸ヶ湯前首相だった。口下手という定評だった彼の弔辞は、大方の予想を裏切り、感動的なものになった。

酸ヶ湯前首相は震える手で原稿を取り出すと咳払いして、訥々と読み始めた。

その弔辞は、長年、総理に寄り添った女房役の官房長官の真情を切々と表していた。

「信じられない一報を耳にした私は、あなたにお目にかかりたいという一心で現地に駆けつけ、最後の一瞬、あなたの温かいほほえみに接することができました。あれからも朝は来て、季節は歩みを進めます。天はなぜ、あなたの生命を召し上げたのか。口惜しくてなりません」

寂として声もない会場に、酸ヶ湯前首相の声だけが響く。

「武道館の周りには国葬儀に立ち会おうと人々が集まっています。二十代、三十代の若者が少なくないようです。明日を担う若者たちがあなたを慕い、見送りに来ていま す。若い人たちに希望を持たせたい信念で、あなたは国民に語りかけた。『日本人よ、世界の真ん中で咲きほこれ』。今、あなたを惜しむ若い人たちがこんなにもたくさんいるということに、報われた思いです」

画面を眺めていた高階学長が、静かに言う。

「後にこの国葬儀の映像を見返したら、武道館や国会議事堂前の国葬反対デモの存在がかき消されてしまいそうです。これは歴史修正主義のお手本ですね。ひょっとしたら国葬儀の実施を決断した国崎首相や自保党幹部は、それこそがやりたかったことだったのかもしれません」

その言葉は、俺の胸にすとん、と落ちた。

酸ヶ湯前首相の弔辞が終わると、式場には海辺のさざ波のように拍手の音が鳴り響いた。

すると別宮記者が小さく呟く。

「いくら弔辞に拍手をしても、歴史を塗り替えるのは不可能なんですからね」

「テレビ首都」は午後一時四十分から五分間、会場周辺や反対デモの様子を報じ、その後は人気アニメ『ハイパーマンバッカス』の再放送を放映した。だが式典自体はネット配信し、そこでは全く雑音を入れず、忠実に国葬儀の様子を流し続けていた。大した見識である。

中継終了時の、宗像博士の言葉が印象的だった。

「今回、国葬儀に対する世論が二分され、反対の声を取り上げやすかったのは僥倖でした。国葬儀をめぐり国民が分断されましたが、世論が一色に染まった時が恐ろしいんです」

特別番組が終わると、夕方のニュースでは式典の内容や献花の長い列の様子、反対デモや自治体の判断が分かれた半旗掲揚、海外メディアの反応、国葬儀の最中、献花台に近い九段下の交差点で国葬反対派のデモ隊が安保シンパの人々と小競り合いを起こした様子などが報じられた。

THKは「桜の会」問題で、安保元首相自身は不起訴だったが後援会代表で公設第一秘書の男性が政治資金規正法違反罪で罰金百万円の略式命令を受けたと報じた。また元首相の名を冠した経済政策「アボノミクス」についても「格差を拡大させた」という批判意見に触れた。

「直前に東京五輪関連番組の字幕捏造問題を巡り『放送倫理・番組向上機構（BPO）』に重大な放送倫理違反を認定されたことが響いたんでしょう」と別宮記者は解説した。

俺たち三人は通常の夕方のニュース番組をザッピングしつつ、一方で別宮記者のタブレットでウェブ「テレビ首都」の「安保元首相の国葬儀中継」を最後まで見届けた。

参列者は祭壇に献花を終えると左右に分かれ、三々五々、会場を去って行く。

最後に前列中央の遺族と葬儀委員が残された。遺骨を見送るため自衛隊が二列縦隊で入場し、整列する。

式典の始まりと逆回しのように、儀仗兵が遺骨を持ち、祭壇の下で待ち構えた国崎首相へ、そして国崎首相から安保明菜夫人の胸に、遺骨を納めた箱が手渡された。

葬送曲が演奏される中、二列縦隊の自衛隊の間を粛々と遺骨を抱いた明菜夫人が歩んでいく。

遺骨を抱えた愛妻・明菜夫人の空疎な表情が痛々しい。遺骨を乗せた車が式場を離れた時には葬儀委員と親族と自衛隊しかいなかった。そこには国民の姿はなかったのである。

とはいえ一般献花に訪れた人々の列は長く、献花台を先頭に一時は地下鉄の隣駅まで延びたため、献花時間は予定より一時間延長されたという。

夜九時のニュースで、献花に訪れた一般市民は二万五千人と正式発表された。

その夜、突貫工事で完成した狙撃犯・浦上四郎をモチーフにした映画が上映され、チケットはネット販売開始直後に完売、満員御礼の盛況だったという。

その画面を見ていた別宮記者が、ぽつりと言った。

「『爪にツメなし、瓜にツメあり』と言いますけど、『女王の国葬に義あり、大宰相の国葬儀に義なし』というのは、どうですか」

いつも故事成語の誤用が目立つ別宮記者にしては、珍しく適正な使い方だった。

なので、俺は言う。

「私もひとつ思いつきました。こんなのはいかがでしょう。『国葬儀』は『儀』の字と位置が違う。『偽国葬』とすべきである」

別宮記者は小さく拍手をした。

そして、にこっと笑い、「それ、いただきます」と言った。

数日後、「地方紙ゲリラ連合」ウェブサイトに、俺のコメントを使った別宮記者の国葬儀の総括記事が掲載されたのだった。

12章　誰がための弔砲

十月三日　桜宮海岸・「シー・パイナップル」

○「九・二七安保元首相・国葬儀をめぐって」（十月一日　時風新報特報記事）
令和四年七月八日、桜宮市で街頭演説中、兇弾に倒れた安保宰三元総理大臣の国葬儀が九月二十七日、日本武道館で執り行なわれた。

遺骨を抱いた安保明菜夫人が降り立つと、晴天の空に十九発の弔砲が響いた。

参列者は国内で約六千人に案内状を発送したものの、四割の二千四百人が辞退し、元職を含む国会議員は六割が欠席の意向を示した。弔問外交も不発だった。

唯一有意義に思えたのは、天皇陛下がこれまで深い親交を積み重ねてきた国々の首脳と、短いながらも心のこもった応接をされたことである。

式場の外や国会議事堂の前では、国葬儀反対デモに、市民が多数参加した。数々の不祥事を詭弁と欺瞞でごまかして逃げ切った元首相の国葬儀に、市民が反対したのだ。

安保元首相と「奉一教会」の関係について、国崎首相は調査の意志すら見せない。日本を蔑視し、日本社会の破壊を望む団体を容認するのは売国奴である。国崎首相は「本人が亡くなった今、関係を十分に把握することは難しい」と逃げた。自保党は所属議員と「奉一教会」の接点の点検結果を公表した。「奉一教会」問題の責任を安保元首相に押しつけた自保党は、死後免責に付してやり過ごそうとしている。

献花台を訪れて、複数のテレビ局の取材で、安保元首相の偉業を賞賛していた中年女性の胸には、「奉一教会」のバッジが輝いていた。だが一般献花参列者は二万五千人に留まり、それは公称の「奉一教会」の関東信者数の四分の一にも達していない。

安保元首相の国葬儀は、社会に大きな禍根を残した。それは国民を分断し続けた大宰相の置き土産と言える。記者の脳裏に、安保元首相が生前、「こんな人たちに負けるわけにはいかない」と街頭演説で、聴衆の半分を指さし叫んだ場面が浮かぶ。だが指差された「こんな人たち」も、首相が心を砕くべき日本国民だった。国葬儀を見ていた識者の言葉が印象的だ。

「国崎首相は国葬の適用を誤魔化すため、末尾に『ギ』をつけ、『国葬儀』なる新語を生み出した。国民は『ギ』という文字を変えて頭につけて、『偽国葬』と見做した」

地元の安保宰三事務所の閉鎖も決まった。

国葬儀を終えた今、安保元首相を取り巻く空気は、これから訪れる冬の前触れであるかのように冷え冷えとしている。

二〇二二年九月、蟬の声が絶えた季節の中、ひとつの時代が終わった。

（文責・別宮葉子）

＊

十月三日。第二一〇回臨時国会が開幕した。会期は十二月十日までの六十九日間。安保元首相の国葬儀の特集記事をアップした別宮記者は、少しほっとしていた。国会では国崎内閣が火だるまになった。ひとつは安保元首相の「国葬儀」実施の是非だが、もうひとつの「奉一教会」と自保党政治家の癒着問題の方が根は深かった。違法な霊感商法に手を染めた「奉一教会」に選挙支援を求め、「教義」を政策に落とし込むことなど、あってはならないことだ。そうした自覚がなかった自保党の腐敗ぶりは底なしだった。

二〇一九年十二月、安保内閣が閣議決定で突如、「反社」の定義を反古（ほご）にした真意も、自保党と「奉一教会」の癒着を隠すことにあったとも考えられた。そうなると国葬儀は「奉一教会」へ向けたエクスキューズだったのかもしれないという、全く別の顔にすら見えてくる。

批判を躱すため国崎首相は自保党の国会議員に「奉一教会」との関係を「自己点検」し、党に報告するよう指示した。この「自己点検」は、「調査」ではなく「点検」としたところがミソで、事実を報告せず後で発覚しても、それは自保党の問題ではなく議員個人の問題だという言い抜けが出来てしまう。

メディアで癒着を取り上げられた議員はしぶしぶ申告したが、しらばっくれて報告しない議員もいた。自己申告に基づき八月中旬のお盆前の異例の時期に、第二次国崎改造内閣を組閣したが案の定、申告漏れの閣僚が次々に指摘された。だが、この「点検」で一番の問題は、つきあいが軽微な者と抜き差しならない深い関係の者を一緒くたにしてしまったことである。

中でも最大の大穴は「奉一教会」の一番の広告塔だった安保元首相の調査を除外したことだ。

安保元首相は二〇二一年九月、「奉一教会」の大規模集会にＶＩＰとしてリモート登壇した。安保元首相の暗殺後、世論が一気に国葬反対に転じる原因となった例の衝撃的なビデオである。

教団のトップ、鶴小玉総裁を表敬したメッセージは罪が深い。霊感商法や過大な献金を課して、家庭を崩壊させたカルト団体に、一国の総理大臣がお墨付きを与えたに等しいからだ。

「全国弁連（全国霊感商法対策弁護士連絡会）」はこの件に関して公開質問状を送付したが、安保事務所は受け取りを拒否した。その時点で安保元首相が、その行為は社会的に問題がある、と認識していたことの傍証である。

安保元首相の私物化が問題視された「満開の桜を愛でる会」に「奉一教会」の幹部を招待していた事実も判明した。

ふたつめの大穴は、すでに自保党を離党しているという理由で、細目衆院議長を除外したことである。慣例で議長は所属会派を離脱しているという理由だ。だが、衆院議長の座にあり、直前まで派閥の長として、自保党の憲法改正推進本部長を務めていた細目議員は、内閣官房長官だった二〇一九年、教団開催の集会に来賓出席し基調講演を行なっている。

そこで教団は信者から四億円の寄付金を集めた。

この時も全国弁連が開催前に要望書を送付したため、参加議員は、教団が目論んだ半数にも届かなかった。そんな中、あえて集会に出席し講演までしている細目衆院議長が、自保党の点検リストから除外されてしまったのである。

みっつめの大穴は、酸ヶ湯前首相が関係を報告しなかったことを、黙認したことだ。安保元首相の長期政権時代、選挙対策本部の要職にあった酸ヶ湯官房長官が、集票マシンとして重宝していた「奉一教会」と無関係だった、などということは、まずありえない。しかも安保元首相が暗殺された直後、「奉一教会」との関係性が報道され始めると、お得意のメディア恫喝（どうかつ）で、そうした記事をアーカイブから削除させたりもしていたらしい。

こんな「隠し砦（とりで）の三悪人」をお咎めナシとしたら、他の議員が真面目に対応するはずがない。

自保党が課した「自己点検」は、世間の非難を躱す目眩（めくら）ましにすぎなかった。

問題は自保党の稚拙な対応にツッコまず看過したメディアの拙さである。だがそんな停滞した場を引っかき回し、混沌の渦の中から真実を暴き出すのが「血塗れヒイラギ」こと時風新報社会部記者・別宮葉子の真骨頂である。

なぜか彼女の周りには、問題の本質を知るキーマンが現れる。

今回の件ではそうした守護天使は、盟友・日高正義弁護士だった。

日高弁護士は狙撃犯・浦上四郎の弁護人を務めており、桜宮拘置所で定期的に接見していた。

今日も午前中に接見をしたので、その後にランチをすることにした。

場所は二人のお気に入り、桜宮海岸にある地元の人気店「シー・パイナップル」。

海岸沿いの店は潮風に痛めつけられ、外壁の塗装などは色褪（いろあ）せてしまったものの、相変わらず人気が高い。

二〇〇八年に、二人が初めて会った時と変わらない定番メニューは、日高弁護士の「螺鈿（らでん）定食」が貝づくしの握り寿司八貫、別宮記者の「黄金地球儀定食」が大きくて丸いクリームコロッケのランチプレートである。

別宮記者が言う。

「ここで日高先生と初めてお目に掛かってから十四年も経つんですね。あたしも、今やアラフォーですもん。この店がしぶとく生き残ってくれて助かってます」

「あの頃の私は弁護士になりたてで、東城大の『バチスタ裁判』の被告人の国選弁護人をして、宗教団体『神々の楽園』のリンチ死事件を追っていた別宮さんに協力をお願いしたのがご縁で、東城大の良心・田口先生や腹黒学長の高階先生、ひねくれ彦根先生と知り合えました。この店は私にとって、別宮さんに初めてお会いした、思い出深い場所です」

「バチスタ事件」とは、二〇〇六年、心臓外科の「チーム・バチスタ」で連続した術中死事件で、東城大の全ての悪縁の始まりである。犯人の国選弁護人を引き受けた日高弁護士は一躍、弁護士会で名声を得た。その意味では別宮記者もそうだった。

彼女は「バチスタ事件」の犯人の死刑囚が書いた手記を掲載し、検察批判の記事を書いて、名を上げたのだから。ふたりは深い因縁で結ばれた「戦友」だ。

「その後、私は『有朋学園関連公文書改竄・毀棄事件』を苦に自殺した赤星さんの未亡人・知子さんの国賠訴訟にも関わり、そこで別宮さんに連れられて『梁山泊』に参画しました。あれには気持ちが沸き立ちました。実際、『梁山泊』と『地方紙ゲリラ連合』の援護はありがたかった。知子さんの希望は、真実を知りたいの一点で、当時の上司の瀬川さんを法廷に引っ張り出し証人尋問することを目標にしました。あらゆる法廷戦術を駆使した上に別宮さんのメディア協力があったおかげで昨年五月、財務省が出し渋っていた『赤星ファイル』を、黒塗りのマスキングが多かったものの、ついに裁判所に提出させたのは大成果でした」

日高弁護士は赤星未亡人が自死した夫の死に関し、上司の瀬川理財局長や国を相手取り、一億二千万円の損害賠償を求め、桜宮地裁に国家賠償裁判を提訴した裁判の代理人も務めていた。

日高弁護士は、「赤星ファイル」提出を命じる「文書提出命令」を出すよう桜宮地裁に申し立てたが、財務省は「ファイルは裁判に関係せず、存否を回答する必要がない」と存否の回答すら拒んでいた。

ところが昨年五月、財務省は突如態度を一転させ、文書の存在を認めた上、文書公開に至った。

その背景には国会議員の調査権を使った調査があったが、裏で行なわれた「開示請求クラスタ」の理詰めの質問攻めも、財務省が音を上げた一因だったのだ。

それを別宮の「地方紙ゲリラ連合」が報道したため、ついに財務省も観念したのだ。

昨年六月、コロナ「第5波」の中、五輪開催された頃、財務省は公文書改竄のいきさつを記した「赤星ファイル」五一八ページを、黒塗り多数で提出したのだ。

そうした成果を挙げた日高弁護士だったが、その口調には無念さが滲んでいる。

「『赤星ファイル』の冒頭に『決裁済みの文書の修正は行なうべきでない、と本省に抗議した。本省が全責任を負うとの説明があったが納得できず、過程を記録することにした』とあったため、『改竄を闇に葬ってはならない』という赤星氏の強い意志が伝わってきました。ところが財務省の調査は『改竄は瀬川理財局長（当時）が決定づけた』とあるだけで命令系統は曖昧でしたが、二〇一七年三月のメールに修正・削除すべき部分として、安保明菜氏の名にマーカーした決裁文書のコピーもあり、改竄の指示が極めて具体的で組織ぐるみだったと判明しました。それを受け昨年十月に知子さんは国崎首相に、心情を綴った直筆の手紙を送ったものの無回答でした。その手紙の文面は、今も私の胸に、刺のように刺さったままなんです」

——夫が正しいことをしたこと、それに対し財務省がどう対応をしたか、第三者による再調査で報告書を出し直してください。正しいことが正しいと言えない社会は、おかしいと思います。

手紙の文面を思い出すと、別宮記者の胸もひりひりと痛む。日高弁護士は続けた。

「あの時は瀬川元理財局長の尋問が法廷で実現する目処がついた気がして意気揚々としていました。でもとんでもない決着で、まさか国が賠償金一億七百万円の請求を認諾するなんて、思いもしませんでした。昨年暮れ、関係者の尋問を行なわずに裁判は終結しましたが、国側は請求を受け入れた理由を『いたずらに訴訟を長引かせるのは不適切』としました。抗議したものの、裁判官も『国の主張を受け入れる』と表明しただけ。この国の司法には正義などないのだ、と思い知らされました」

「知子さんは『守銭奴』とか『国から金を取れてよかったね』などと心ないネットの中傷に晒されても全くブレませんでした。本当に強い女性です。『夫は国に殺されたのに政府や裁判所は真実を明らかにしようとしない。ひどい国です』という記者クラブでの発言を聞いて、胸が苦しくなりました。この後、なんとかならないんですか？」

「実はずっと、奥の手を温めていたんです。財務省の瀬川元理財局長、理財局元総務課長、元国有財産審理室長幹部の三人を虚偽有印公文書作成・同行使容疑で東京地検に刑事告発することにしました。本日付で告発状を提出しています」

「そんなこと、可能なんですか？　『一事不再理』の原則がありますよね」

「もちろんです。赤星さんが強要された文書改竄に関しては、確かに不起訴が確定しています。しかし今回の告発は別の文書、つまり財務省が二百件以上の応接録を保有していながら、そうした『文書の保有が確認できない』と不開示決定した文書が標的です。それはまさしく虚偽有印公文書作成及び行使に相当するので、十分勝算はあります。でもこれまで改竄や毀棄をことごとく不起訴にしてきた検察は、今回もあえて起訴しないだろうとは思っていますが」

「そうしたら、検察審査会に不服申し立てをして、強制起訴を目指すコースですね」

「そうなんですが、検察審査会は機能していると言い切れません。市民の目の届かないところで、検察がえげつない手を打つこともありますので」

「どういうことですか？」

「検察審査会は、選挙権を有する国民の中から、クジで選ばれた十一人の検察審査員が、検察官が事件を裁判に掛けなかったことのよしあしを審査するという仕組みです。審査結果には『起訴相当』と『不起訴相当』、第三の『不起訴不当』というグレーの選択肢を紛れ込ませている。『起訴相当』か『不起訴不当』だと検察官は再検討し、検察官が起訴しなければ改めて検察審査会議で審査し、起訴議決がされた場合、起訴手続きが取られます。けれども審議内容は公表されないので、完全なブラックボックスになっています。また『起訴相当』の議決でなおも検察官が起訴しないと印象が悪いですが、『不起訴不当』だと色合いが和らいで、世間の風当たりが若干弱まります。またメンバー選定についても、専用に作られた機械で実施される公平なくじ引きだと言いますが、そのプログラムにはとんでもない仕組みが隠されているんです」

別宮記者は、メモを取り出し、前のめりの姿勢になる。

「ちょっと待ってください。とんでもないって、どんな仕組みなんですか？」

「無作為抽出のプログラムなのに、選出者が恣意的に人物を選べるバックドアがあるんですよ。しかも驚いたことに、そのログを履歴で追えないようになっているんです」

「まさか。いくらなんでもそんなバカなことがあるはず、ないでしょう」

「開示請求で入手したプログラムのマニュアルを、複数のSEにチェックしてもらったので間違いないでしょう。しかもそのソフトを委託されたシステム会社には、通常の十倍の巨額の開発費用が支払われている。業界では口止め料だ、とウワサされています。更に、審査会のスケジューリングは裁判所がしますが延ばし放題で、三ヵ月毎に半数のメンバーを入れ替えることができてしまう。そうして議決を延々と先延ばしにして、世間のほとぼりが冷めるのを待つのが検察の常道です。実際に、その手法を駆使して不起訴を確定したのが『有朋学園事件』関連の『公文書毀棄』事件です」

「あれには驚きました。国会で瀬川さんが捨てたと公言していたから、公文書毀棄は百パーセント立証できます。それを不起訴にしたあの時に思いました。法の正義はどこに行ってしまったのか、と。今はその疑問はもっと深くなっています。そもそも法の正義とは何なのでしょう」

「本来は単純です。人間が社会を営むため自由を制限すると約束したことが法律です。ですので誰に対しても公平に適用し法以外で罰せられることがないように運用する、それが最低限の法の正義です。けれどもその適用を恣意的に行ない、権力に都合良くねじ曲げているから、そんな単純な姿が見えなくなってしまっているんです」

そう言うと、日高弁護士は深くため息をついた。

「でも、浦上さんの弁護活動はまともにできているので、接見にはできるだけ行こうと思います。浦上さんは殺人罪ですが、他に無許可で小銃を自作した武器等製造法違反が成立し最高刑は懲役二十年、銃砲を所持すれば銃刀法違反で最高刑は懲役十年。銃刀法の発射罪の最高刑は無期懲役です。いずれにしても本人は減刑は望んでおらず、裁判で争うつもりもありません。彼は自分がなぜこのような犯罪を犯したか、その理由を世に知ってほしいだけなのです」

「浦上さんが望んでいることこそ、国が何としても隠したいことなのかもしれませんね。そうなると、ややこしいことになりそうですね」

別宮記者の嘆きに、日高弁護士はうなずく。

「日本は、真実を明かし正しく裁くことが難しい、情けない国になってしまいました。けれども浦上さんは少しずつ心を開いてくれています。犯罪に至る経緯は、『奉一教会』の鶴小玉総裁を狙撃しようと考えたけれど、コロナで来日が取りやめになった上に、蓄えがなくなり生き長らえず、最大のシンパと見た安保元首相を標的にすることにしたんだそうです」

別宮記者は、肩を落として言う。

「そうしたことは一切、報道されていませんね。検察のメディアコントロールは相変わらず鉄壁で、揺るぎないようですね」

「ええ、でも判決で梯子を外されるとわかっていても、訴え続けることでいつか変わると信じています。そうでなければやってられませんよ、こんな不毛な仕事は」

珍しく日高弁護士が愚痴っぽく言うので、別宮記者はうなずいて言う。

「日高さんの頑張りが財務省の固い壁を少しだけでも壊したのは事実です。知子さんの代理人を引き受けた時、まさか『赤星ファイル』が公開されるなんて、思ってもいなかったでしょう？」

「そうですね。この件にしても、私は浦上さんと同じような苦境にある宗教二世がこんなにいて、これほど酷い目に遭っているということを、全く知りませんでした」

「それはあたしも同じです。メディアはほとんど取り上げて来ませんでした」

「けれども私の師匠筋の相馬先生は、偶然ですが、ありがたいことに、『全国弁連（霊感商法問題を追及する全国弁護士連絡会）』に参加していたんです。ですので、浦上の件でもアドバイスを頂戴しています。傲慢な国家相手の裁判は疲れますが、それでも少しずつ、風穴が開き始めている気がします」

「あたしも時々、気持ちが挫けてしまいそうになりますけど、そんな時には知子さんのことを思い出すんです。すると諦めずに壁を叩き続けなくては、と気持ちが新たになります」

「実はこの後、知子さんと打ち合わせなんです。よろしければご一緒しませんか？」

すると別宮記者は、首を横にふる。

「本当に残念ですけど、午後はアポがあるんです。田口先生から東城大の機構改編があったので、お話ししたい、と言われたので東城大学の取材なんです」

「そうでしたか。それならまた、別の機会に。田口先生によろしくお伝えください。それでは、ここのランチは私にご馳走させてください。今日は浦上四郎の接見なので、経費で落ちますから」

「それなら、遠慮なくご馳走になります」

別宮記者は嬉しそうに微笑する。

二人が肩を並べて店を出ると、日高弁護士がぽつりと言った。

「国葬儀で鳴り響いた弔砲を聞いた時、浦上さんはどんな気持ちで聞いただろう、と考えました。あれは一体、誰のために鳴らされたんだろう、と思った時、どうにも変わらない日本人への弔砲だったのではないかと思ってしまいました」

するとと別宮記者は日高弁護士の背中をばあん、と叩いて言った。

「そんな弱気なことを言うなんて、日高さんらしくないです。あたしにはあの砲声は、腐敗した社会との訣別（けつべつ）を告げる号砲に聞こえましたよ」

「なるほど、そう考えれば希望を持てますね」

日高弁護士の声が明るくなる。

穏やかな水平線を眺めた二人は、一瞬立ち止まる。

桜宮岬に屹立（きつりつ）する〈光塔（ミナレット）〉が午後の陽に照らされ、きらりと光った。

13章 「緩和ケアユニット」創設

十月二十日 旧病院『黎明棟』2F・医局員室

二〇二二年九月、世の中の中心には安保元首相の国葬があった。

安保元首相が姿を消すと地獄の釜の蓋があき、魑魅魍魎(ちみもうりょう)の姿が白日の下に晒された。

そのひとつが東京五輪における汚職である。

八月中旬、五輪事業に絶大な力を持つ広告代理店「電痛」と、五輪組織委員会理事に収まった朽木というOBが、五輪のスポンサー指名をエサに、複数社から収賄したスキャンダルが発覚し、東京地検特捜部が逮捕するに至った。

けれども市民は、逮捕自体には驚かなかった。コロナ「第5波」の中、国民の安全を危険に晒してまで五輪を断行した関係者や政治家を見れば、美味しい蜜を非合法すれすれで貪ろうとしたに違いない、と誰もがうすうす感づいていたからだ。

市民はむしろ、当然捜査すべき事案に、東京地検が着手したことに驚いていた。

だがその発火点が、東京から離れた浪速にあったことに気づいた者は皆無だった。

二〇二二年十月一日付けで、俺の部下の洲崎医長はめでたく本懐を遂げた。

東城大学病院機構において「緩和ケアユニット」の部署の創設が正式に承認され、洲崎医長がその部門のトップに立ち「部長補佐」に昇進したのである。

言うまでもないが、部長補佐が補佐する相手の部長とは、俺のことである。この改組は、俺が「ホスピス棟」を統括できなかったという反省の意味を込めて、後押しした結果でもある。

組織図上では洲崎部長補佐の上に俺がいるが、口出しするつもりはない。俺には過分だった、「ホスピス棟」のトップと「コロナ病棟」の責任者という、現代医療にとって喫緊の、重すぎる二枚看板のひとつが外れて、ほっとしたというのが本音だ。けれども高階学長の裁量によって、上司のままに据え置かれた俺は、暴走ラッコ・洲崎に、ふたつの鈴をつけた。

ひとつは「効果性表示食品」を病棟に導入しないという、高階学長の厳命である。これは出鼻を押さえればいいので、若月師長に監視してもらえば十分だろう。

もうひとつは、若月師長と洲崎部長補佐の関係の修復である。

放っておけば二人が衝突するのは目に見えていた。

「ホスピス棟」は若月師長のライフワークで、洲崎部長補佐は、そのデストロイヤーだから、仲良くできるはずがない。だがそんなことを言ったら、調整者たらんとする俺だって若月師長の目から見れば裏切り者の逃亡者だ。

冷静に話が出来る分、「デストロイヤー（破壊者）」のラッコより「ハイダウェイ（逃亡者）」の俺の方が少しだけマシ、という程度にすぎない。

さて「ホスピス棟」を「緩和ケアユニット」に改組し、「コロナ病棟」の専任になった俺が、部下である洲崎部長補佐と若月師長に命じたのは、単純なことだった。

今は「ホスピス棟」の入所者はゼロなので、新ユニットを立ち上げた洲崎部長補佐には患者がいない。けれどもいつ何時、新規患者が入ってこないとも限らない。

そこで仮にそれが「ホスピス棟」の入所希望者だった場合でも洲崎部長補佐が担当し、その入所者に関しては若月師長の意向を尊重するように、と言い含めた。

こうすれば「ホスピス棟」のトップだった若月師長の顔も立つ。

すると洲崎部長補佐にも部下が必要だ。そこで「黎明棟」期待の新星、雪平ひとみ看護師を「緩和ケアユニット」の副師長とし、洲崎部長補佐の直属の部下にした。

三年目の雪平看護師は、若月師長の部下に位置づけられ、組織図上では若月師長の指導下におかれる。これで若月師長と雪平副師長の関係は、俺と洲崎部長補佐の関係と相似形を成した。

「ホスピス棟」の入所者がゼロになった瞬間だからこそ、実現できた離れ業だ。

次なる一手は、洲崎部長補佐の「緩和ケアユニット」に実体を与えることだ。

黙って待っていても、緩和ケア患者が送られてくる可能性は皆無に近い。

現に、これまでもホスピス入所者はほぼ全員、外部からの希望者だった。闘病中の患者は、元ホスピス棟に入ることを望まない。院内情報のウワサは、患者同士の間では異次元の速さで駆け巡る。すると「緩和ケアユニット」が「ホスピス棟」の改組であることはすぐにバレ、「緩和ケアユニット」に移ることはホスピス送りに見えてしまう。そうなると患者は抵抗するし、病棟の主治医も得体の知れない組織に大切な患者を預けたいと思わないだろう。

おまけにトップが、あまり評判が芳しくない新人となれば、三重苦である。

その点で「緩和ケアユニット」創設は、俺が「不定愁訴外来」を立ち上げた時の状況と、どことなく似ていた。だから俺は適切な一手を考え出すことができたのである。

俺が考えた一手は、洲崎部長補佐を新病院に派遣することだ。そうすれば各病棟の末期患者の緩和ケアを「緩和ケアユニット」のトップが訪問診療することになる。すると洲崎部長補佐は、新病院の医師や患者と顔なじみになり信頼を得られ、患者が「黎明棟」に行くことを納得するようになる、かもしれない。

一般病院では「緩和ケア」の初期は、病棟内に点在する。こうした形式なら自然に組織は立ち上がるだろう。不安は、洲崎部長補佐のような唯我独尊の暴走タイプは、他の病棟ではかなりの確率で嫌われる可能性が高いことだ。だがそれは、自分のせいだから知ったことではない。

なんて思ってみたけれど、そこで突き放せないのが俺のだらしないところではある。そこで俺は、洲崎部長補佐の新病院での指導役を、兵藤クンにお願いした。

この采配が見事にハマった。

兵藤クンは、持ち前の猜疑心と妄想心を発揮し「まさか田口先生は、今度は新病院の覇権に興味を持ち、洲崎先生を尖兵として送り込んで来たんじゃないでしょうね」と、いかにもヤツらしいトンチンカンな邪推を披瀝し、久々の兵藤節を堪能させてくれた。だがそんな誤解と疑惑はあっさり氷解した。

洲崎部長補佐が兵藤クンを深く尊敬していることが、伝わったからだ。洲崎部長補佐は、安保元首相が狙撃され搬送された時、兵藤クンの下で雑用をこなし、記者会見の末座に座らせてもらった。以後、彼は兵藤クンに心酔していたのである。

ああみえて兵藤クンは、面倒見はいい。ふたりの相性はバッチリで、すぐ意気投合した。あまりにも二人の息がピッタリなので、今度は俺の方がビビってしまう始末だ。

新病棟に出入りする時には、副師長に昇格した雪平看護師を必ず同行させた。

このため兵藤クンが准教授として所属する神経内科ユニット（十五年ほど前に、長ったらしい正式名称に変わったのだが、ものぐさな俺は未だに覚えていない）内に、「緩和ケアユニット」の分室を作ってもらい、普段は常駐できるようにしてもらった。

依頼があると、洲崎部長補佐は可憐な雪平嬢を伴って病室を訪れ、末期患者を診察した。これが好評を博した。末期患者には、雪平看護師は舞い降りた天使のように見えた。シティボーイの洲崎部長補佐と、可憐な雪平嬢のペアは患者の受けがよかった。それでも暴走ラッコが患者の気分を害する無神経な発言をして、トラブルになりそうな気配があると、雪平看護師はすっと席を外して、庇護者に助けを求める。

すると白衣を翻して颯爽と現れた兵藤クンが、欧米人のような派手なアクションを交えた口八丁手八丁で、怒りに燃えた患者をなだめてしまう。

後に兵藤クンは「こうした患者を丸め込むテクニックは、田口先生の直伝なんだ」と洲崎部長補佐に言ったそうだ。だが俺は真摯に患者に接しているだけなので、思い違いされるのはハタ迷惑だ。俺と兵藤クンの間なら放置したが、直属の部下となると話は違う。やむなく俺は、洲崎部長補佐の誤解を解くため、言い訳する羽目になった。

とにもかくにも、こうして新病院に素晴らしいトリオ・セッションが完成した。

往診要請は日に日に増え、洲崎・雪平コンビの評判は高まっていった。

これは我ながら素晴らしい廃物利用の成功例だなと思いふと、こういう毒舌的表現は厚労省の火喰い鳥の十八番だと気づいた。

知らぬ間に影響を受けていたのかと思うとぞっとする。

考えてみたら俺はずっと、落ち穂拾いのような仕事をしてきたんだな、としみじみ思う。

のすくい上げ。

「ホスピス棟」は行き場のない患者の終着駅だし、「コロナ病棟」は厄介な感染症の受け皿、そして正業の「不定愁訴外来」は本道の治療からこぼれ落ちた患者の気持ちのすくい上げ。

だからこそ俺は、洲崎部長補佐の要望に的確に対応できたのかもしれない。

その時、俺の脳裏に走馬灯のように去来したのは、高階病院長、もとい、現在は学長が、俺に対して無茶振りをした過去のあれやこれやだった。あの境地に至るまでは、まだ遠い。

新ユニットの立ち上げは順調だった。

暴走ラッコ・洲崎も、言い分が通ったせいか、他人の言葉に少し耳を傾けるようになった。

彼が導入を考えていたシャワーヘッドに若月師長が強硬に反対したことも、以前なら一触即発の危機になっただろう。だがその時の若月師長の説明は完璧で、反論の余地がなかったのだ。

「洲崎先生が推薦された『マジカルミラクルシャワーヘッド』について、ちょっと調べてみたんです。販売元の『真水企画』では、『ミニチュアバブル』のシャワーを、アトピー性皮膚炎の患者に当てるという治験を、三ヵ月間のプレ治験を実施してから、

『アンチエイジングフェア』という展示会に出展したそうです。価格は一般的な製品の四倍もするんですけど、今では『浪速万博』のオフィシャルパートナーになって、派手な宣伝を打って盛り返しているそうです」

うん、うんとうなずいて話を聞いていた暴走ラッコ・洲崎は、若月師長の次の言葉に凍りついた。

「プレ治験で結果が出たとしながら、その後の本治験で医療効果が見られず、治験はそれきりで放り出しっぱなしなんです。それなのに、プレ治験の結果だけを謳い文句にして大々的に発表しています。製品の原理は『ミニチュアバブル』を発生させて、『石鹸を使わずシャワーだけで汚れを落とせ、アトピーや褥瘡に効果がある』というものなんですが、『ミニチュアバブル』は、私がかつて『黎明棟』に導入しようとした『ナノバブル水』より、泡の大きさが百倍も大きいので、効果はありません」

滔々と説明する若月師長の迫力に、さすがの暴走ラッコ・洲崎もたじたじだ。

若月師長の説明、というよりも、「糾弾」は更に続いた。

「そもそも『真水企画』は、相当いかがわしい会社で、その前身は浄水器メーカーでした。そこでディスポーザーの販売でマンションデベロッパーと組んでいた頃は羽振りがよかったようですが、資金繰りに行き詰まって破産し、債権者から計画倒産だと騒がれています」

呆然として青ざめ言葉を失った洲崎部長補佐の肩を、俺は、ぽん、と叩いた。

「シャワーヘッドの導入は凍結する。異存はないね」

洲崎部長補佐はうなずいて、おとなしく退場した。俺が感心して言う。

「よくまあ、あそこまで詳しく調べられましたね」

すると、若月師長は、ちろりと舌を出した。

「実はあれ、ズルしたんです。取材に来た別宮さんにお願いして、調べてもらったんです」

なるほど、暴走ラッコ・洲崎は、間接的に「血塗れヒイラギ」の洗礼を受けて、血祭りに上げられてしまったわけか。

ツイてないヤツだなあ、としみじみ同情した。

それ以後、洲崎部長補佐は、若月師長の言葉に謙虚に耳を傾けるようになった。

こころなしか彼の仕事ぶりは、地に足がついたものになったような気がした。

まさに、「雨降って地固まる」だな、と俺はほっとした。

ところがその数日後、兵藤クンが俺の所にやってきて、クレームをつけた。

「洲崎先生には少々問題がありまして。病棟で患者や主治医の前で、安保元首相の業績を滔々と褒め称えるんです。僕は政治的には無色透明で、人様の信念にはとやかく言いたくないんですが、病院として特定の政党や政治家を全面支援しているみたいな印象を持たれるのは、ちょっと困るんです。それとこれは別の問題なんですけど、この間話していたら、実は洲崎先生が持っている『コロナ』関連情報は、『イクラ』が発信した情報らしいんです」

「イクラ」とは、コロナの「第1波」や「第2波」が襲い混乱した中、メディア界に突如現れた『医療クラスター』なる連中の通称だ。「PCR検査抑制」と「ワクチン至上主義」のふたつが、彼らの主張の柱だった。彼らは安保政権の医療政策を、情報面からバックアップしていた。

だから安保信者の暴走ラッコ・洲崎が盲信していたとしても不思議はない。

だがそれは二年も前のことだ。

アップデートしていないとは、全く、困ったチャンだ。

「そう言えばあの頃テレビに出まくり、ツイッターで『バブバブ』言いまくった米国感染研究所（NIH）所属のベビーフェイス、坊ヶ崎（ぼうがさき）先生の姿をすっかり見なくなりましたね。医師免許を持ちながら、コロナ感染のフェイク情報を垂れ流していると田口先生はおかんむりでしたけど、あの人は今、どこで何をしてるんですか？」

「古巣の国立感染症対策センターに舞い戻って、今は一研究員として地道に研究してるらしい。ツイッター禁止令が出たらしく、更新してないようだ」

「そんな輩が日本の感染症対策の方針に影響を与えたなんて困ったものです。その末裔の洲崎先生の矯正は、上司の田口先生の役目だと思うんですけど」

「そういうことを言いくるめるのって、お前の得意技じゃなかったんだっけ?」

「失礼なことを言わないでください。僕は他人を言いくるめたりはしませんよ。僕ほど周囲に気を遣い、融和を図る人間は他にいませんからね」

そんなバカな、と思ったけれど、考えてみたらコイツが不遜なのは俺に対してだけだったかもしれない、ということに気がついた。

それはそれで、むかつくけれど、今はそんなことを追及している場合ではない。

「それで、神経内科ユニットの指導責任者の兵藤准教授としては、いかなる対処をお考えなのかな」

「今後、同じようなことを病棟で口にするようなら、僕は面倒を見切れません。そこは上司たる田口先生が、きちんと因果を含めてください」

そう宣告すると、無駄話が大好きで、普段は用もないのに愚痴外来に入り浸っていた兵藤クンにしては珍しく、あっさり退出してしまった。

高階学長の懐刀の地位に昇格し、俺の部下も掌握した兵藤クンにとって、俺なんぞは出がらしのお茶っ葉のようなものなのだろうか。そう思うと、ふと寂しくなった。

だが今は、そんな感傷に浸っているヒマはない。

はてさて、どうしたものか……。

俺が説得するとその都度、表面は恭順なフリをしながら、裏でコソコソと（いや、表立って堂々と、か）自己主張を繰り返す暴走ラッコに、俺なんかが今さら行動様式を変えろと言ったところで、ラッコの面に小便だろう。

なにしろ、高階学長直々のご指導が奏功しなかったという、筋金入りの大型新人だ。

実は俺は、次にどうすべきか、とっくの昔に思いついていた。

それは、できれば避けたい禁断の一手だった。

しかし、ことここに至っては、もはや逡巡している猶予はない。

やむを得ず俺は、鉛のように重い指先で、番号をプッシュした。呼び出し音を聞かないうちに相手が電話に出るという経験は初体験で、動揺した。だが電話に出た相手が奔流の勢いで、怒濤のようにまくしたてたので、その間にぐらついた態勢を整えることができた。

「ハロウ、田口センセ、奇遇だね。たった今、僕もセンセに電話しようと思って受話器を取り上げようとしたところだったんだよ。でも田口センセが電話をくれたことに敬意を表して、まずはセンセの用件から聞こうかな。で、どんなトラブルなの？　どうせ洲崎センセ絡みなんでしょ。……なるほど、つまり僕に洲崎センセの安保元首相マンセーを徹底的に叩き直せ、というんだね」

「いえ、そんな過激なことではなくて……」という俺のむにゃむにゃした返事など、全く耳に入らない様子で、怒濤の返事が戻ってくる。

「それなら今から、そっちに行くよ。今十一時過ぎだから午後三時のおやつの時間に田口センセが高階学長に返しちゃった学長室で。そうそう、僕のお願いは、愚痴外来を受診したいということなんだよね。じゃあヨロシク」

「ちょ、ちょっと待ってください」という俺の動揺を伝えるヒマもなく、電話は切れた。

俺が動揺したのは、白鳥が俺の不定愁訴外来の受診を希望したことだ。傲岸不遜で厚顔無恥、天上天下唯我独尊、天下泰平の鋼鉄のメンタルを持つあの男に、一体何があったのだろう。

勝手に弟子にしている俺に弱みを見せるなんて、らしくなさすぎる。それにしては口調はいつもと同じだったなと思い、思いが千々に乱れているところに、電子メールの着信音が響いた。

——言い忘れたけど、三時のお茶会には、洲崎センセも同席させてね。

用件が丸ごと全文、タイトルになっている。

「このメッセージには本文がありません」という空しい表示を眺めつつ、俺は返信を打つ。

――高階学長のご都合もあるので、会談時間は返信で正式にお伝えします。今しばらく、お待ちください。

けれども、待てど暮らせど返信はない。

たぶん、メールを打つと同時に出発してしまったのだろう。今時、携帯を持たないヤツなんて白鳥くらいだぞ、と思いつつ、吐息をついた俺は高階先生に電話を掛けた。

その後、昼休みの休憩時間に俺は、辛口の超攻撃型ワイドショー「バッサリ斬るド」を観た。

そこでは、他局の辛口コメンテーター「玉村さん」が降板させられる可能性を伝えていた。

「酸ヶ湯前首相の弔辞があまりにも感動的だったから、『電痛』のゴーストライターが書いたんだろうなんて、確かに失礼千万な邪推だけど、所詮はコメンテーターの当てずっぽうの嫌味だろ。酸ヶ湯さんもムキになって番組に圧力かけるなんて、大人げないよな。マルクス党がテロ集団だ、なんて共産主義アンチのデマを飛ばした評論家の方が、よっぽど大問題なのに、あっちは謝罪で済ませ、こっちは謹慎だなんておかしいよ。『プライムエイト』は相変わらずお上と大株主さまの『電痛』には弱腰だな。少しは俺を見習え。なあ、小松（こまつ）、お前もそう思うだろ?」

話題を振られた諸田のよきアシスタント役の小松嬢は、艶然と微笑して言う。

「ただ今の諸田さんの発言に関して、番組アシスタントから、ひとつ訂正させていただきます。この件について、酸ヶ湯前首相が報道番組に圧力を掛けたという事実は未確認で、公共の電波で流すのは不適切でした。謹んでお詫びし、ただ今の発言は撤回させていただきます」

そう言って見事に火種を消した小松嬢は、淡々と続けた。

「先ほど、あたしにお聞きになった一件ですが、人が怒るのは、全くのデタラメを言われた時か、本音を言い当てられた時のどちらかだと言います。この場合はどっちなんでしょうね。でもそれよりもあたしは、国崎首相がお坊ちゃまの棒太郎さんを首相秘書官に抜擢したことの方が気になります。首相の子ども手当は年収一千万円だと、庶民の顰蹙を買っていますし、棒太郎さんは生粋のボンボンで、首相のご子息だということを振りかざして、サクラテレビの美人記者にデレてるという噂です。公設秘書なら問題なかったんでしょうけど、秘書官は国家公務員ですから、身内贔屓と非難されるのは当然です。秘書と秘書官の違い、『官』という文字の重みが全くわかっていらっしゃらないようで、これでは親バカと言われても仕方がないでしょう」

「それで最近、『プライムエイト』が官邸関連のスクープを連発してるのか。ハニートラップに手を染めるとは卑怯千万、許せん。喝！」

かなりお年を召されているはずのワイドショー界の暴れん坊将軍、諸田藤吉郎は「奉一教会」問題を果敢に攻め続けるなど、相変わらず過激さは健在で、若々しい。
俺は、テレビを消した。午後には疫病神と厄介者を嚙み合わせなければならない。
俺は自分の頰を平手で叩いて、気合いを入れ直した。

14章　白鳥、愚痴外来を受診す

十月二十日　旧病院『黎明棟』３Ｆ・学長室

午後二時五十分。設定された会合の開始時間の十分前に、病棟で洲崎部長補佐と待ち合わせた俺は、連れ立って非常階段をひとつ上り、三階の学長室へ向かう。

洲崎部長補佐は、鼻息が荒い。

「田口先生と白鳥技官がタッグを組んで、私を安保支持から宗旨替えさせようとお考えなのはよくわかりました。でも絶好の機会なので、逆にお二人を折伏（しゃくぶく）してみせます。今の私の気持ちは、皇国の興廃この一戦にあり、トラトラトラ、という感じですね」

「『皇国の興廃』は明治時代の名参謀と謳われた秋山真之（あきやまさねゆき）海軍中将が日露戦争における日本海海戦で、ロシア・バルチック艦隊との海戦の直前にZ旗を揚げて全軍を鼓舞した時の歴史的名言で、『トラトラトラ』は太平洋戦争開始時の真珠湾（しんじゅわん）攻撃を伝える電信の暗号だろう。それを言うなら『天気晴朗なれども波高し』と続けた方が史実にも合って、ぴったりじゃないのかなあ」

俺が吐息をついてそう言うと、洲崎部長補佐はむっとした顔になる。

「田口先生は、意外に細かい表現を気にしますね。ひょっとして、文学青年だったんですか？　そう言えば純文学的なエッセイを連載してましたものね」

う、イヤなところを突いてきやがる。当たっているだけに、何も言い返せない。しかしコイツはこの前、白鳥・彦根連合艦隊にぼっこぼこにされかけたのに、もう復活しているとは、意外にタフだ。まさに暴走ラッコの面目躍如だ。

懲りない洲崎部長補佐とやりとりしていると、これから行なわれる四人の対談が、とんでもない修羅場になりそうな予感がしてきた。

俺は妙な磁場を引き寄せてしまう体質で、回避しようと思うと却って引きずり込まれてしまう。そんなことを忘れて自らそんな場を設定してしまったかと思うと、自分の中のウイルスバスターに狂いが生じているのではないか、と不安になる。

するとこれから起こるのが中国の神話、天の四獣の対決に思えてきた。

白鳥は名前に白がついているけれど火喰い鳥なので朱雀、高階学長は当然ながら衝天の青龍、意気上がるラッコ洲崎は海獣で白虎は無理があるが仕方ない。すると俺は冴えない玄亀か、と考えて、例えがあまりにバッチリすぎて得意になったりがっかりしたりと感情の起伏が大きい。

そんな俺を、洲崎部長補佐は奇妙な生き物を見るような目で眺めている。

その視線に気づき、そんな他愛のないことを考えている余裕などないんだと思う。

気がついたらすでに俺たちは、学長室の扉の前にいた。

ノックをしようとしたら、部屋の中から白鳥の声が聞こえてきた。

「そんなだから、高階センセは、前世紀の遺物と言われてしまうんですよ」

四獣の集合予定会場では既に、青龍と朱雀のド突き合いが始まっているようだ。

白鳥がここまで激している内容は、「効果性表示食品」の問題についてだろうか。

いや、その問題では二人のスタンスは一致しているから違うだろう。

英国紅茶の淹れ方は白鳥技官が完敗した、紅茶マスターの中園さんのお膝元なのであり得ない。すると案外、食後のスイーツに何を合わせるべきか、なんて食い意地の張ったことの可能性もある。俺と白鳥技官は最近、藤原さんの「スリジエ」のスイーツの新開発に協力していたからだ。

扉を開け、俺と洲崎の二人が部屋に入り、指定されたソファに座ると白鳥は、俺の顔を見て、にまっと笑う。

「十五時ジャスト、時間通りだね。今の僕はドツボの極みで、結構へコんでる。だから田口センセなんかに愚痴を聞いてもらいたいなんて、僕らしからぬことを思いついちゃったんだよね」

高階学長の目がきらりと光る。

「ほう、鋼のメンタルの持ち主の白鳥クンが、田口先生の不定愁訴外来の受診を希望するなんて、よほどのことがあったようですね。ここで診察されるのでしたら、私と洲崎先生は三十分ほど席を外しましょうか」

　白鳥は両手を左右に振って「とんでもない」と言いながら、同時に首も勢いよく左右に振る。手と頭を振るタイミングが微妙にズレているのが、不協和音みたいで気持ちが悪い。

「いえいえ、ご心配なく。僕の愚痴は明瞭かつ明確で、精神を浸潤する類いのものではないので、盗み聞きされたとしても気にしません。ただそのことを誰にも言わず胸の内にしまっておくのが気持ちが悪くて、吐き出したいだけなんです。それにその相談事は丁度、田口センセから依頼された案件の役にも微妙に立ちそうなことなので、初受診する気になったんですよ」

「盗み聞きなんていう、はしたない真似を、この私がするわけないでしょう」

　高階学長がむっとして言うので、俺はこんがらがりかけた事態の収拾に走る。

「相談者が他の方の同席を気にされないのであれば、高階学長の許可を得たこともあり、まずは白鳥技官の不定愁訴外来の診療を済ませてしまいましょう」

「よろしくお願いします」と白鳥技官は神妙に頭を下げる。

　こんな殊勝な白鳥は初めて見た気がする。本当に不気味すぎる。

「では早速、今、白鳥さんの胸につかえているのがどんなことか、お話しいただけますか？」

「胸のつかえどころじゃなく、胸の中の漬物石みたいなんです。僕が先日の国葬儀の雑用に、下っ端として駆り出されたことが、ドツボにハマるきっかけだったんです」

「その雑務を命じられたことは、先日伺いました。おそらく、ご自分の地位にそぐわない雑用を命じられたため、肥大した自尊心と折り合いをつけられなくなり、心的コンフリクト（葛藤（かっとう））が引き起こされてしまったのかもしれませんね」

ここぞとばかりに俺が言う。普段の不定愁訴外来ではこんな決めつけるような言い方はしないが、相手が積年の恨み重なる白鳥技官となれば、話は別だ。

すると白鳥はぶんぶん、と首を激しく横に振る。さっきまで白鳥らしからぬ、患者っぽい丁寧な口調だったのが一転、患者らしくなく白鳥らしい乱暴な口調になった。

「田口センセは、何年僕の舎弟をやっているんだよ。いいかい、僕はどんな雑用を振られても自尊心が傷つくなんて、これっぽかしもないんだ。僕の自尊心は生まれ落ちた瞬間に全部、産湯に溶けちゃったらしく、これまで一度も感じたことがないんだ」

ううむ、確かにそれはヤツの普段の振る舞いからも、納得できる。

高階学長が、またいつもの御託が始まった、とうんざりして見ている隣で、洲崎部長補佐が、初体験で異次元であろう、俺と白鳥のやりとりを呆然と聞いている。

そうそう、そうやって黙って人の様子を観察することが、落とし穴に落ちないための第一歩なんだぞ、と思いながら俺は頭を下げる。

「失礼しました。では何が胸のつかえ、もとい、漬物石になったのか、教えていただけますか？」

白鳥は前のめりの姿勢になって、貧乏揺すりを始めた。

「よくぞ聞いてくださいました。今回はあまりにも急ごしらえでお粗末すぎる国葬儀をまざまざと見せつけられて、胸焼けがするくらいうんざりさせられたんだ」

白鳥はVサインを俺につきつけて、続けた。

「主な原因はふたつある。ひとつは国葬儀を強行したことであからさまになった、安保元首相の業績のしょぼさだね。だって『外交の安保』とか言って、ちやほやされながら、国葬儀には海外の大物政治家は誰もこなかったんだもの。直前のエリザベス女王の国葬と比べたら、あまりにもその差が大きすぎて、日本の恥晒しとすら思えちゃったんだよね」

「そんなことはありません。インドのパティ首相が来日したし、EUの議長も……」

洲崎部長補佐が反論しかけた。

俺は左手を上げ、その言葉を途中で制した。

「反論は山ほどあるでしょうが、今はやめてください。これは白鳥技官の診察の場ですから」

そう言うと、さすがの洲崎部長補佐も、状況を認識したらしく黙り込む。

俺としては、これは暴走ラッコ・洲崎のためを思って制止してやった、いわゆる武士の情けというヤツだった。

ここで迂闊に口を挟んだりしたら、壮大なとばっちりを食らうのが目に見えている。

「では二番目は？」と、俺は白鳥に水を向ける。

「これが最大の鬱屈なんだけど、国葬儀の現場で露呈した、官僚の不手際ぶりだよ。僕は会場準備係で、献花開始時刻二時間前の八時になって、献花希望者がぽちぽち現れ始めたから、現場の指揮官が張り切っちゃって、整理券を配布しようと思いつき、新人が十六枚綴りの原本を作り、近くのコンビニでコピーを千枚作らせたんだ」

「どうしてそのことが、白鳥技官の心労になったのですか？　雑用を直接命じられたのは下っ端の事務官で、白鳥技官じゃなかったんですよね？」

「官僚とは一心同体の存在で、誰がやろうが僕がやったことになるんだ。すると質の低い仕事は我慢できなくなっちゃうんだ。まず見積もりができてない。十六枚綴りを千枚だと一万六千枚だ。朝の八時、現場には三十人くらいしかいなかったんだから、どうみても過剰でしょ。ここで簡単な算数ができないことがバレたワケ。献花時間を四グループにわけ二百五十枚ずつにしたのはまあマシだけど、それだって一時間帯あたり四千枚になる。バッカじゃないのって感じだよ」

白鳥はふう、と深々と吐息をついた。すると高階学長が口を挟む。

「それはどうでしょうか。東京都の自保党の党員は十万人です。加えて『奉一教会』の信者も公称で東京に十万人。その人たちが全員来たら二十万人。それなら一万六千枚の整理券は、むしろ少なすぎるのではないでしょうか」

白鳥技官は、ぐっと詰まって、一瞬黙り込んだ。

どうやら白鳥が絶不調だというのは、本当のようだ。

「だとしたら、若手は人々の心情を読み違えたワケで、問題はもっと根深いですよ。でも、本当に心理的ダメージを受けたのは、ここからなんだよね。事前に作った千枚一万六千人分の整理券にこっ恥ずかしいミスがあった。整理券には『国葬儀』じゃなくて『国葬議』と書いてあったんだよ。気づいた時は、顔から火を吹くかと思ったよ」

さすが火喰い鳥、顔からも火を吹くのか、と思った俺はくすりと笑う。

白鳥技官は天を仰いで、それから頭を抱えた。

「誰もその誤字に気づかず、千枚印刷してしこしこ切って一万六千枚の誤字整理券が出来上がった時、渡された僕が気がついたんだけど、もう手遅れさ。今さら作り直す時間もないからバックレて配っちゃったけど、顔から火が出るほど恥ずかしくて、仕方がなかった。『この誤字整理券は、僕が作ったんじゃないんです。信じてください』と心中で釈明しながら整理券を配ったのが、どれほどストレスだったことか。できれば残りの整理券を全部、皇居のお堀に投げ捨ててしまいたい、と思ったくらいさ」

「いっそのこと、そうなさった方がよかったかもしれませんね」と俺は同意した。

そうしたら白鳥技官が、不法投棄罪と皇室不敬罪で現行犯逮捕される場面を、テレビで見られたのになあ、と内心残念に思った。白鳥技官は、ふう、と吐息をついた。

「これって帝華大をめざす進学中学にも入学できないレベルなんだけど、その帝華大に入学して高級官僚になった連中がこのていたらくなんだもん。官僚志望者が、進学校で激減してる理由がわかるってもんさ。これも安保官邸が官僚を堕落させた証しなんだよね」

さすがに、安保官邸と官僚の質の低下が連動しているとは言いがかりだろう。

実はその書き間違えは、情報番組を見ていた俺も気がついていた。けれどもテレビ画面に映ったのはほんの一瞬だったし、霞が関の高級官僚がそんなレベルの低い漢字の書き間違いをするはずがないから、単なる見間違いだろうと思い込んでいたのだ。

俺の胸の小さなつかえを解消してくれた白鳥技官に、密かに感謝した。同時に、昔なら霞が関の官僚には絶対になれなかっただろうという、白鳥技官の嘆きには、全面的に同意した。

「でも安保元首相は、漢字の読み間違いや故事成語の言い間違いがお家芸でしたからね。故人を偲(しの)ぶには、よかったのではありませんか」と高階学長が口を挟んだ。

「なるほど、さすが高階学長、僕の気持ちを晴らしてくれるアドバイス、ありがとうございます。おかげですっきりしました。以上、これにて愚痴外来受診、終了でえす」

その白鳥の言葉を聞いて、高階学長が、はっという表情で、口を押さえた。

これが不定愁訴外来の診察現場だということを、誰も彼も綺麗さっぱり忘れているようだ。

何だかなあ、と思うけれど、憤懣をぶちまけた白鳥が、勝手に店じまいをしてしまったので、俺としてはもはやどうしようもない。

コイツの胸の漬物石が、この程度で解消するような代物なら、わざわざ不定愁訴外来を受診するな、と怒鳴りつけたくなった。

白鳥は、そんな風に、胸の内の漬物石を手渡された俺の憤懣を感じ取る気持ちはさらさらないらしく、滔々と続けた。

「てな具合で安保元首相の悪影響は、僕の心理的健康状態に被害を及ぼすくらい、とんでもないことだったんだよ。だから安保シンパの洲崎センセには、一刻も早く目を覚ましてほしいワケ。そこでまず、安保元首相の施政の三本柱、外交・経済政策・医療政策が、全然大したことがないことを、理解してほしいんだ。だから愚痴外来を終えた、たった今から事実を羅列して、洲崎センセを説得しようと思うんだよね。この勝負、反論できれば洲崎センセの勝ち、僕の言ったことに同意せざるを得なくなったら僕の勝ちってことでどうかな」

シティボーイの洲崎医師が、不敵に笑う。

「その手は食いませんよ。田口先生によれば、白鳥技官は、議論になるとありとあらゆる屁理屈を動員して、場外乱闘に持ち込むそうじゃないですか。そんなアンフェアな人とは議論したくありません」

どうやら洲崎は初対面で食らったファーストインパクト以来、すっかり用心深くなったようだ。

よしよし、偉いぞラッコ。

「それは賢明な選択だよ」

俺がそう言ってうなずくと、白鳥は俺に食ってかかってきた。

「田口センセって、弟子のクセに師匠の僕のことを理解してないどころか、あちらこちらで僕を誹謗中傷しまくってるんだね。困ったお弟子さんだよ。でも洲崎センセの言葉には反論できる。僕がこの前、紅茶マスターの中園さんの軍門に素直に降(くだ)ったのを、センセも見てたでしょ。議論の勝ち負けは神聖なもので、僕はそれをねじ曲げたことは、これまで一度もないんだよ」

「う、確かに……」と、俺も同意せざるを得ない。

というより、あの時の白鳥の見事な負けっぷりは、本当に意外だった。

そんな意外性に満ちあふれている白鳥技官は、暴走ラッコ・洲崎をマイク・パフォーマンスで、思い切り挑発する。

「アンフェアでも受けて立つのが、王者ってもんでしょ。でもまあ、尻尾を丸めて逃げ出すのも案外、賢い選択かもしれないね。そうしたければ、お好きにどうぞ」

「逃げる、ですって？　バカ言わないでください。受けて立ちますよ」

怪鳥・朱雀が鋭い声を発して、翼を大きく広げると、白虎に扮した獰猛な海獣ラッコが、両手で持ったホタテ貝を、かんかん、と腹の上の石にぶつけて威嚇し返す。

こうして四獣のバトルロイヤルが、ついに開幕したのだった。

15章　創薬詐欺師のソネット

十月二十日　旧病院『黎明棟』３Ｆ・学長室

いよいよ本日のメインイベント、朱雀・白鳥による白虎・洲崎の折伏の儀が始まるぞ、と俺はわくわくしながら待ち構える。白鳥が口火を切った。

「まず、安保元首相の最大の実績として挙げられる外交は、巨額の援助をばらまく気前のよさが、ウケてただけさ。それは国葬儀の参列者を見ればわかる。あれだけ尽くしたのにトランペット前大統領はビデオメッセージすら寄せず、『奉一教会』の開祖以下の扱いだもの。『外交の安保』と言うなら不平等条約の『日米地位協定』改定や、『核兵器禁止条約』に批准するくらいの大技を決めてほしかったよ。特にせめて『核兵器禁止条約』は、米国に刃向かっても文句を言われる筋合いはないし、唯一の被爆国である日本が調印しないなんて、どんだけ腰抜けなんだ、と国際社会からは嗤(わら)われちゃうようなことなんだからさ。大叔父の大宰相・佐藤英作は沖縄返還を決め、ノーベル平和賞まで受賞したんだから、足元にも及ばないよ」

洲崎部長補佐は、「それは……」と言ったきり、言葉が出ない。

第一ラウンドは、大外刈りで白鳥の一本勝ち。

「次はお得意の経済政策に行ってみよう。『アボノミクスの三本の矢』の経済成長によるインフレ誘導は絵に描いた餅だったし、雇用の創出だってお粗末だったよね」

「でも、失業率は先進諸国で最低という、素晴らしい結果を出しました」

「それは恥ずかしながら、我々官僚がデータ捏造に手を貸し、失業率を実態より低く見せかけた結果だよ。雇用も正規じゃなく、バイトなど非正規雇用も含めてだから、市民が豊かになったという実感はないでしょ。肥え太るのは大企業ばかりで、就業者に利益が還元されず景気も頭打ち。洲崎センセの給料だって上がってないでしょ」

またしても洲崎部長補佐は黙り込んでしまう。その隣で高階学長は渋い顔をする。

今度は切れ味鋭い内股が一閃、二戦目も朱雀・白鳥の一本勝ちだ。

白鳥は、余裕綽々でメイン・フィールドの医療領域へ歩を進めた。

「最後の医療政策は、僕の本丸だから徹底的に糾弾する。岩盤規制破壊の英雄・安保元首相は、お友だちへの利益誘導者にすぎなかったというのが大枠で、ついでに洲崎センセが導入を目指す『効果性表示食品』の問題点も理解してもらうためには、立案者の『エンゼル創薬』の三木顧問をこてんぱんにやっつけた方が手っ取り早い。その意味で『新型コロナワクチン開発』の方が、規模が小さくてわかりやすいんだ。だから『ワクチン開発』と『効果性表示食品』を一緒に論じれば、三木センセの屁理屈を完全論破できるわけ。この枠組みはアンダスタン？」

反射的に「イエス、アンダスタン」と答えてしまう洲崎部長補佐。バカなヤツ。

白鳥は洲崎攻略にあたって、安保元首相の業績三本柱の二本を叩き折った後、第三の医療政策に関しては、三木顧問を潰す方が効率がいいと考えたのだろう。

こうなったらもう白鳥の思うがまま、抑え込みの時計の針が動き始める。

だが白鳥は、洲崎城に一気に攻め込もうとはせず、まずはポケットから一枚の紙を取り出すと、細長く五枚に切って短冊のようにした。そうして、裏返しにして机の上に伏せた。

「さて、取り出しましたるは、僕が考えた『創薬詐欺師』の5ヵ条でえす」

実に面妖な口上だ。コイツと初めて会った時、「アクティヴ・フェーズの極意」なんて宣っていたことを思い出す。あの頃からコイツは一ミリも変わっていない。

「『エンゼル創薬』の創業者の三木顧問は去る九月七日、新型コロナワクチン開発を断念した、と正式発表しました。ここで三木顧問と鵜飼府知事の『新型コロナワクチン開発』の前口上を並べてみればあら不思議、必ずやこの『創薬詐欺師を見抜く鉄則』の条項のどれかに、ぴたりと当てはまってしまうのでございます」

香具師の口調で言った白鳥は、にっと笑う。

「コロナワクチン開発のように、国が多額の補助金を出し、メディアや世間が注目する案件には『創薬詐欺師』連中が、わらわら湧いてくる。連中は成功する可能性が低い医薬品やワクチンの新プロジェクトを『できる』とか『世界初』なんて景気のいい言葉で飾り立て、補助金や自社の株価の上昇を狙う不逞の輩だ。僕たち厚労官僚は、いつもそんな連中とやり合っているから、彼らを見抜く術が身についているんだよ」

白鳥は右端の紙片をめくり、そこに書かれた言葉を読み上げる。

「『創薬詐欺師を見抜く鉄則』第1条：『追従者がいない技術をフカせ』。『世界で自分たちだけが特殊技術で開発に成功した』と言うのは危険なサインだよ。『あなただけに美味しい話をお報せします』という詐欺師の常套句に似てる。世界中のメガ製薬会社は鵜の目鷹の目で、二十四時間三百六十五日、新技術を探し回っている。少しでも可能性のある技術を見つけるのに躍起になる貪欲な連中が見向きもしないのは『成功の可能性がほとんどない』技術だからなんだ。三木センセの『プラスミドDNA法』はとっくの昔に、将来性のない技術だと見限られていたんだ」

なるほど、と俺がうなずくと、白鳥は得々と続けた。

「『創薬詐欺師を見抜く鉄則』第2条は『事後解析で有効性を主張せよ』だ。『歴史修正主義』ならぬ『データ改竄主義』で、データの統計的解析を繰り返し、いかにも有効に見える切り口を見つけ、有効性を主張する後出しジャンケンだ。臨床検査では御法度なんだけど、この第2条は『エンゼル創薬』唯一の主力商品、『コテコテジャン』で使いまくった手法だよ」

「唯一の主力商品って、唯一なんだから主力商品なのは当たり前でしょう」

おお、素晴らしい切り返し。やるな、ラッコ。だが白鳥の顔色は微塵も変わらない。

「まあ、第2条は『効果性表示食品』方面でも、しばしばやられてることなんだよね」

会心の一撃をあっさりスルーされて暴走ラッコ・洲崎は押し黙る。彼には、若月師長に撃破された、シャワーヘッドの一件のダメージが残っているのかもしれない。

「『創薬詐欺師を見抜く鉄則』、略して『創薬詐欺師鉄則』第3条は『結果公表を先延ばしせよ』。臨床試験の統計解析方法は事前にプログラムされてるから、データが確定したら検証は数日で済む。臨床試験結果を発表しないのは目標が達成できなかったからなんだ。『コロナワクチン開発』でも報告は遅れた。これはみんなもよく知ってるよね。『発表すると仕事がなくなる』という、バカバカしいくらい単純なことだ。投資詐欺で、配当金を払う払うと言いながら、どんどん先延ばしする手法と類縁の技術なんだよ」

そう言って白鳥は、別の紙を取り出した。それは『エンゼル創薬』の『コロナワクチン開発』の経緯表だった。そこには次のような時系列がメモされていた。

◇二〇二〇年三月五日　『エンゼル』、浪速大と連携しワクチン開発開始を発表。
◇六月十七日　鵜飼浪速府知事が「オール浪速で取り組む」と発言。

◇二〇二一年六月三十日　『エンゼル』、国内初のワクチン治験を開始。
◇二〇二二年九月七日　『エンゼル』、ワクチン開発の中止を発表。

「ほらね、治験開始から結果公表まで一年半も掛かってるでしょ。しかもたった五六〇人の解析に一年半も掛けて、結果がペケだなんて、こっ恥ずかしすぎるよ。これは第3条『試験の結果が悪く、発表すると仕事がなくなる』そのものでしょ」

いや、ちょっと待て、第3条は「結果公表先延ばしの術」で、「発表すると仕事がなくなる」のはその結果、生じる事象じゃないか、と気づいたけれど、指摘はしないでおいた。

それは他に、もっと気になることがあったからだ。さっきから鉄則が「××せよ」と、まるで創薬詐欺師になるための五ヵ条みたいだった。「創薬詐欺師を見抜く鉄則」を「創薬詐欺師鉄則」と略すのは「いかに詐欺師を見抜くか」と「いかにして詐欺師になるか」の違いで、警察と泥棒ほどの違いがある。だが、もしもそんなことを言ったりしたら「田口センセは、いつもそんな細かい枝葉の表現にこだわっているから、ダイナミックな物語を綴れなくて、文豪医師の座から転げ落ちちゃったんだよ」とか言われてしまうに決まっている。

だから言うに言えなかったのだ。我ながら何とも情けない。

隣では、敬愛する三木顧問をコキ下ろされたのに、何ひとつ反論できないという無残な状況に陥った暴走ラッコ・洲崎が、両手お手上げ状態で溺れかけている。

白鳥は、無人の野を行く無敵状態の勇者・マリ坊のように、威風堂々と続ける。

「『創薬詐欺師鉄則』第4条は『メディア花火を打ち上げろ』で、『新型コロナワクチン開発』では、三木センセに輪を掛けたパフォーマー・鵜飼府知事が踊っていたから、説明は不要だよね。『効果性表示食品』も似たようなものだ。過剰にメディアでぶち上げる場合はほぼ百パーセント、資金集めが目的なんだ。実際、あの一連の報道で『エンゼル創薬』の株価は十倍に跳ね上がったし、厚労省の補助金も百億円以上ゲットしてる。そんでもって続きましては、『創薬詐欺師鉄則』の第5条、『海外治験は欧米以外でやれ』だ。『エンゼル創薬』の新型コロナワクチン開発に関して言えば、ここは他の会社に委託して、海外にワクチン製造を依頼してるんだよね」

「それならどうしてそれが、『創薬詐欺師』になる早道なんですか？」

高階学長の質問を聞いて、『やっぱり詐欺師養成講座だと勘違いしている人がいるじゃないか』と心中で呟き、やはり最初に言われた時に、指摘しておくべきだったな、と密かに後悔した。

白鳥は当然、俺の心中の指摘に気づくはずもなく、得意げに答えた。

「今回は途中で開発を中止したので違約金が発生し、三十億円の自己負担が生じたなんて言い訳のネタにしてるからだよ。でもどの国に委託したのかは発表しない。もともと本気で開発するつもりがないから、このステップは適当な誤魔化しで済ませるはずさ。『エンゼル創薬』の主眼が株価操作のマネーゲームだというのは、ここから浮き彫りになるんだよ」

うーん、やっぱり白鳥技官の説明は、どう考えても「創薬詐欺師」養成講座になっている気がする。

だが洲崎部長補佐は完黙した。「四獣バトルロイヤル」だなんて派手派手しく心中でぶち上げた俺がこっ恥ずかしくなるくらい、あっけない結末だった。

丁度そこに、学長秘書の中園さんが、新しい紅茶を淹れて、持ってきてくれた。白鳥の怒濤の進撃に圧倒されていた部屋の空気が、ほう、と和んだ。

「あの、新病院の病棟患者を回診する時間なので、これで失礼します」

ひと口紅茶をすすり、洲崎部長補佐は立ち上がり姿を消した。完全に勝負アリ、だ。

何も言わずに退場したのは、彼なりの精一杯の虚勢だったのだろう。

高階学長が吐息をついた。

「恐れ入りました。アドリブであそこまで徹底的に洲崎先生を折伏なさるとは、お見事です」

白鳥技官は両手をキラキラ星のようにひらひらさせて言う。

「わあい、高階センセに褒められるなんて、何年ぶりかなあ。でも実はアドリブじゃなくて綿密に練り上げた軍略の一端だったんです。悪行三昧の『浪速白虎党』を成敗すべく、『梁山泊』が始動したのでまず『浪速万博』プロジェクトを叩き潰すために、総合プロデューサーに就任した『ハンペン小僧』を追い詰めるシナリオを考えていたんです。洲崎センセには気の毒だったけど、丁度いい予行演習になりました」

「ハンペン小僧」って誰のことだ？という俺の疑問を言う前に、白鳥は続ける。

「改めて振り返ると、安保政権は日本を衰退させたトンデモだね。暗殺を容認する気はないけど、あの事件で日本を窒息させていた重苦しい蓋が砕け散ったのは確かだよ。五輪にもようやく東京地検のメスが入った。日本は成果のフィードバックが機能しないから、言いたい放題やりたい放題で、誰も責任を取らずにあぶく銭だけ取る。どこもかしこも『中抜きハイエナ』天国で、『やりたい放題、やったもん勝ちの焼け太り』の『3Y』状態。これじゃあ、日本に未来はないよね」

怒濤の白鳥節に、基本ノンポリである俺も高階学長も全面同意するしかない。

白鳥は珍しく生真面目な調子で続けた。

「米国のSEC（証券取引委員会）やFDA（米国食品医薬局）に相当する、医薬に関して客観評価ができる機構を、新たに創設しないとダメだ。米国では製薬会社に対して証券会社、投資銀行や格付機関が厳しい評価を下す。日本では検察の気が向けばその役割を果たすけど、常設機関ではない。その意味では民間から自発的に立ち上がった『開示請求クラスタ』の存在が一筋の光明になるかもしれないね」

テレビを点けた途端、白鳥技官は両手を挙げ「ワオ、サプライズ」と言った。

夕方のニュース番組が乱立する時間帯に、先日のエリザベス女王の国葬の時、聖書を朗読した英国首相のエリス・シトラス首相の憔悴しきった顔が画面に現れた。

「シトラス首相、電撃辞任」と字幕にある。

「首相在任四九日での退任は英国史上最短です」と解説者が述べている。辞任理由は、「大型減税計画を発表し市場の大混乱を招き、与党内で信頼感を失った」ことらしい。

「あまりにあっけない、というか潔い、というか……。日本の政治家とは対照的です」

高階学長がぽつんと呟いた。

チャンネルを回すと、別の番組では「奉一教会」に深く関与したことが判明した壁際経済再生担当大臣の国会答弁が大炎上していた。

ここのところ、メディアは彼の言動をしつこく報道している。

万田ナイトが、壁際経済再生担当大臣が嘘をついた動かぬ証拠をメディアに提供していたのに彼は、「そうした写真があるとすれば、私がそこに行ったというのはおそらく事実なのでしょう」などと木で鼻を括ったような、他人事のような答弁や弁明を繰り返し、大顰蹙を買っていた。

白鳥が吐息をつく。

「つくづくメディアもおバカだね。猫じゃらしにつられて右に左にうろうろするばかり。その裏で進行していることが恐ろしいのに。そもそも『奉一教会』の完全除去なんてできっこないんだよね。『奉一教会』は『自保党』にはびこる悪性腫瘍だもの。限局した小病巣なら手術で摘出できるけど、全身に転移してたら全摘出は生命に関わる。だからモルヒネで痛みを散らして延命処置するしかないんだけど、そこに未来なんてない。国会は『ホスピス棟』じゃないんだから、寿命が尽きた政党はご退場願うのが合理的なんだ。売り上げが落ちたレストランは倒産して店が入れ替わるんだから。英国では政策を間違えたトップは退任するという、健全な生命体としての新陳代謝が行なわれていることがはっきりしたよね。それに比べて日本ときたら……」

政界を支配していた安保元首相の死は、いろいろな蠢動(しゅんどう)を引き起こした。

一番変わったのは国崎首相だ。安保元首相の国葬儀の後、彼はものごとを淡々と、そして強引に推し進めた。やりたいことをやってやる、という意気込みだけはビンビンに伝わってくる。長男を首相秘書官に任命したのは非難囂々(ごうごう)だったが、どこ吹く風といった様子で気にする気配もない。

鈍感な国崎首相は、ある日唐突にコロナ患者の全数把握をやめると言い出した。

確かに全数把握制度は煩雑で、医療現場の労力を圧迫していた。だがそんなことになったのは、政府や厚労省が導入したコロナ患者登録システムの混乱が原因だ。同じ系統のシステムを三つも四つも併存させたため、現場は大混乱に陥った。しかもその雑事はコロナが猖獗（しょうけつ）を極めた第4波、第5波の間も続けられた。しかし医療現場では、そんな複雑怪奇で煩雑なシステムを日常診療に組み込んで、うまくやっていた。

そんな最中に突然、全数把握を中止するという発表がされたのだ。

メディアは、患者登録に大変な労力を費やし疲弊する、東京の小さなクリニックの院長の日常を放映して、全数把握の中止を正当化しようとした。

登録が明け方の三時まで掛かるのを見ていると、改変は必要だと素人は思う。

だが個人病院では大変かもしれないが、中規模以上の病院では、コロナ登録は事務員が行ない、医師の対応は楽になっていた。

厚生労働省の真意が透けて見えたのは、全数把握の停止を大々的に打ち出した陰でこっそり、コロナ患者登録接触アプリ「タピオカ」を廃止したことだ。

立ち上げから悪評芬々だったアプリは、今では誰も使っていない状態になっていた。

随意契約で四億円、問題が発覚した後の再委託が三億五千万、総額七億五千万円の税金を投入して開発されたアプリは、不具合が次々に噴出して機能不全になっていた。

しかも支払いは中抜きに次ぐ中抜きで、実際に開発した下請け会社に渡ったのはたった四百万円だったというのだから、呆れて物が言えない。

そうした費用投入に関して総括せず、誰も責任を取ろうとしない。

この変更で夕方五時に横並びで放送されていた、ニュース番組の冒頭が変わった。

「本日の東京都のコロナ新規感染患者は二万三千五百人で、一週間前の水曜より二十パーセントの増加となっています」という決まり文句で始まった夕方のニュース番組では、全数把握を放棄して以後、そうしたスタートアップ画面は一斉に姿を消した。

そして市民はそのことをたちまち忘れ去った。

最後の頃はそのフレーズは、明日の天気予報と同じ程度のインパクトしかなくなり、打ち過ぎたモルヒネのように、耐性ばかりが上昇し、効果がなくなっていた。

二〇二二年九月二六日。

安保元首相の国葬儀が執り行なわれた前日に、コロナ禍が始まった頃から二年半以上も取り続けてきた、日本の感染症統計の一貫性のある貴重なデータはあっけなく、その連続性を失った。

だが学術的統計の価値が、がくんと下がってしまった損失の真の意味を理解している人間は、政府当事者の中にはいないのだろう。

テレビの画面で、相変わらず白々しい弁明とすら言えないたわ言を垂れ流す壁際大臣を眺めながら、高階学長が大きくため息をついた。

「みなさんは、とうに忘れてしまったようですけど、壁際大臣がやっているような、不実で無意味な答弁を繰り返し、論点をずらし会話を成立させず、ひたすら先延ばしを図るという無責任話法の元祖は、安保元首相だったんですよ」

高階学長の言葉を聞いて、俺も思い出した。

安保元首相の「すり替え・居直り・茶化し・ごまかし」という四柱を主体にした屁理屈答弁は、「安保話法」として世を席巻していたものだ。

そして安保チルドレンは「奉一教会」の手先となり、国会内にはびこっている。

全ては大宰相の負の遺産だ、と言えるのかもしれない。

世の顰蹙を買いまくった壁際大臣が遅まきながら、国崎首相に辞意を告げたのは、白鳥が学長室で暴走ラッコ・洲崎の折伏を果たした四日後、十月二四日のことだった。

メディアはひとしきり騒ぐと、翌日には次の問題閣僚の発言を微に入り細に穿（うが）ち、垂れ流し始めたのだった。

その様子を見ていたら、なぜか鴨長明（かものちょうめい）の「方丈記」の冒頭の一節が浮かんできた。

——行く川のながれは絶えずして、しかも本の水にあらず。よどみに浮かぶうたかたは、かつ消えかつ結びて久しくとどまりたるためしなし。世の中にある人とすみかと、またかくの如し

歴史の真実や空気感はいつの世も、文学作品の中にのみ残されるのかもしれない。

第3部 ハイエナ退治

16章　浪速奪還プロジェクト

十一月七日　浪速府天目区・菊間総合病院

十月末、黎明棟の学長室で、弟子の田口が抱えていた問題児・洲崎医師を、一刀両断で叩き斬り、後顧の憂いを断った白鳥技官は、返す刀で浪速に進軍する。

白鳥技官が二ヵ月ぶりに、「梁山泊・臨時会議」第二回の招集を掛けたのだった。

場所は例によって、浪速府天目区の菊間総合病院のカンファレンス・ルームだ。

前回のキックオフは「梁山泊」の盟主の村雨弘毅・元浪速府知事、白鳥圭輔・厚生労働省技官、彦根新吾・房総救命救急センター病理医長、別宮葉子・時風新報社会部副編集長、菊間祥一・浪速府医師会会長の五名のコア・メンバーだった。

今回は鎌形雅史・元浪速地検特捜部部長と、天馬大吉・浪速大ワクチンセンター病理部医長の二名が加わった。「梁山泊」七人の侍、「超攻撃モード」である。

梁山泊の議長役の彦根がメンバーを見回し、口火を切った。

「国葬儀が終わり、我が世の春を謳歌していた竹輪さんも、関連企業の代表を全部降りるなど、今や『安保トモ』は総崩れの様相を呈しています。そんな中、『梁山泊』を本格的に起動します。スローガンは『浪速奪還』。本日の決起集会にあたり、村雨総帥にひと言、いただきます」

ストライプ柄の背広姿の村雨が立ち上がると、天井を見上げた。

「私は来年四月の統一地方選で浪速市長の座を奪取しようと考えていますが、浪速では白虎党の地盤とメディア支配は強い。私の『機上八策』を換骨奪胎した横須賀さんは、コメンテーターとしての発信力もある。浪速都構想に敗れた皿井市長は引退を宣言しましたが、油断は禁物です。ここで横須賀元党首が現役復帰し、市長選に名乗りを上げるという離れ業があり得ます。なにしろ市長と府知事を交換するという目眩ましで、浪速市民を韜晦し続けた人ですから、そうなれば苦戦が想定されます。けれどもその時にわが『梁山泊』の『浪速奪還』プロジェクトが成就していれば、横須賀さんの幻術も力を失うでしょう」

村雨総帥の「機上八策」は、「市民が笑顔で暮らせる街の実現」という大目的成就のため打ち出した、医療立国原則、経済計画の整合性、市民社会の基本原則確立、不当な意見誘導の排除、言論の自由の確保、教育立国、社会安寧維持という、八つのアジェンダで、今も色褪せていない。

「『浪速白虎党』は、横須賀守元党首が私の政治的遺産を継承すると称しながら、理念を全て反古にして拝金主義に堕した集団です。彼らには浪速から退場していただかなければなりません。具体的な戦略については、彦根議長から説明をお願いします」

立ち上がった彦根が手元のスマホを操作し、白い壁面にスライドを映し出す。

「前回も申し上げましたが、『浪速白虎党』の利権構造『白虎党の三本の矢』を破壊するため、バラバラに稼働していたジグソーのパーツを、ひとつの絵柄に組み立てる時が来ました。一の矢の『浪速都構想』は昨年破壊したので二の矢、三の矢の『浪速万博』と『ナニワ・ワクチン』を打ち砕けば、『浪速奪還』は、成就するでしょう」

図示された三つの矢のうちの一の矢にポインターの赤い光を当てると、粉々に砕け散った。すかさず別宮記者が質問する。

「でも三木顧問が撤退を表明した『ナニワ・ワクチン』は、すでに折れたのではありませんか?」

「とんでもない。『エンゼル創薬』は国から得た百億円超の補助金を食い逃げするつもりです。それを阻止して初めて三の矢を折ったと言えます」

なるほど、とうなずく別宮記者の言葉に被せるように、白鳥技官が吼えた。

「厚労官僚としては医療分野を守るため、『エンゼル創薬』を叩くという戦略には賛成するよ。『浪速万博』の総合プロデューサーという利権塗れのポジションに就いた三木顧問は、降りるに降りられない。だからワクチン開発から降りた。ところがぎっちょん、そうは問屋が卸さない、そんなことでダボハゼスッポン別宮記者の目を逃れられると思ったら大間違いだあ」

「可憐な乙女に、そんな下品な形容詞を枕詞みたいにしてつけないでください」

別宮記者の言葉に一瞬、場がフリーズするが、白鳥技官は気に掛ける様子もない。

「個人的見解の相違はさて置いて、議事を先に進めようか。彦根センセ」

すると久しぶりに参加した鎌形が、黒サングラスの奥で目を光らせる。

「今回は、厚労省の補助金事業が標的なので、やり甲斐がありますね」

鎌形は二〇〇九年、部下の比嘉と千代田による調書改竄を教唆したとされ、浪速地検特捜部を追われた。厚労省の局長の収賄容疑で、補助金が目的外に使用されると知りながら特別養護老人ホームへの交付を決定した事件の捜査で、鎌形率いる浪速地検特捜部が厚生労働省に強制捜査に入るという掟破りの捜査を断行、体制側の反撃で虚偽公文書作成の罪に問われ逮捕、起訴された。

鎌形は検事を辞職する代わりに二人の部下を検察庁に残すことに成功した。普通はあり得ない処分だが、後に安保元首相の懐刀となる、当時の東京高検の黒原検事長が二人の残留を決定したのだ。人誑しの黒原には、自分なら彼らを使いこなせるという自信があったのだろう。その結果、比嘉は浪速地検に残り、千代田は東京地検へ異動になり、鎌形班は解体された。

鎌形がそんな無茶な立件に走ったのは、村雨府知事の「浪速独立構想」を実現するためで、その構想は彦根が使嗾したものだった。

今回「浪速白虎党」を叩くことは村雨、鎌形、彦根の三人にとっては雪辱戦の意味合いもあった。

「『浪速奪還』プロジェクトで連中の羽毛を一枚ずつ剝いでいくため、まずは『エンゼル創薬』を攻めます。『ナニワ・ワクチン』は水面に顔を出した氷山の一角で、『効果性表示食品』こそが水面下に広がる巨大な利権構造の本命です。このふたつに関与するのが『エンゼル創薬』創始者の『エスタファドール（詐欺師）』、三木正隆顧問です。『効果性表示食品』の破壊工作は白鳥技官を中心に桜宮班が稼働しています」

白鳥は立ち上がると両手を広げて、「ま、拍手はそれくらいで」と言い、逆に拍手を求めた。だが拍手をする流れでもなく、場はしん、と静まり返る。彦根は咳払いして説明を続けた。

「『浪速白虎党』の利権構造は『浪速都構想』、『浪速万博』、『ナニワ・ワクチン』の三本の矢がウロボロスの輪のように連なっているので、全てを叩き斬る必要があります。最大の富の源泉になるはずだった一の矢の『浪速都構想』を昨年失い、『ナニワ・ガバナーズ』は焦っています。そこで飛びついたのが三の矢の『ナニワ・ワクチン』でしたが、これもほぼ終了しました。残る二の矢の『浪速万博』については現在、鎌形班が稼働しています。それでは鎌形さん、現状を説明してください」

うなずいて鎌形が立ち上がる。

「『浪速万博』の構造は東京五輪と相似形なので、終了した五輪の問題点を明らかにすることが『浪速万博』の間接的な攻撃につながる、と彦根議長に示唆されたのは、安保元首相暗殺のわずか三日後でした。あの時はさすがに驚きましたが、言われてみれば確かに千載一遇のチャンスでした。そこで東京地検特捜部に温存していた部下、千代田検事を使嗾して八月、第一段階として、東京五輪汚職の摘発に踏み切らせたのです。特捜部には安保元首相のため司法をねじ曲げられたことに鬱憤を溜めていた検事も多く、動き始めたら一瀉千里でした」

鎌形が口にした千代田検事の名前を聞いて、別宮記者は息を呑む。有朋学園事件で公文書改竄が行なわれた時、捏造部分を対比させた所謂「赤星ファイル」をメディアに流した人物だ。

彼は、本懐を遂げられなかったことを知子夫人に謝罪していた。その失敗を挽回することが、梁山泊創設の趣旨だと、別宮記者はかつて聞かされていた。

「これで札幌冬季五輪の誘致も頓挫しそうです。『浪速万博』の関係者は今、戦々恐々としているでしょう。しかし安保元首相の暗殺という大事件があった裏で、冷徹にことを進められた彦根先生の深謀遠慮には恐れ入るばかりです」と村雨総帥が呻いた。

すると白鳥が「五輪の直前は、特攻で自爆する、なんて言ってたクセに」とぼそりと言う。

　彦根は一瞬顔色を変えたが、すぐに落ち着きを取り戻して、続けた。

「こうした絵図が描けたのも、鎌形さんと白鳥さんという、中央省庁の中心におられたお二方が、スピーディかつエフェクティブに動いてくださった結果です」

　そんな風に花を持たせたら、たちまち白鳥の機嫌は直った。単純なものである。

「どうして東京五輪の摘発が、『浪速万博』への間接的な攻撃になるんですか？」

　久々に参加した天馬大吉の素朴な質問に、彦根は微笑して答える。

「東京五輪の利益収奪の構図は『浪速万博』とほぼ同じだから、市民に理解してもらう早道なんだ。今、オープンにしておけば、今後の『浪速万博』の濫費への抑止力にもなる。その伝道役は別宮さんにお願いしている」

「とりあえずキーマンの三木顧問の欺瞞を暴けばいいんですよね」と別宮記者が言う。

　すると白鳥技官が厳かに言う。

「三木センセは欲を掻きすぎたんだ。調子に乗って『浪速万博』の総合プロデューサーなんぞに就任したもんだから、利権構造がひとつの箱に収まった。ブラックボックスだけど周囲には遮蔽がなく全体を見通せる。三木センセの最大の誤算は、最後に全てを闇に葬ってくれるはずだった最強の後ろ盾、安保元首相がいなくなっちゃったことだ。こうなったら後はチョロいもんさ」

「概(おおむ)ねおっしゃる通りですが、三木顧問は医療関連の周辺業界への利益誘導者として絶大な力を誇っています。舐めてはいけないと思います」

「そうかなあ。安保元首相はモラルの底を抜いて、日本社会をぐちゃぐちゃにしたけど、自分たちの利権構造は守ろうとした。でも肝心の守護神、安保大明神が消えて、今は連中の利権の底が抜けそうになってる。攻守交代、ここからが本当の勝負所だよ」

彦根は白鳥技官に、言う。

「中身のない抜け殻みたいな相手を叩き潰す幻術は、僕の得意領域です。こういう相手にこそ、実を虚に、虚を実に入れ替え幻惑する『空蟬(うつせみ)の術』が有効なんです。なので白鳥さんが思いもよらない方面から攻撃してみせますよ。そのため今回は、天馬先生にも臨席してもらったんです」

「さっきから気になってたんだ。今回はラッキー・ペガサスの出番はないと思ってたからさ」

「とんでもない。天馬先生は最重要人物です。かつて白鳥さんは三木顧問を『ハンペン小僧』と揶揄していましたが、実際にお会いになったことはあるんですか？」

「いや、ないよ。会う必要もないと思うんだケド」

「それは甘いです。確かに白鳥さんから見れば小物でしょうが、人はたいてい、小石に躓(つまず)くものです。三木顧問を舐めていると、痛い目に遭いますよ」

「そ、そうかな」

彦根が珍しく、ドスを利かせて脅すので、白鳥も珍しく、ビビった声を出す。

「稀代の軍師・孫子も『謀攻篇』で『彼を知り己を知れば百戦殆うからず』と言っているように、三木顧問の人となりを知ることは、決して無駄ではありません。そういう意味では天馬先生は、重要なキーマンです。なにしろ三木顧問とは浪速大学の同僚になるんですから」

「そうよね。天馬クンはなんで今まで、そんな重要なことに気がつかなかったのよ」

「仕方がないだろ、ハコ。僕はこのプロジェクトを、聞かされてなかったんだから」

「聞いてなくてもやってくるのがラッキー・ペガサスの唯一の取り柄でしょ」

別宮記者が滅茶苦茶なことを言う。毎度おなじみ、腐れ縁の別宮に夫婦漫才で詰られて、困り果てている天馬に、いつものように彦根が助け船を出す。

「それは僕が悪かったんです。天馬先生は『浪速ワクセン』で、日本発の独自のワクチン開発に関わっていて声を掛けづらかった。でもみなさんに三木顧問の横顔を知ってもらいたいことと、今後は天馬先生に浪速大で三木顧問の動向を監視してもらいたいので、その意義をきっちり理解してもらう必要がある。なのでここから天馬先生に全面的に参戦してもらうことにしたんです」

「僕は大丈夫です。いざとなれば鳩村先生に頼めば、わりと自由が利きますので」

「ふうん、天馬センセっていいご身分なんだね。でも今はワクチン開発よりこっちが最優先だよ。国の体制がグダグダだと、せっかくワクチンを開発しても、グズグズになってしまうということは、宇賀神さんや鳩村センセも思い知らされているだろうからね」

「わかっています。どうせハコにもせっつかれるでしょうし」と天馬はちらりと別宮を見た。

「さて、それじゃあ本題に戻ろうか。三木センセってどんな人なの？」

「僕は一度だけ、お目に掛かったことがありますが、ひと言で言えば『摑み所のない、いい人』です。人当たりがよく、事務方やメディア方面ではいい評判しか聞きません。浪速大を卒業後、大学院を経て米国のマサチューセッツ医科大学に留学し、最先端の分子生物学の研究に従事し、権威ある学会誌に次々に論文を掲載して一躍、分子生物学領域の旗手になりました。これが三木教授の第一期で、学術分野での黄金期ですね」

「三木顧問はマサチューセッツ大に留学してたの？」と訊ねる彦根の口調は、いつもと違う。

「ええ。そうです。何か気になることでもあるんですか？」

「昔、僕に絡んできた警察庁のキャリアが、マサチューセッツ大学情報解析研究室にいるんだ。ヤツが関係していたら少し厄介だな、と思ってね」

「ひょっとしてその警察庁のキャリアって……」と村雨総帥がぴくり、と眉を上げる。

「そう、警察庁の『朧の龍』、原田雨竜さんです。念のため、調べておきます。天馬先生、話の腰を折って悪かったね。それでその後、三木顧問はどうなったのかな」

「母校・浪速大の内科に所属してからはぱっとせず、学内での学術的評価も高くないようです。降圧剤の治験で製薬会社と懇意になり、治験で捏造データを使い問題になりましたが、その非難をすり抜け『エンゼル創薬』を立ち上げると、第二次安保内閣に内閣参与としてもぐりこみ、業界に顔が利くようになったそうです。安保元首相と知り合ったのは、師匠筋の祇園府立大学の元学長の忍川剛造先生の伝手だそうです」

「三木センセって忍川センセのお弟子さんなの？」と白鳥技官が驚いて声を上げる。

「忍川元学長って、有名人なんですか？」

「もちろんさ。忍川センセは関西医学界のドンみたいな人だよ。祇園のヤクザともツーカーで、関西の医療業界でその名を知らなければ、モグリとまで言われた超大物さ。専門は活性酵素関連で、アンチエイジングにも関わっていたはず。人使いは荒いけど上手いんだよね」

「忍川元学長が『加齢抑止協会』を立ち上げ、アンチエイジングを農業に絡めて普及させたい、という意向を受けて、手足となって奔走したのが三木先生なんだそうです」

天馬の説明を聞いて、白鳥技官は首を小さく左右に振って、呻いた。

「そうだったのか。確かに三木センセを舐めてたな。忍川センセがバックにいたら侮れないよ。利益誘導がお上手で学問領域にも顔が利く剛腕だからね。一時プロ野球選手にチタンネックレスというおまじない商品が流行ったのは、白虎軍の大ファンの忍川センセが広めたというウワサもある。忍川センセの弟子なら『エンゼル創薬』の遺り口も理解できるよ」

「するとこれは朗報かもしれません。ここ数年、忍川先生と三木先生の間はしっくりきてないそうです。忍川先生がアンチエイジングを広めるために立ち上げた肝いりの『加齢抑止協会』を単なる商売道具に作り変えやがったと、大激怒しているそうです」

「なにその話？　興味津々ワクワクランドなんですけど」と白鳥技官が食いつく。

「医食同源主義の忍川先生は『アグロメディカル（医療農業）』の発展のため『加齢抑止協会』を立ち上げ、効果判定も学術的に評価する仕組みを作ったそうです。ところが、三木先生がお手盛りのデータで認証を与える仕組みに変えてしまったことにおかんむりで、最近では二人は顔を合わせても、口も利かなくなっているという話です」

「きちんと設計された組織をなし崩しでグズグズにして都合良く使うのは、まさしく『安保トモ』サークルの常套手段だよ。でも聞けば聞くほど厄介な案件だな。忍川センセがバックにいるとなると、医療方面では正面切っては攻めきれないかもしれない。するど『加齢抑止協会』は潰せないから、是正するしか手はなく、『エンゼル』退治は医療方面からは難しそうだ。うーん、参ったな」と白鳥技官はボヤいた。

「おや、白鳥さんらしからぬ弱気な発言ですね。それで三木顧問の人柄は、どうなの？」

彦根の質問に、天馬が答える。

「とにかく利益誘導が上手くて、三木顧問を批判する人がいると、どこからともなく現れ、美味しい話を持ちかけ、いつの間にか批判者を籠絡してしまうんだそうです。いつも緑色の服を来ているので、浪速大の内部では『ずんだ餅』と呼ばれています」

「そういう人ってどの会社にもいるわよね。白鳥さんじゃないけど鳥でいえばカラスじゃなくて、トビじゃなくて、カケスでもなくて、ええと……」と別宮が割り込む。

「サギってはっきり言えよ、ハコらしくないぞ」と天馬がツッコむ。

「メディア業界の人間には、言いたくても言えないことがあるのよ」

この会話、どこかで聞いた覚えがあるな、と彦根は思ったがスルーした。

「二ヵ月前、三木顧問が、新型コロナワクチン開発事業で治験で十分な効果を得られなかったと公表したことを、今月になって読捨（よみすて）新聞は**『国から約七十五億円もの巨額支援を受け、浪速発のワクチンと期待を寄せたが実用化に至らなかった。失敗の要因と今後の教訓を探る』**という記事にして、『エンゼル創薬』が国から得た百億円を超える援助の総額を過小に報じています」

別宮記者が説明しながら配付した記事のコピーを見た白鳥は、怒りの声を上げる。

「なんだよ、これは三木顧問の言い分を垂れ流した提灯（ちょうちん）記事じゃないか。たとえば**『三**

木社長は記者会見で、ＤＮＡワクチンなら短期間に大量生産できる、と自信を見せた。前年に条件付きで厚生労働省の承認を受けた遺伝子治療薬の技術を生かせると考えた』とあるけど、これは大嘘だ。『エンゼル創薬』唯一の主力商品『コテコテジャン』は、二〇〇四年に臨床治験を始めて二〇一四年、三木顧問が第二次安保内閣の内閣参与に参画した時期に『再生医療等製品の期限付き承認制度』で治験を細々と継続してきたという、出来損ないの代物だし」

「ちょっと待ってください。安保元首相が亡くなった時、三木顧問が医師専用サイトに寄稿した記事に『再生医療に関して、二〇一四年の医薬品医療機器等法（薬機法）改正により、画期的な期限付き・条件付きで早期に承認する制度を創設した』とありましたよね。『コテコテジャン』の認可時期と、ぴったり一致しますね」と彦根が言うと、白鳥技官は、にっと笑う。

「さすが彦根センセ、よく気がついたね。これはまさに『安保トモ』の三木顧問のために作られたお手盛りの制度だったんだ。グローバル・スタンダードでは第Ⅲ相の臨床治験を行ない安全性を確認して初めて商品として認可される。でも驚いたことにこの『規制撤廃』で、第Ⅱ相の治験後に、『仮免』で商品として販売できるようになったんだよ」

「それって医療の原則を破壊するような、滅茶苦茶なことじゃないですか」

「そだよ。安保元首相の『岩盤規制』の破壊は『安保トモ』への利益誘導にすぎない。唯一の商品の『コテコテジャン』は、二〇〇四年に実施した第Ⅲ相治験に失敗して、二〇〇八年の承認申請は却下されてる。二〇一四年から、新制度の下で継続してきた治験結果を基に、二〇一九年九月に国内初の遺伝子治療薬として華々しく売り出したんだけど、五年間の期限付きで承認された『仮免』で結局、二〇二一年九月には症例数不足で承認を取り消されてる。記事で『エンゼル創薬』が分子生物学的な独自技術だと自画自賛してる『DNAプラスミド法』は、世界的には周回遅れの技術で、その程度のことなら全国の大学の基礎医学教室ならどこでもできる。『創薬詐欺師』鉄則・第1条、『追従者がいない技術をフカせ』に該当する。新型コロナワクチン開発で、『発表から四か月後、国内初の治験に着手したが一年半後の二〇二一年十一月、五百人のデータ分析の結果、想定した効果が得られずと公表』とは、『創薬詐欺師鉄則』第3条の『結果公表先延ばしの術』にモロにピッタシカンカンで、笑っちゃうよ」

「一体何なんですか、その『創薬詐欺師の鉄則』って？」と別宮記者が訊ねる。

「創薬企画に湧いて出る、マタドールの詐欺師連中を駆除する、『ゴキブリポイポイ』みたいなお守りだよ。まあ、僕が考えたんだけどさ」

「創薬詐欺師を養成する講座のレジュメかと思いました。あと、詐欺師と言いたいのなら、『マタドール』ではなくて『エスタファドール』です」と彦根が訂正する。

「ふうん、そうなんだ」と白鳥技官はどこ吹く風で、あっさり受け流して続ける。

「でも聞けば聞くほど酷い話だ。撤退発表の九ヵ月前にｍＲＮＡワクチンの製造販売が承認されて、五月から日本でも高齢者のワクチン無料接種が始まっていて周回遅れも甚だしい。『創薬詐欺師鉄則』第４条『メディア花火を打ち上げろ』は前倒しで盛大に発表し、開発撤退の公表は目一杯後回しで、こそっとやるなんてセコいよねえ。これは『創薬詐欺師鉄則』第６条に昇格させようかな。『撤退戦は目立たぬように』。うーん、なんかパッとしないなあ」

ブツブツ呟く白鳥技官を、ちらり、と見た別宮記者は、憤然と立ち上がる。

「白鳥技官は厚労省の『岩盤規制』を、医療の安全を守るためだと言ったそうですね。『創薬詐欺師鉄則』をゴキブリポイポイだと自慢するなら、なぜ『エンゼル創薬』みたいなゴキブリ・ベンチャーがワクチン開発に参入するのを防げなかったんですか？」

う、と白鳥技官は顔をしかめる。

「さすが『血塗れヒイラギ』、痛いところを突いてくるねえ。おっしゃる通り、それは僕たちの手落ちだよ。でもどうにもならなかったんだ。三木センセが浪速発のワクチン開発をぶち上げたのは二〇二〇年三月、日本にコロナが入りたてで、厚労省は検疫問題や市中感染の予防に加え、豪華クルーズ船『ダイヤモンド・ダスト号』の集団感染にも対応しなければならなかった。そんな隙を突かれたんだ」

その頃のことを、白鳥は遠い目をして思い出す。そして続ける。

「その後、僕は豪間太郎ワクチン大臣の専任係に任命されちゃって、酸ヶ湯前首相の米国二泊四日の弾丸ツアーに同行したりで、全く身動きが取れなかったんだ。おまけに『ハンペン小僧』は『安保トモ』で、厚労省の抜け道・裏道・獣道を隅から隅までずずいと知ってて、外部から医療予算に手を突っ込むのが得意技の『創薬詐欺師』のプロ業師だ。しかも僕には『アウト・オブ・眼中』的な小物だったから、どうしようもなかったんだ」

さすが口八丁手八丁、八面六臂の火喰い鳥、聞いている者全てを完全に納得させてしまう、鮮やかな釈明だ。その言い訳を聞きながら、彦根は新聞記事に目を落とした。

そこでは珍しく三木顧問が殊勝なコメントを寄せていた。

——多額の補助を受けながら新規ワクチンを開発できなかったことを申し訳なく思います。準備不足でした。ゼロから始めて二年、六合目まで来ました。今回の教訓は、有事には国を挙げ複数のワクチン開発企業をつなぐ支援が必要だということです。

愚にもつかない言い訳をしゃあしゃあと言わせ、最大の問題の「準備不足でした」という部分を看過して、言いたい放題のインタビュー記事をそのまま掲載してしまう大手新聞に絶望を覚えた彦根は、白鳥の言葉に共感して言う。

「確かに、これはジャーナリズムの衰退を象徴するような記事ですね」

「そういう非難をされると思ったので、『エンゼル創薬』の経営について経済誌で記事にしてもらいました。国の補助金と違って、投資家の資金は火が迸(ほとばし)るような熱いお金ですから、ありきたりの言い訳は通用しません。『エンゼル創薬』を三木顧問と二人三脚で支えてきた田山社長が、『コロナワクチンの国内での開発を中止したのは、**会社の規模以上のことにチャレンジして失敗したからだ**』と言い、『**当社が開発したワクチンでコロナをやっつけるというのは大義ある仕事だ、わが社に悔いはない**』としゃあしゃあと言っている時点で、確信犯だと自白しているようなものでしょう」

別宮記者が示した記事を読んだ白鳥は、吐き捨てるように言う。

「『**日本市場で「エンゼル創薬」が調達できたのは二桁億円。米国でモデルナがコロナワクチン開発で得た国の支援額は三桁・四桁億円で桁違い。米国の方が資金調達しやすい**』だって？　日本でも国から三桁億円近くもらったくせに、よく言うよ。米国のグラントを取る？　バカバカしい。開発した薬剤がたった一剤しかない三流ベンチャーが、日本でやったようなワクチン開発計画を米国でぶち上げたりしたら、たちまちＳＥＣにお縄になるよ。賭けてもいいけど、米国での研究協力は、口先だけで何もしないよ。それにしても上場以来二十年、株式市場から資金調達を続けながら一度も黒字化していない製薬会社で、ワクチン開発実績ゼロのベンチャーに百億円以上も補助金を出すなんて決めやがったのは、一体どこのどいつだよ」

ふうふうと鼻息を荒らげる白鳥技官に、別宮記者が言う。

「どうどう。補助金を出したのは厚労省だから、決めたのは白鳥さんの上司でしょ。そんなことより今は、その『エンゼル創薬』の三木顧問をどう退治するか、に集中しましょうよ」

「補助金の不正使用のラインはお手上げだね。せいぜい開発実績がないベンチャーがなぜ選ばれたか、あたりしか攻め口はないね。そこは『浪速白虎党』のツートップ、鵜飼さんと皿井さんが弾よけになるだろうし。『ナニワ・ガバナーズ』は非論理的だから、却って手強いんだ」

「それなら別宮さんが展開した、経済方面からの追及が利きそうですね。『**開発中止を発表した三週間後には、新株予約権の発行によって八十六億円の資金調達を発表した**』とあるでしょう。増資で資金調達を繰り返しながら上場以来二十年間も赤字続きだなんて、『怪物企業』ですよ」

彦根が指摘するとすかさず別宮記者が言う。

「それより『幽霊企業』の方がいいわ」と聞いて、白鳥技官が首を横に振った。

「いや、僕は『妖怪企業』を推したいね。トップが『ハンペン小僧』だけに」

「どうしておでんネタが、妖怪に飛ぶんですか？」

「だってハンペンって、妖怪『ぬりかべ』に似てるじゃない」

一同は沈黙した。

しばらくして別宮が口を開き、重苦しい沈黙を破った。

「『エンゼル創薬』の株価は、コロナワクチン開発に着手すると発表する直前の二月末に三五〇円だったのが、鵜飼府知事の発言後の六月末には二千五百円と七倍に跳ね上がってます。でも開発中止を発表した今は百四十円と十分の一以下に下落しました。こうした乱高下に投資家は激怒してますが、投資前にIR情報くらい読めよ、と言われて意気消沈してるお医者さんも多いみたいです。今日発表されたばかりの第3四半期決算短信では、今年の売り上げは四千五百万、唯一の自社開発製品の売り上げは七百万ぽっち。年間経常利益はマイナス百億円の見込みです。投資家界隈(かいわい)では毎回、景気のいい話をぶち上げて素人投資家を欺(だま)しては、新株予約権発行で資金調達を繰り返す『ゾンビ会社』という評価です。どう考えても存続できなさそうなのに、経済誌が定期的に景気のいい提灯記事を載せるもんだから、素人投資家が毎回引っ掛かってしまうんです。それで二十年以上も会社を存続させているなんてある意味、スゴ腕です」

「それなら死に損ないの『ゾンビ』より、投資家の生き血をすする『ドラキュラ』の方がぴったりだ。でも最大の庇護者の安保大明神が消えて、三木センセも焦ったらしく、ポロっとボロを出したんだよね。あ、ボロならボロっと、の方がいいかな」

白鳥技官が照れ笑いをして言い直すと、別宮記者が憤然として言う。

「そんなの、どっちでもいいです。何がボロなのか、さっさと言ってください」

その剣幕に焦った白鳥技官は、早口で言う。

「三木センセの利権は『効果性表示食品』、『コロナ・ワクチン』、『浪速万博』の三点セットなんだけど、どれも同じ構図の詐欺紛い企画なんだよね。でも三木センセは調子に乗りすぎたんだ。本丸の『効果性表示食品』の市場規模は数千億円だけど、ひとつだと『点』で逃亡自由度は無限大、ふたつだと『線』でまだ外からは見つけにくい。けど三つになると『面』になり、どこからでも丸見えになっちゃうんだ」

「そのお話は意味不明ですが、要するに三点を同時に攻撃すればいいんですね」

彦根の言葉に、白鳥は大きくうなずいた。

「そゆこと。『コロナ・ワクチン』攻撃は彦根センセ、菊間センセとキッズたち浪速ユニットで対応してる。『浪速万博』攻略は連中には想定外の東京から攻めている。主攻は鎌形さんで別宮さんが援護だよね。それなら『効果性表示食品』は、僕と東城大の愉快な仲間たちで叩き潰そう。今までは逃げ込めた『安保城』は、落城して身を隠すところがない。『ナニワ・ガバナーズ』がかろうじて弾除けになってくれそうだけど、そこには村雨砲の絨毯爆撃が炸裂するからね」

村雨総帥が厳かな口調で言う。

「大規模な仕手戦みたいな乱高下ですが、米国ならＳＥＣの一発退場のレッドカードでしょう。そんな会社を推した鵜飼府知事の罪は重い。二〇二〇年六月、鵜飼知事が『七月に初の治験を始めて九月に実用化し、年内に二十万人に接種できるようにします。これは絵空事ではありません』とメディアにぶち上げましたが、結果は『絵空事』でした。ところが先月の定例記者会見では、『三木社長に聞いた話に基づき発信したので問題ない』とトーンダウンの自己弁護ばかり。語るに落ちたとはこのことです」

「そう思うと浪速のテレビ番組『どんどこどん』で、村雨さんが鵜飼府知事を徹底的にやりこめたのは絶妙のタイミングで、痛快でした。聞くところでは同時刻に東京のワイドショーに出演していた横須賀さんも真っ青になってたそうです。でも僕としてはここはやはり、真正面から補助金の不正受給で罪を問いたいところです」

「それには検察か警察を動かすしかない。彦根センセはそっち方面に伝手があるの？」

「僕にそんな人脈はないです。そこは白鳥技官の広い人脈に、おすがりしないと」

「ま、彦根センセに頼まれたら仕方ない。それなら、加納にやらせてみようかな」

「加納さんって、ひょっとして男前の警察庁の審議官ですか？」

「ふうん、アイツ、審議官になったんだ。そいつは目出度いな。ところでなんで別宮さんが加納のことを知ってるの？」

「安保元首相が銃撃された時、東城大でご一緒したんです。実はあたし、加納審議官のお名刺を頂戴して、必要ならいつでも連絡していい、と言われたんです」

「ソイツは珍しい。加納はメディアも名刺も大嫌いで、必要最小限しか持たないんだ。僕は、アイツとは学生時代からの腐れ縁だけど、名刺なんて一度ももらったことがない。超レアなカードだから、ネットオークションに出したら、高値がつくかもね」

彦根はげんなりした顔になる。名刺をネットオークションに掛けるなんて、下世話な発想がすぐに出てくるあたり、やっぱり白鳥さんとは相容れないな、と思う。

「加納さんのお名前は聞いたことがあります。面識がある警察庁の斑鳩審議官が、相当意識していました」と鎌形が言う。

話を聞いた彦根は、仇敵の特徴のない無表情な顔を思い浮かべようとしたが、どうしても思い出すことができなかった。

「へえ、鎌形さんは斑鳩さんとは知り合いなのに、加納とは面識がなかったんだ。よかったら今度、紹介してあげようか。加納は昔から僕の天敵でさ。学生時代の『確率研究会』でも、やたら僕に突っかかってきて、張り合おうとしてたんだよ」

「『確率研究会』というと、数学の研究会のようなものですか？」と鎌形が訊ねる。

「そんな俗っぽいものじゃなくて、もっと崇高な、人生を司る確率が具象化される場での哲学論争をする会、ぶっちゃけ言うと麻雀（マージャン）の研究会だよ。略して確研（カッケン）」

俗っぽいのは数学より麻雀の方だろう、と彦根は思ったが口にはできない。

「『確研』は、帝華大の伝統クラブで、僕たちの代は第二次黄金期と称され、四人のメンバーが『確研四天王』として君臨していた。四人は今は霞が関にいて、各省庁で偉くなっているんだよ。華麗な打ち回しの貴公子が医学部出身の僕で厚労省、迷彩も引っかけも絶対しない、単純一本槍のツッコミ麻雀の加納は警察庁、いつもムッツリ・ダマテンの高嶺（たかね）は陰険そのものの財務省で、紅一点でチョンボの常習者、いつもニコニコ罰符払いで七対子（チートイツ）一点張りの小原（おはら）は文部科学省、といった具合に、ほどよく散らばっている。僕らは年に一、二回、『七十五期生定例会』を開いて各省庁の利益調整をしてるんだよ」

周囲の人間は、すっかりおいてけぼりで、何を言っているのかさっぱりわからない。

そんな白鳥技官の異次元的発言に対し、あらぬ方面から真っ先に反応したのは、菊間・浪速府医師会会長だった。

「白鳥技官って、帝華大のご出身だったんですか。それは驚きました」

それは、その場にいた人々が言いたかった気持ちを見事に代弁したひと言だった。

その言葉が聞こえなかったのか、白鳥は吐息をついて呟いた。

「やれやれ。気乗りはしないけど、久しぶりに『確研同窓会』の招集を掛けるしかないのかな。考えてみたらこの件だけじゃなくて、話し合わなきゃならない問題は山積してるし、加納の昇進祝いもしてやらなくちゃいけないだろうし、ね」

17章　確研四天王の饗宴

十一月二十二日　霞が関・中央合同庁舎二号館B1・捜査資料室

「加納、よくここが取れたな」

周囲を見回してそう言ったのは、財務省の太陽神（アポロン）と呼ばれる高嶺宗光（むねみつ）・財務省国際局長だ。淡いグレーの背広は、一流ブランドだと一目でわかる。

「ウチは勘弁してほしいわ。こんな辛気くさいとこ。なんか、薄ら寒いし」

真っ赤なスーツを着た女性が言う。女性初の文部科学省・研究振興局長に就任したばかりで、鼻息が荒い小原紅（くれない）は、両肘を抱いて、ぶるりと震えた。

「殺風景なのは、悪名高い内務省が入っていたビルで、今は内務省系列の総務省と警察庁が仲良く同居しているんだから、しかたないだろ。しかし長く使われていなかったんで、埃（ほこり）が酷いな」

加納達也（たつや）・警察庁長官官房電磁領域情報保全審議官は、そう言って咳き込んだ。

黒ずくめの服を着た加納に、高嶺国際局長が言う。

「加納は昔から埃っぽい場所が苦手で、よく咳をしてたけど、相変わらずなんだな。そんな調子だと、張り込み中に犯人に気づかれて逃げられたりしないのか？」

「心配ご無用。生憎、俺はもう捜査の前線に出してもらえないもんでね」

「すっかり偉くなっちゃったもんね、加納クンも」

そう言って、小原局長が微笑すると、高嶺国際局長が言う。

「兵(つわもの)どもが夢の跡、とはよく言ったもんだ。ここで東京高裁検事長の黒原さんが、毎日のように賭け麻雀に明け暮れていたとは、とても思えないよ」

「そのせいで黒原さんは失脚したから、験のいい場所といえんな」と加納が言う。

中央合同庁舎二号館の地下一階の捜査資料室は、部屋の半分は図書館のように閉架式の書棚がぎっしり詰まっている。対照的に、部屋の残り半分はがらんとしていて、その片隅には小さな木の机と椅子がある。その空間の真ん中に鎮座しているのが全自動卓「鳳凰(ほうおう)」だ。

高嶺国際局長が、雀卓(ジャンたく)を覆っている深紅の布を外すと、緑の羅紗張りの卓が現れた。

「言い出しっぺの白鳥が遅刻するとは、相変わらずええ根性やな」と小原。

「アイツは俺たちを舐めきっているんだ」と加納が言うと高嶺がうなずく。

「勝率は悪いクセに、口だけは達者だからな」

そう言いながら三人は席に着いた。東家(トンチャ)にグレーの高嶺、南家(ナンチャ)にはブラック加納、西家(シャヤチ)は空けて、北家(ペーチャ)にスカーレット小原が座る。

それは彼らのこれまでの対戦成績の順だった。

「どうする？　このまま待とうか？」と言う高嶺に、小原が首を横に振る。

「セッティングを済ませちゃいましょ。どうせやらなきゃいけないんだから」

牌を裏返し緑の牌を混ぜ、中央の赤いボタンを押すと中央の丸い部分が持ち上がり、空いた空間に混ぜた牌をザラザラと流し込む。再びボタンを押すと、タワーのように持ち上がった中央部が下がっていき、ぴたりと閉まり、がらがらと洗牌する音がする。赤いボタンをもう一度押すと四つの席の前に、上下二列に重ねられた緑の牌列が、下からせり上がってくる。それをもう一度洗牌しながら小原が言う。

「きっと、準備完了したところでやってくるのよ、アイツ」

小原がむっとした表情で、がらがらと牌を混ぜる。

再び中央の隙間に牌を流し込むと、また器械の内部で、牌が混ざる音がする。

その時、能天気な声が響いた。

「ヘロウ、エブリバディ。プレパレーションご苦労さま」

「ほらね、やっぱり」と小原が言い、他の二人は顔をしかめる。

秋空のように真っ青な背広、練り辛子のようにブリリアントな黄色いシャツ、そして唐辛子のように真っ赤なネクタイ。三原色オンパレードの背広姿で登場したのは厚生労働省のはぐれ鳥、白鳥圭輔技官だった。

「みなさま、大変お待たせいたしました。それではただ今から、帝華大学確率研究会七十五期生・第三十八回定例会を開始しましょう」

「遅れてきたくせに、仕切ってんじゃねえよ」

加納が白鳥をぎらりと睨むと、白鳥は唇を丸めて口笛を吹こうとして、ふう、ふう、と言う。白鳥が誤魔化す時によく使う、得意のエア口笛だ。

「変わらないねえ、お前たちは」と高嶺が苦笑しながら、中央部の赤いボタンを押す。新たな緑色の牌列がせり上がってくると、東家の高嶺が宣言する。

「場決めは不要、二万五千持ちの三万返し、食いタンアリ、形テンアリのアリアリで八種九牌は親流れ。では、これより第三十八回定例会を開始する」

高嶺が中央のボタンを押すと磁力でサイコロが踊り、ころころ転がり、止まる。

「左八(ひだりっぱ)、小原の山だぞ」と高嶺。

四人の手が上二枚、下二枚で四枚のかたまりを順番に取り三回。最後に高嶺が二枚、他の三人が一枚ずつ取って、自分の前に十三枚と十四枚の緑の壁を築く。

「小原、ドラ」と加納に言われた小原はあわてて、前に残る八列の山の真ん中の牌をめくる。

そこに鳳凰の絵が現れた。

「お、一発目から僕のラッキー牌とは、コイツは春から縁起がいいや」と白鳥が言う。

「春じゃねえし」と加納がぼそりと言う。

他の二人は無視して、牌をツモっては切っていく。

「いつものことだけど序盤は空気が重いなあ。そういえば加納は審議官に出世したんだって？　ブラボー、これで僕たちの中では高嶺に次ぐ出世頭、さすが南家の加納だけのことはあるね。けどさあ、警察庁ってのは幼稚園児のお遊戯ごっこが好きなのかな。あんな『電動紙芝居』如きで出世できるんだからね」

「『電脳紙芝居』と言うな。十年前の『デジタル・ムービー・アナリシス（DMA）』で『デジタルツイン・インテグレーション・システム（DIS）』に進化したんだ」

「わかったわかった、『電脳紙芝居』が、『電脳幻燈』に進化したんだね」

むっとした加納がばしっと牌を切る。「通らばリーチ」

「オリ」「オリ」と高嶺と小原が言う。「勝負」と声を掛けたのは白鳥だ。

「ロン。リーチ一発、一通ドラ一、満貫。惜しい、裏は乗らず、ハネなかったか」

点棒を払いながら白鳥が言う。

「相変わらず、猪突猛進、一通大好き少年かよ。打ち方が青いよね」

「ふん。ヒッカケなしの嵌五索に一発でブチ込むなんて、下手くそめ」

「まさか加納がそんな初心者リーチをするなんて思わなかったよ。あ、加納は素人麻雀だったたな。それにしてもみんな偉くなったたな。僕だけ出世街道から外れてるけど、おかげで『肩書きの長さ選手権』は僕の圧勝だ。加納、今の正式な肩書き、言ってみ」

「警察庁長官官房電磁領域情報保全審議官」と加納が言うと、白鳥はドヤ顔になる。

「僕の肩書きは『厚生労働省大臣官房秘書課付技官兼医療安全啓発室・医療過誤死関連中立的第三者機関設置推進準備室室長兼医療関連死モデル事業特別分科会・病院リスクマネジメント委員会標準化検討委員会委員兼厚生労働省新型コロナウイルス対策本部マスク班班員』だぜ」

「わかったわかった。俺の完敗だよ」

「負けを認めたね。それなら約束通りひとつ、僕の言うことを聞いてもらうよ」

白鳥の念押しに、「約束だから仕方ない」と加納は、しぶしぶうなずいた。

そう言いながら南家の加納がサイコロを振ると、真っ赤なスーツ姿の小原紅が言う。

「加納クン、ダマされたらあかん。マスクなんたらは『アホマスク』をやったときのもんやろ。その組織はとっくになくなっとろうが」

「そうなんだけど、正式に解散辞令が出てないから、僕が勝手に削除するわけにはいかないんだよね。そういえば小原も文科省で女性初のナンタラ局長になったんだってね。おめでとう」

「うっさいわ。あんたにそんな風に褒められるなんて、薄気味悪くて寒気がするわ」

仕切り役の高嶺が、二人の会話に割って入る。

「さてみんな、めでたく初上がりがあったところで、恒例の請願チップを出そうか」

抽斗から高嶺は青、加納は黒、白鳥は白、小原は赤のチップを取り出す。

加納が場に、黒いチップを投げ出しながら言う。

「警察庁は東京五輪の受託収賄と独禁法違反で政治家まで行く。邪魔するなよ」

「いいねえ。僕も応援するよ。厚労省は風が吹けば桶屋が儲かる方式で『浪速万博』の不正を暴いて中止に追い込むぞ、と」と言った白鳥が、白いチップを投げた。

「東場のチップでは、自分の省庁関連以外の案件は却下だぞ」と高嶺が言う。

「だから風桶だって言ったでしょ。『浪速万博』が潰れれば『浪速白虎党』がダメージを受け、ベンチャーの『エンゼル創薬』の詐術が露わになり不正に受給した補助金を返還させることができる。それって高嶺の利益にもなる。財務省が税金を原資とした資金を回収できるからね」

「それはお前が直接『エンゼル創薬』とやらに行政指導を掛ければ済む話だろう」

「それができるくらいなら、とっくにやってるさ。『エンゼル』の三木センセは『安保トモ』で、政権にしっかり食い込んでいる、いや『食い込んでいた』と言った方がいいのか。だから厚労省の権限ではどうにもならないんだ、というわけで僕が勝ったらみなさん、ご協力よろしく」

「やなこった」と吐き捨てるように言ったのはウーマン・イン・レッド、小原紅だ。

赤いチップを二枚出しながら言う。

「ウチの願いは、『奉一教会』に解散命令を出すことと、『共同親権』問題に『奉一教会』の息がかからないようにすることや。チップは二枚やけど根っこはひとつや」

「それならチップは一枚でいいよ」と高嶺が言う。

「ありがとね、高嶺クン。そういう高嶺クンは、何を賭けるんや？」

二枚出した赤いチップのうち一枚を、手元に戻しながら小原が訊ねる。

すると、青いチップを場に投げ出した高嶺は微笑する。

「僕はいつもと同じ。何も望まない。みんなの身勝手で好き勝手な要望は通さないためチップを掛ける。僕は国の財政を守るため無駄遣いを排除する。それが僕に課せられた至上の命題なんだ」

「けっ、財務省はイケすかん。国民の税金は、国民のために使うのが筋だろう。いくらため込んだところで、あの世には持っていけないんだぜ」と加納が吐き捨てる。

「どの省庁も必ず、自分たちの要求が一番市民の願いだと言うんだ。でもそんなことはない。なくたって困らない要求が多すぎる。あ、それ、ロン」

「タンピン三色ドラドラって、ダマでハネマンかよ。うわあ、最悪」

頭を抱えた白鳥が、点棒を払いながら、しきりにぼやく。

「出たよ、白鳥の口三味線が。俺はダマされないからな」

加納が言うと、白鳥はガラガラ牌を混ぜながら言い返す。

「僕だって、ツイてない時にはボヤきたくなるさ」

「あ、それ、ロン」と小原の声が響く。手をじっと見つめた白鳥が言う。

「小原、またやりやがったな、それじゃあ七対子じゃなくて、六対子（ロートイツ）だぞ」

「えへ、バレた？」と頭を掻いた小原は、場に罰符の八千点を放流する。

次の局の配牌を並べながら、白鳥が言う。

「いつも忠告してるだろ。七対子はイーシャンテンまでは早いけど、後が大変だって。おまけに待ちは一点しかないから、不合理な手なんだぜ」

「アホ言わんとき。七対子は、麻雀の中で、一番芸術性の高い役なんやで。すべての牌がペアになるなんて、宿命のロミオとジュリエットやないか」

「なに言ってるか、さっぱりわからないけど、だいたい、そんな欠点を辛抱できなくて六対子で上がろうとするなんて、お粗末すぎるだろ」

「けど今日は、ウチの勝利が確定済みや。この日を決戦に選んだあんたらの負けやで」

「どういうことだ？」と加納が訊ねる。

「今日は十一月二十二日、いい夫婦の日や。夫婦と言えば、ペアが基本。ウチの得意技、七対子が炸裂するのが約束されているインディペンデンス・デイや」

「わかったわかった。四千点入ったはいいけど、チョンボで親流れさせるなんて、自爆テロリストみたいなヤツだなあ。まったく、今日はホント、ツイてないよ」

白鳥がぼやく。小原が嬉々として配牌を取ったが、たちまち表情が曇る。

こんな風に、手の善し悪しが顔に出るので、小原は基本的に大勝ちができない。

案の定、五巡目で高嶺が、ダマのタンピンドラドラの八千点を、白鳥から上がる。

点棒を払いながら、白鳥がむくれる。

「ヤバ。ムッツリスケベのダマテンで満貫だなんていい加減にしろよ。おかげでハコテンだよ。その調子だと財務省はいきなり大規模増税とかぶちかましそうだな、高嶺。怒れ、庶民たち」

白鳥の口撃を、点棒を受け取りながら高嶺はさらりと受け流す。

「はいはい。それじゃあ南場に入ったから、裏要求に行くよ」

加納が、二枚目のコインを取り出す。

「警察庁から財務省へ。『赤星ファイル』の黒塗りを外した書類の提出を要求する」

高嶺の眉がぴくり、と上がる。

「加納、本気で言っているのか？」

「当たり前だろう。俺はいつだって全力投球、目的に向かってまっしぐらだ」

「身の程知らずだなあ。ま、いいや。小原は二枚使ったから、裏要求は、ナシだね」

「何ゆうとんの。表の分は一枚でいいと認定してくれたやないの。というわけで二枚目は警察庁の上位官庁の検察庁へ要望や。宗教法人の解散命令を、検察庁が請求せい」

「そんなこと、できるはずがないだろう。宗教法人の解散請求は宗教法人法により、法令違反等を理由に解散を命じられた事例は、カラス真理教と名覚寺の二件だけだ」

動揺を隠せない加納審議官が、震え声で言うと、小原がきっぱり言い放つ。

「ウソを言うたらあかん、加納クン。『宗教法人法八一条一項』の『所定の解散事由』に『**裁判所は、宗教法人について左の各号の一に該当する事由があると認めたときは、所轄庁、利害関係人若しくは検察官の請求により又は職権で、その解散を命ずることができる**』とはっきりと書かれとる。検察官は宗教法人の解散請求をできるはずや」

「だが、前例が……」

「加納、諦めろよ。どうやら小原に入れ知恵をしたヤツがいるようだ」

高嶺が白鳥を見ると、彼はエア口笛を吹こうとして唇を丸め、ふう、ふうと言う。

「検察庁が宗教法人の解散請求をした事例はあるんだろ？　なぜかメディアは、そのことに触れようとせず、八〇年代以降、宗教法人に解散請求が出されたのは、カラス真理教と名覚寺の二件しかないと言い張っているけど、本当はもう一件ある。『唐栗庵』事件だよ。バブル崩壊の余波が襲う二〇〇二年、整理回収機構（ＲＣＣ）が関わった件で、全く落ち度がない宗教法人に対して、検事が解散命令を出したことがあっただろう」

加納は肩をすくめる。

「わかった。その通りだよ。だが万が一俺が負けたら、最善は尽くすができない可能性は高いぞ。何しろ検察庁は、警察庁の上位官庁だからな」

「わかっとるわ、けど加納クンが本気で動いたら、ひょっとするかもしれんやんか」

「なぜ小原は、そこまでして『奉一教会』の解散命令を急ぎたいんだ？」

「世論の反発をごまかすため、ええかっこしいの国崎首相は、文科省から解散請求を出させまいとして、質問権の行使なんていう見え見えの引き延ばしをやりおった。裁判所の解散命令が出たら裁判所が清算人を指定し、宗教法人の資産が売却される。連中は解散命令を引き延ばす間に、資産の海外移転を急いどる。そんなんを目の前で見せられて平気でいられるわけないわ。それなら検察官がとっとと解散請求を出せば、一発ツモの裏ドラバンバンやろ」

「安保元首相がご存命なら、どっちも百パーセント通らない案件だけど、今なら何かのはずみで通るかもしれないね。コインを賭ける価値はあると思うよ」と高嶺が冷静に分析する。

加納が牌を切ると小原が言う。

「それ、ロンや。タテホン・チイトイ・ドラドラでハネ満直撃。どや、参ったか」

加納は、ぐっ、とうめき声をあげる。悔しそうにちゃらっと点棒を投げ渡しながら訊ねる。

「ところで小原はさっき、『共同親権』がどうこう言ってたが、それって何のことだ？」

「日本では離婚後は一方が親権を持つ『単独親権』になるんやけど、『共同親権』にしようという動きがある。推進者は『奉一教会』絡みのおっさん議員や。識者や実務家で作る法制審議会が一年半かけて答申を出したんやけど、その議員がゴネて審議会では議題になかった、共同親権か単独親権のどちらを選ぶかを個別判断する『選択的親権』が修正案として盛り込まれたのや」

「ふうん、ちっとも知らなかったな、そんなこと」と高嶺が言う。

「せやろな。高嶺クンは独身で、子どももおらへんからな」

「そんなに親権のことが気になるなんて、小原のところの夫婦関係がヤバいのか？」

「アホ言うな。ウチのとこは今でもラブラブや。けど、離婚したら子どもが大変なことになる。だからきちんと子どもの利益になるような法律を作らなあかん。そんなことはかけらも考えない『奉一教会』の紐付きおっさん議員が、パブコメの前に選択的親権を選びやすくなるよう、報告書を作り替えたりとやりたい放題や。議員がゴネだしたのは今年六月やけど、安保元首相が暗殺されたせいで、七月に一旦凍結されとる。『奉一教会』が、離婚しても宗教二世の子どもを家に縛り付けられるのに便利に出来とる試案や。そんなん呑んでたまるかい。ほんま、気色悪い親父やったで。男尊女卑の家至上主義のガチガチの守旧派がよりによって、第二次安保内閣で文部科学省の大臣になってウチの上司や。あれは地獄の日々やったで」

　そう言いながら小原が無駄ツモを、卓に叩きつける。すると、会話に加わっていなかった白鳥がいきなり場に参入する。

「通らばリーチ」

「お、口三味線の白鳥が歌わずにリーチとは珍しいね。まあ、ハコだから、一発逆転の大物手を上がるしかないからな。それじゃあ、白鳥の裏希望を聞こうか」

　白鳥は白いコインを放り投げて、言う。

「財務省へ、内閣府が隠す、『満開の桜を愛でる会』の参加者名簿を出してもらおう」

　ぎょっとした高嶺が、端正な顔を歪めた。

「今日はみんな、どうしちゃったんだよ。よってたかってこの国を潰す気かよ」

「そうかもしれないね。今、潰せなかったらこの国は取り返しがつかなくなってしまうからね」

「まあいいや。残念ながらそれは通さない。ロン。清一平和（チンイッピンフ）一盃口（イーペーコー）ドラ三、三倍満だ」

「げえ、ダブハコになっちゃった。こうなったらラス前の、最後の親に賭けるしかないな」と、史上稀に見る大型直撃弾を食らった白鳥は、なぜかヘラヘラ笑う。

　そう、あまりにも酷い目に遭うと、却って笑ってしまうのが麻雀の深淵（しんえん）だ。

　ガラガラと洗牌の音。牌が上がってサイコロが振られる。各自、四枚ずつ牌を取る。

「かあ、天は、ついに僕と日本を見放したか」

「口三味線の白鳥だからな。油断はしないぞ」と高嶺が疑わしそうな目で白鳥を見る。

「僕を高く評価してくれてあんがと。でも河を見てよ。捨て牌で国士を聴牌しそうだ」

「くく、ここにきて手の選択を間違えるとは致命的だな、白鳥。だけどたとえ国士を張ったとしても、僕はお前を完全に封殺してたよ」

「げ。ということは高嶺が『北』を四枚、ガメてるのか。隠し財産をため込む財務省野郎め」

「『北』が隠し財宝なんて、聞いたことないよ。お前はダブハコだから、役満をツモっても僕の方が点数は上、親の役満直撃しかないんだぜ。絶望的だな」

「絶望は愚者の言い訳、ネバーギブアップの精神が大切だよ。ワールドカップだって、日本が死のリーグD組でドイツに逆転勝ちするなんて、国民は誰も思っていなかったもんね。ブラボー、サムライブルー。というわけで彼らにあやかって残り一巡、高嶺の暴牌を念じてお願いリーチ」

「ラスト一巡リーチとは、ヤケの神頼みだな。リーチ一発海底ツモを狙ったんだろうが甘いよ、白鳥。僕は絶対お前のツモを封殺してやる。お前が勝つ可能性はこれでゼロだな」

そう言うと高嶺は、手の内に四枚あることが見抜かれた「北」を裏返す。

「北の暗槓。これで海底がズレて、白鳥のツモは消滅した。僕の完勝だ」

「おっしゃる通りだよ。ダマテンのムッツリ高嶺は確実で安全な道しか選ばない。だからお前ならきっと、四枚ある『北』を暗槓するだろうと思ってリーチしたんだ」

　そう言いながら、白鳥はパタパタと牌を倒し始めた。

「ロン。北待ち、国士無双だけに認められる特例、暗槓上がりだよ」

　高嶺は驚愕のあまり、目を大きく見開き、震える指で、白鳥の捨て牌の河を指す。

「ば、バカな。お、お前は捨て牌でも国士ができてるじゃないか」

「うん、そうなんだ。最初は字一色の七対子かな、と思ったけど、暗刻になり槓子ができ、何がなにやらわからず切り間違いしたら、最後で国士をテンパっちゃったんだ。いやあ、麻雀って怖いね。『セ・ラ・ヴィ（これもまた人生）』だよね」

　白鳥が能天気にそう言うと、高嶺は白鳥を睨みつける。

「冗談じゃない。僕はまだ負けてないからな。点差は四千、二千ツモで逆転だ」

　ガラガラと器械の中で洗牌が終わり、牌が上がってくる。

　配牌を取り終わり、わずか三巡目。高嶺の声が朗々と響く。

「それ、ロン。平和のみの千点は一本場で千三百。トップから直取り、これで白鳥はプラス七百、僕はマイナス七百で、点差は千四百。オーラスで何でも自摸れば逆転だ」

「ヤバいヤバいヤバいヤバいヤバい」と白鳥は呟き、他の三人は黙って配牌を並べる。

手をじっと見つめていた起家(チーチャ)の小原が考え込む。

「おい、まさか天和を上がってる、なんて言うんじゃないだろうな」

高嶺が焦った口調で言う。白鳥がへらりと笑う。

「ビビるなよ、高嶺。七対子バカの小原に、天和なんてやれるワケないだろ」

そう言いながら白鳥も、初手を前に、腕組みをして考え込む小原を不安げに眺める。

やがて小原は、ゆっくり牌を倒し始めた。

「ま、まさか……」と白鳥が絶句する中、小原が宣言する。

「九種十牌で親流れ。これでお終いや。終わってみたらあらびっくり、トップは四千点のウチや。やっぱり『いい夫婦の日』は『インディペンデンス・デイ』やったな。てなわけで、ウチの希望が通ったで。加納クン、『奉一教会』に対する宗教法人の解散命令、検察から出してや」

「さっきも言ったが、検察庁は警察庁の上位官庁だから、俺にはどうにもならない」

「まあええわ、実は今日、ウチんとこの大臣が宗教法人法に基づく質問権を行使しとるはずや。なのでウチの願い事は変えたるで。国崎首相は『奉一教会』問題に関わる『被害者救済法』、正式名称『法人等による寄附の不当な勧誘の防止等に関する法律』を骨抜きにして先送りしようとしとる。これを今期の国会で通すことをウチの希望にする。この件を積極的に推進してほしいのや」

「わかった。それなら俺も協力できると思う」と加納が言う。

「しょうがない。財務省は役立つ可能性は低いと思うけど、諒承した」

「何言ってるんだよ、高嶺。国崎首相は、財務省のパペットだろ」と白鳥が言う。

「わかったよ」とふて腐れて高嶺が言うと、白鳥が満足げにうなずく。小原は続ける。

「さて、裏希望は、表も裏も渾然一体で同じことや。なのでここはウチの勝利のために、強敵・高嶺クンをトップから引きずり下ろしてくれた白鳥に権利を譲ったるわ」

白鳥の顔が、ぱあっと明るくなる。

「小原って実はいいヤツだったんだな。それなら僕は、加納の表希望を援護するよ。東京五輪の大会経費の調査報告を、会計検査院にちゃんと公表させろ。財務省は圧力を掛けるなよ」

「それは、財務省とは無関係な事案だ」

「バカいうな。上位官庁の財務省が関係ないわけがないだろ。会計検査院がきちんと調査しているということは聞いてる。それを邪魔するな、と言ってるだけだよ。それなら簡単だろ」

白鳥の言葉に、高嶺はしぶしぶ「まあ、それくらいなら」と言ってうなずく。

「ついでだからもうひとつ白状してもらおう。財務省は最近、何をコソコソやってるんだい？　国崎首相の下に足繁く通っているようだけど」

高嶺は少し考え、「まあ、もういいのかな」と小声で呟いた。

「白鳥は相変わらずハナがいいな。お察しの通り、財務省は既に国崎首相の振り付けを終えた。国会終幕後、巨額の防衛費を捻出するため、大増税を打ち出すことになる」

「やっぱりね。このタイミングで大増税なんて、相変わらず財務省は、エグいね」

「仕方ないだろう。かの国からの強い要請なんだから」と高嶺の声は弱々しい。

「高嶺の立場には同情するけど、だからってそんなことを座視したらエラいことになる。たとえ蟷螂の斧でも僕は徹底抗戦するよ」という白鳥の言葉に、小原が続く。

「しゃあない。不本意やけどウチも白鳥に乗るで。増税なんぞさせてたまるかい。子どもを産んだ娘が、暮らしが苦しいって嘆いとる。軍事費を増やし米国のご機嫌を取る前にやることがあるやろが。出生人口が八十万人を切っとるのは、安心して子どもを産んで育てられない社会の問題や」

「そうだそうだ。僕も孫にお年玉をあげられなくて、困ってるんだ」

「そうか、お前たちは爺さん・婆さんになったのか」と、加納が呆然と言う。

「この年では独身の方が少数派だよ」

「そんなことはない。今、三十代男子の三割は未婚と言われているんだぜ」

高嶺が言い返すと、「還暦のクセに」と白鳥にすかさず言われ、うつむいてしまう。

白鳥は立ち上がると、三人を見て言う。

「さて、これでトータル一九三八戦で、高嶺の七百十四勝、加納が四百九十勝、僕が四百五勝、小原が三百二十九勝だから、次回の席次もこのまま変わらず、だね。所詮、こんな麻雀で省庁間のヤバい取引なんてできっこないけど、これが無意味とは思わない。僕たちが今どんな問題を抱えてどんな希望を持っているか、共有できるからね。今回の僕たちの望みは奇しくも高嶺以外は共通項がある。安保元首相が滅茶苦茶にした法秩序を正常に戻すことだ。日本の構造がどこも同じ、利益最優先の歪んだ構造になっている。残念だけど『奉一教会』の資産隠しは完了しちゃうんだろうね」

表情を曇らせた小原の言葉が響く。

「でもこういう会話ができただけでも、闇は晴れてきとる。ウチらが知ったことは明日、市民が知ることになるで。高嶺クンがスカしていられる、ゆとりはないで」

高嶺はギラギラ光る目で、ご託宣を述べる白鳥と小原を、交互に睨みつける。

「ほんと、お前たちって馬鹿者揃いだ。日本の財政はとっくに破綻している。国債を無尽蔵に発行し、将来の金を今に使っているんだから、借金で首が回らなくなる時代は、すぐそこまで来ている。そんな時に、財務省の足を引っ張ってどうするんだ」

「財務省なんてクソ食らえだよ。ワシントンの丁稚だろ。財務省には隠し財産があるだろう。それを放出すればいいんじゃないかな。あと、米国債を売りに出せばいい」

と白鳥が言い返す。

「そんな無茶なこと、できるはずがないだろう」

「どこが無茶なんだ？　財務省はすぐ財源がないと言う。健全財政のため増税が必要だ、と言う。でもそのせいで市民のゆとりがなくなり、子どもを持たなくなる。予算配分は子育て世代には冷たい。そのせいで出生数はついに八十万人を切る見込みだし。子どもが減れば国民が減り、税収が落ちる。こんな簡単な理屈がわからないで、自分たちの考えに固執し続けたら亡国になる。財務省はもっと足元を見た方がいいよ」

「そうだそうだ」と小原が同調する。

白鳥の長広舌の合間にスマホをチェックしていた高嶺は、皮肉な笑みを浮かべた。

「は、足元を固めるべきだ、という言葉は、そっくりお返しするよ、白鳥。国家の大計にかかずらわるあまり、お前にしては珍しく足元がおろそかになったようだな」

高嶺がスマホを渡すと、白鳥は画面を見て、スマホを返すと急き込んで言う。

「確研同窓会はこれにてお開きだ。僕はお先に失礼する」

立ち去りかけた白鳥は、忘れ物を思い出したように、振り返る。

「あ、肩書き選手権の負け分はきっちり払えよ、加納。後で請求書を送っておくから」

そう言いそそくさと部屋を出て行った白鳥を見て「急にどうしたんだ、アイツ」と加納審議官が言う。高嶺が冷ややかに答える。

「この記事を読めば、なんでヤツがとっとと消えたか、理由がわかるよ」

高嶺の携帯に映っている、医療業界の最新ニュース記事の見出しはこうだった。

「サンザシ製薬が申請していた新型コロナ経口治療薬『ゾッコンバイ』、薬事・食品衛生審議会の薬事分科会と医薬品第二部会の合同部会が緊急承認を決定」

＊

厚労省の第一会議室では、下っ端の事務官が散乱した書類の後片付けをしていた。その様子を眺めている、恰幅のいい男性に、白鳥技官はつかつかと歩み寄った。

「おい、八神(やがみ)、一体どういうことなんだよ、これは」

男性はその手を払うと、襟を伸ばした。

「久しぶりの挨拶がそれか、相変わらず礼儀知らずなヤツだな、白鳥」

「は、ＰＭＤＡの八神理事長さまがこんなのを承認するなんておかしいだろ。七月の『ゾッコンバイ』に対する評価は、第Ⅱ相パートで臨床効果が示されなかったから、緊急承認制度適用の『有効性の推定』条件を満たせず、継続審議になったはずだ」

「九月にサンザシ製薬が追加提出した書類に基づいて、緊急承認が認められたんだ」

白鳥技官のライバルで、医薬品医療機器総合機構（ＰＭＤＡ）の理事長の座に納まる八神直道(なおみち)が書類を手渡す。ページをめくった白鳥の顔が、見る見る真っ赤になる。

「何だ、これ。『創薬詐欺師』鉄則・第2条の『事後解析で有効性を主張せよ』のまんまじゃないか。主要評価項目十二症状の合計スコアでプラセボと比較しても有意差はないし、『オミクロン株に特徴的な五症状での症状改善』での事後解析結果を基に『有効性は推定された』としてるけど、事後解析で何度も解析すれば有意になるから、その時はＰ値を小さくする必要があるのに、してない。治験対象者は初期症状が出て五日以内の患者で、自然免疫でウイルス量が減り始めている頃に投薬してる。つまり薬で症状が改善したのではなく、自然治癒で改善したところに、無効な薬を飲んだとしても説明がつく。薬物の効果は、全然証明されてないじゃないか」

「お前の言う通りだよ、白鳥。俺だって忸怩たる思いだよ。だが今回の緊急承認は、首相案件だ。だからなんとか抵抗して二回、継続審査にしたがそれが精一杯だった。『有効性の推定』での緊急承認だから、『サンザシ製薬』は一年以内に臨床試験の第Ⅲ相パートの総括報告書を作り、正式な承認申請を提出する必要がある。その申請がされて、改めて有効性を審査するから、まだ最終的な決着はついていない」

白鳥技官は、目を細めて八神理事長を見た。

「釜田厚労相が早々に百万人分の国費購入の契約を二千億円で締結したそうだけど、愚図でのろまな厚労省にしては、やけに手回しがいいよね。どうせ本田審議官あたりが裏で暗躍してるんだろう。しかも特別承認されたＰＢＰの処方実績がある医療機関から配付し、その後は供給条件を撤廃し一般医療現場に供給するなんて、ずいぶん前のめりなエコヒイキだね。Ⅲ相の治験で効果が認められているPBPを差し置いて、Ⅱ相の治験結果も怪しげな『ゾッコンバイ』と入れ替えるなんて、医療行政の体を成してない。追加治験で結果が出なかったら、備蓄した百万人分の錠剤は全てゴミになるんだけど、そうしたら誰が責任を取ってくれるんだ？」

「誰も責任は取れないし、取るつもりもない。お前だってわかっているだろう」

八神理事長の言葉が、がらんとした会議室に、虚ろに響いた。

その時、白鳥は『エンゼル創薬』ご自慢の唯一の主力製品である『コテコテジャン』が辿った経緯を思い浮かべた。そして今回の絵図を描いた人物の顔が浮かんだ。

「やられた」と白鳥が呻く。

おそらく闇に消える二千億円が、日本の国力を一段と落とすであろうことは明白だ。けれども日本人の多くは、そうしたことの蚊帳の外に置かれて、気づけずにいる。

暗澹たる気持ちを抱いて、白鳥が歯ぎしりする。その様子を横目で見ながら、八神理事長は部屋から姿を消した。

18章　電光石火・鎌形班、復活

十二月四日　浪速・帝山ホテル料亭「荒波」

浪速の中心部にある老舗の「帝山ホテル」には、夕刻になると、エントランスにひっきりなしに黒塗りのハイヤーが止まり、客を降ろしては去って行く。老舗ながらいち早くトレンドを導入して、常にブラッシュアップを怠らないため、ちっとも古びた感じがなく、評価は高い。

最近では浪速市の皿井市長が、勤務時間中にこのホテルのスポーツクラブに併設されたサウナに、公用車で足繁く通っていたことを「開示請求クラスタの佐保姫」によって暴露され、大恥を掻いている。だが浪速のお笑い文化的に「まあ、ええやないか」と笑ってやりすごされている。

政治家に好まれ、しばしば密談も行なわれる。大広間もあって様々な催しや宴会が開催される、浪速市の心臓といえるホテルである。

彦根と別宮記者が連れ立ってエントランスからエレベーターで二階に上がると、料亭「荒波」の門構えが現れた。今回は梁山泊総帥・村雨御用達の小宴会部屋での会合になる。

「ここに来るのも久しぶりですね」と別宮記者が言う。

部屋に入ると掘り炬燵に座卓があり、すでに数名が集まっていた。彦根と別宮記者が掛け軸が掛かった床の間を背に座るのは梁山泊総帥・村雨弘毅だ。彦根と別宮記者の姿を認めると、二人を自分の正面に招いた。

右側には、宇賀神と天馬が隣同士で、菊間院長が向かい合わせに座っている。

左側には、黒サングラスの鎌形と初顔の男性がいた。鎌形が別宮記者に紹介する。

「こちらは昔の部下で、先日、浪速地検特捜部に異動した、千代田悠也検事です」

「ああ、あなたが……」

そこで別宮の言葉は途切れる。鎌形から別宮記者の素性を知らされていたのだろう、千代田は申し訳なさそうな表情を浮かべて、会釈をする。

「肝心の主役がまだですが、いつものことなので先に始めましょう」

彦根がそう言うと、仲居を呼んで全員分、生ビールを注文した。

なんとなく雑談をしていると扉が開き、三原色ファッションの白鳥が飛び込んできた。

三角帽子に縞々模様の丸眼鏡で、両手に日の丸の旗を持っている。

「オレ！　サムライブルーがやってくれましたあ！　強豪ドイツに続き、無敵艦隊スペインを、なんと2対1で撃破！　ブラボー！　このまま一気に優勝だあ」

どうやらワールドカップの日本戦を観戦し、そのまま寝ずにやってきたようだ。

そこに仲居が人数分の生ビールを運んできたので、白鳥が言う。

「あ、仲居さん、生をひとつ追加、大至急だよ」

突如乱入してきた、ピエロのような男性に勢い込んで言われた仲居は、生ビールのジョッキを載せた盆をテーブルの上に置くと、あわただしく部屋を出て行く。

仲居が持ってきた追加のジョッキを受け取ると、「エブリバディ、スタンダップ」と白鳥が起立を促す。全員が立ち上がると、白鳥はジョッキを高く掲げる。

「ついに、ここまでこぎつけました。それではサムライブルーの健闘を称えて、乾杯！」

「ストップ。遅れてきたくせにトンチンカンに仕切るんだから、困ったものですね。そりゃあ、日本の予想外の大健闘はめでたいけれど、今日は『白虎党』退治の第一歩、『エンゼル創薬』撃破のための決起集会です。では改めて、村雨総師に乾杯の音頭を取ってもらいましょう」

別宮記者が冷ややかに言うと、村雨総師は微笑して、咳払いをする。

「子どもの頃のサッカー漫画では、ワールドカップの決勝でドイツと当たって日本が勝つんです。でも子ども心にも夢物語だと思っていました。しかし現に日本のサムライブルーがゲルマン戦士を撃破した。この世界に不可能という言葉はありません。今、ここでも不可能だと思っていたことが現実に起ころうとしています。みなさんのご尽力で『浪速白虎党』に切り込む算段が整ったのです。今夜は出陣式で久々に『荒波』に集っていただいた次第です。乾杯した後、彦根議長に段取りを説明してもらいます。それではサムライブルーと『梁山泊』の勝利に、乾杯」

乾杯、とみなが唱和し、拍手をして着座すると、彦根が立ち上がる。

「ご指名ですので、『エンゼル創薬』攻略策をお伝えします。今回は補助金の不正使用を証明し真正面から攻撃を仕掛けます。浪速地検特捜部に強制捜査に入ってもらい、『エンゼル創薬』がワクチン開発に実際の支出をしていないことを、帳簿を押収して裏付ける予定です」

「実に目出度い。真っ黒な補助金の裏側を暴き浄化する、千載一遇のチャンスだ」

浪速ワクセンの元総長・宇賀神の言葉に、冷や水を浴びせるように白鳥が言う。

「宇賀神センセは相変わらず単純だなあ。厚労省は国の補助金の用途を調べないから、ワクチン精製施設を造るという建前があれば、建物を建てた後で別の薬剤の製造施設にしてもお咎めナシなんだ。その辺り、立証できる自信があるの、彦根センセ？」

「さすがに百億円規模で、何の施設もなければ、いくら何でも補助金詐取には問えるでしょう。『エンゼル創薬』はワクチン開発の実績はゼロだから、ワクチン作製の施設を新たに造っていなければならない。でも別宮さんの下調査ではそんな施設が造られた気配はないようです。ということは、これで詰むはずです」

「出たよ、久々に大ボラ吹きの『スカラムーシュ』降臨か。でも、ほんとに大丈夫かなあ。三木センセは、自己保身の点では用意周到なんだけど……」

白鳥技官の不安そうな呟きを上書きして消すように、別宮記者が口を開く。

「あたしはこの捜査を、『地方紙ゲリラ連合』で特集記事にします。あと『開示請求クラスタ』の佐保さんに、関連ネタをリサーチしてもらいます。腕が鳴るわあ」

そんな別宮記者の言葉に勇気づけられ、彦根は続けた。

「では続いて、強制捜査の概略について、主攻の鎌形さんにご説明をお願いします」

黒サングラスにダークスーツ姿の鎌形は立ち上がり、隣の千代田を立たせた。

「こちらにいるのは私の元部下の千代田検事で、先日まで東京地検特捜部で『東京五輪』の贈収賄事件を担当していました。事件捜査が一段落して、今は五輪大会事業を巡る入札談合疑惑で、特捜部と公正取引委員会が大手広告会社『電痛』を独占禁止法違反容疑で捜索しています。公取が捜査協力に入り少し手が空いたため若干名の人事異動があり、千代田検事は浪速地検特捜部に時限つきの出向になりました。これで最重要のラストピースが埋まったため、『エンゼル創薬』の補助金の不正使用疑惑にメスを入れる態勢が整いました」

鎌形が説明すると、千代田検事は胸を張り、朗々とした声で言う。

「明後日、関連する数ヵ所に強制捜査が入ります。これで『エンゼル創薬』の補助金の不正使用疑惑に一気にメスを入れます。電光石火・鎌形班、復活です」

村雨総帥は、鎌形と千代田に握手を求めた。固く手を握り、言う。

「長い間、日本の検察は本来の姿を忘れていました。明後日は検察の再生の狼煙となるでしょう。鎌形さん、千代田検事、よろしくお願いします。さて、この戦いは以後、各部隊の責任者にお任せすることとして、私は浪速を奪還する際の新しい旗印作りに専念させていただきます。今一度、われらの勝利を祈って乾杯し、無礼講とします。ではみなさん、乾杯」

二度目の乾杯を唱和した後、誰もが興奮して互いに語り合う中、三角帽子を被った白鳥だけが、むっつりと押し黙って杯を重ねている様子が、強烈な違和感を醸し出していた。

二日後の十二月六日早朝。浪速は快晴だった。

淀川のほとりにある浪速地検の建物のふもとに、二人の男性が立っていた。

浪速地検特捜部ＯＢの鎌形雅史と、現役の千代田悠也検事である。

「それにしても、千代田も二十年選手なのに、未だに地検特捜部を仕切れないとはがっかりだね」

鎌形の言葉に、千代田は口を尖らせる。

「無茶を言わないでください。安保の守護神の黒原＝福本ラインの監視下で、どれほど隠忍自重、臥薪嘗胆させられたと思っているんですか。私は思う存分腕を振るうわけにいかなかったんです。全て、最初の上司がわがままに暴走したせいです」

「ごめんごめん、昔のことをすっかり忘れていたよ、千代田」

そこに二台のマイクロバスが走ってきて、二人の傍らの路傍に停車した。

その一台から、ジャンパーに作業ズボンの労務者風の風体の男性が降り、近づいてくる。

「なんや、相変わらず大の大人がじゃれおうとるんか。ほんま、気色悪いで」

鎌形は、黒サングラスの奥で、目を細めて微笑する。

「そんなつれないこと言うなよ、比嘉。千代田とは久しぶりだろう。挨拶くらいしたらどうだい」

かつて浪速地検特捜部で電光石火・カマイタチ部隊の右腕だった、比嘉哲之だった。

「頼りなかったひよっこのボンも少し苦労したせいか、押し出しだけは、ちいとは見られるようになったようやな。せっかく浪速に戻ってきたんやから、可愛い女の子でも紹介したろか」

「この案件が終わったら、お願いします」と、千代田は飄々と答えた。

比嘉が目配せをすると、もう一台のマイクロバスから青年が降り立ち、比嘉の側に立つ。がっしりした体つきの青年は、柔道の有段者のような佇まいだ。

「ほな、行きまひょか、千代田検事」

その言葉にうなずいた千代田は、比嘉に従って浪速地検の建物に入っていく。

その後ろ姿を鎌形は、黙って見送った。

三十分後、千代田と比嘉の二人の後に従い、十名ずつの背広姿の男性たちが現れた。

誰もが憮然（ぶぜん）とした表情だ。セリに向かう肉牛のように、二台のマイクロバスに分乗した。

出発準備が整うと、千代田と比嘉が鎌形の側にやって来た。

「準備完了でっせ、鎌形はん。出陣の気合いを入れてや」

そう言って差し出した比嘉の指先が、かすかに震えている。

百戦錬磨の無頼漢、比嘉でも、強制捜査となるといまだに武者震いするんだなと思い、鎌形は微笑した。そしてその手を握り返す。

「頼んだよ、千代田、比嘉。電光石火・鎌形班が健在だと、検察の連中に見せつけてやれ」

鎌形と握手を交わした千代田と比嘉はそれぞれ、別のマイクロバスに乗り込んだ。

そして二台の大型車両は、別々の方向へと走り去った。

ひとり残された鎌形は、空を見上げる。

高い秋空の下、ムクドリの群れが飛んでいるのを見ながら、ゆっくりした足取りで淀川沿いの土手を歩き始めた。

その日のSNSには「浪速市役所、ガサ入れされたみたい」という呟きが多数上げられた。だが大手メディアがそのニュースを後追いすることはなく、その夜のうちにそうした呟きは、川面(かわも)の泡のように消え失せていた。

＊

翌日。天馬大吉は、「浪速ワクチンセンター研究開発局」の粗末なバラックにひとり、コロナウイルスの抗原のＤＮＡを、培養細胞に組み込む基礎実験をしていた。

天馬は研究室にひとりきりだった。宇賀神元総長と、天馬の共同研究者の鳩村誠一(せいいち)は、来年度の予算配分会議に一緒に呼ばれ、本部に行っていて朝から不在だった。

培養液を入れた十枚のシャーレに、感染させた細胞株を散布する継代作業に一区切りをつけた天馬は、腕をぐるぐる回しながら、培養室から出てきた。

一休みするか、と思い控え室に入ると、そこに一人の男性が立っていた。

緑色の高級スーツは仕立てらしく、小柄で小太りの体型にぴったり合っている。

一見、隙のない着こなしなのに、どこか締まりがなく、だらしない感じがする。

——ずんだ餅……。

　思わず言いかけた天馬は、あわてて口元を押さえた。

「お久しぶりですね、天馬先生」

　目上の相手から、先に挨拶を投げられた天馬は、少し焦って言う。

「三木教授、今は教授会の最中なのでは？」

「教授といっても、所詮、寄付口座の教授ですから、本チャンの教授会にはお呼びがかからないんです。まあ、気楽な身分ですよ」

　そう言って三木顧問は、へちゃっと笑う。「ずんだ餅」が潰れた音がした。

　うん、やっぱり「ハンペン小僧」は違うよな、と天馬はひとり合点した。

「今日は、どうされたのですか？　生憎、宇賀神はおりませんが」

「ええ、だから来たんですよ。タコ入道抜きで君と一度、サシで話したかったのでね。お時間はよろしいですか」

「ええ、ちょうど実験が一区切りしたので、一休みしようと思ったところでした」

　そう答えた天馬は背筋が寒くなる。言葉はフレンドリーなのに目が笑っていない。

　天馬はカップを二つ出し、インスタントコーヒーを作り、三木顧問に差し出した。

　ありがとう、と言って受け取った三木顧問は、両手でカップを包み込むように持ち、口を尖らせ、ふうふう、と吹いた。

自分をじっと見つめている天馬に気がつくと、照れたように笑う。

「私は猫舌でしてね。気になさらないで、召し上がってください」

天馬はうなずいて、珈琲をひと口、飲んだ。

「天馬先生は単身で渡米して、ニューヨークのマウントサイナイ大学の病理部で研修されたそうですね。あまり海外に出たがらない、昨今の若者にしては珍しく、見上げたものです」

「いや、アラフォーですから、若者と呼んでいただくのは微妙です」

天馬がそう言うと、三木顧問はいきなり本題を切り出した。

「単刀直入に申し上げましょう。研究の最高峰、ワシントンのNIHに留学してみませんか？　実は私には伝手がありましてね。ご紹介できるんですよ」

天馬は、思いもよらない申し出に、一瞬フリーズしてしまった。

米国感染研究所（NIH）は、コロナ禍の現代で誰もが知る、最高峰の感染症研究所だ。いやしくも感染症関連の研究をしている者にとっては、憧れの聖地である。

驚いて黙り込んでしまった天馬に、三木顧問は微笑して言う。

「いきなりでビックリされたかもしれませんね。私は天馬先生に注目していたんです。あんなタコ入道の下で、若い才能が押し潰されてしまうのが、なんとも切なくてね」

「宇賀神元総長は、とてもよくしてくださっているので、不満はありませんが」

「うんうん、わかるわかる。最初はみんな、そう言うんです。けれどもしばらく私と話していると、ため込んだ不満や鬱屈が噴き出してくる。タコ入道は昼まで戻らないから、それまでお互いに肚を割って、ゆっくり話し合いましょう」

天馬は時計を見た。午前十時。ボスの帰還まで二時間ある。

白鳥技官と彦根医師に、三木顧問に探りを入れて見張れという特別指令を受けた身としては、願ったり叶ったりの展開だ。

幸い次の実験は六時間後だ。天馬は本腰を入れ、浪速大のずんだ餅、白鳥命名のハンペン小僧、安保トモの政商医である、悪評高い「エンゼル創薬」顧問・三木正隆と、真正面から対峙しようと肚を決めた。

「不満がないと言えば、嘘になります。でもかつてマウントサイナイ大に留学した経験からすると、ＮＩＨに行っても、ろくな研究課題をもらえない可能性が高いと思うんです」

「そこはご心配召されるな。私が万全のフォローをします。種明かしをすると、私が顧問を務める『エンゼル創薬』の田山社長が、若手研究者の支援システムを作りたいと申し出て、候補者の選定を任されたんです。その時、天馬先生のことが浮かんだのです。独自に新型コロナのワクチン開発を研究しているので、私がプッシュすればＮＩＨでも重要なスタディを任されると思いますよ。どうです、いい話でしょう？」

三木顧問の悪行三昧を「梁山泊」会議で散々聞かされた天馬でさえ、思わず心が揺れてしまうような、素晴らしい申し出だ。普通ならわけなく籠絡されてしまうな、と合点が行く。

「はあ、でも今取りかかっている研究の結果が出そうなので、それを論文にまとめるまで、留学はちょっと……」

すると三木顧問は、姿勢を崩しネクタイを緩めると、いきなり口調までラフになる。

「バカだなあ。私は研究を中断して行け、とは言ってないよ。むしろその研究を持っていけば、NIHでも最上級の扱いで優遇されること間違いなし。そうすれば米国の製薬会社と直結できるかもしれないから、未来展望は格段に変わってくるよ」

このままだと三木顧問に押し切られてしまう、と危惧した天馬は一撃を返した。

「それって、先生が開発した『コテコテジャン』のような展開ができる、という意味ですか」

三木顧問の目が細くなる。うっすらと口元に微笑を浮かべる。

「おやおや、ボクシングでいえば、最初の手合わせのやりとりのつもりだったのに、いきなり右ストレートを放つとは礼儀知らずだねえ。さすがは下品な『梁山泊』の一員だけのことはある」

天馬の右ストレートに、三木顧問はクロスカウンターをかぶせてきた。

まともに一撃を食らった天馬は、目を白黒させた。動揺を隠しきれない。

「天馬先生を洗脳している、あの連中に未来はない。私は君を救いたいんだ。日本のシステムのキモを知らなければ、一生浮上の目はない。私は優秀な若者をすくい上げ、世界に通用する人材としてデビューさせてあげたいんだよ。そうしないと日本は沈没してしまう。米国にいたなら、君も没落する日本の姿に苛立った口だろう?」

天馬の脳裏に、出口の見えない留学生活の苦しさが鮮やかに蘇る。

米国でアジア人と言えば、今や中国人か韓国人という認識だ。

街を歩けば「チャイナ?」と声を掛けられる。そうでないとわかると「コリア?」とくる。

もはや「ジャップ」は、侮蔑の対象にすらなっていない。

「留学は『エンゼル創薬』が全面的にバックアップするから、天馬先生は研究に専念すればいい。あの会社の経営規模からすれば、ひとり分の留学費用など取るに足らない、些細なものだよ」

「交換条件は何ですか?」

天馬の言葉に、三木顧問の目がいよいよ細くなる。

「交換条件なんてない。あえて言えば、三年ほどワシントンで最先端の研究の空気を吸ってきて、日本に持ち帰ってもらいたい、ということくらいかな」

天馬の心は、本当に揺らぎ始めた。そんな自分を叱咤するように、天馬は言う。

「素晴らしいお話ですが、やはりお断りします」

そう言うと、小さく息を吸い込んだ。そして三木顧問の目を見つめる。

「そこまで僕を買ってくれた三木教授に感謝の気持ちを込めて、白状します。僕は『梁山泊』のメンバーから、三木先生の監視をするように頼まれています。僕って不器用なので、二重スパイには向いていないんです」

「それは残念だね。せっかく天から降りてきた蜘蛛の糸を引きちぎるなんて、暴挙だよ。まあ、愚かな若者らしい選択だとも言えるがね。絶対、後で後悔すると思うんだけどな」

三木顧問の言葉に、天馬は言い返す。

「僕は、国民の税金をかすめ取ることに長けた三木教授のような、『エスタファドール』紛いの真似は御免蒙りたいんです」

「いや、私は闘牛士みたいに、勇猛果敢じゃないよ」

さすがに面と向かって「詐欺師」と罵る度胸がなかった天馬が使ったスペイン語を誤解して、三木顧問は照れたように言う。

「エスタファドール」と「マタドール」は、響きは似ているけれど、その性質は真逆なのだが。

三木顧問は、うっすらと笑みを浮かべて言う。

「そこまで言うなら、私も釈明させてもらおう。『コテコテジャン』は日本初の遺伝子治療薬だが、日本の横並びの岩盤規制に従う製薬団体から猛反発を受けて、治験症例が集まらず認可が取り消されてしまった。でも私は、既得権益層の圧力に屈したりはしない。岩盤規制を破壊してくれた安保元首相の遺志を継いで、日本の医療の構造改革をするのは、私に託された使命なんだ」

自己陶酔の言葉に胸焼けを覚えた天馬は、思わず問い返す。

「『浪速万博』に総合プロデューサーとして関わるのも、その使命感からなんですか？」

「その通りだよ。私には『アンチエイジング』という、世に広めたい考えがある。それが実現されれば、全ての人類が幸せになれる。そのために『効果性表示食品』というクライテリアを作り、市民を啓蒙しているんだ。『浪速万博』はその総仕上げになる。日本が世界のど真ん中で咲き誇るためには、『浪速万博』はどうしても必要なイベントなのだよ」

天馬の胸の動悸が激しくなる。

三木顧問の素性を全く知らずに、今の話を聞いたら、コロリと騙されていたかもしれない。

そう、彦根先生から聞いた、東城大の若手医師のように……。

いや、そもそもそれは、騙されるといえるのだろうか。

本当にこの人は、心の底からこんな風に信じているのではないのか。

そんな風なことまで思わされてしまった。

天馬をじっと見つめた三木顧問は立ち上がると、緑色の背広の襟を、両手でぴん、と伸ばす。

「どうやら交渉は決裂したようだね。でも、もし途中で気が変わったら、『エンゼル創薬』の本社を訪ねてきなさい。場所は、先生のお仲間が知っているはずだ。何しろ昨日、浪速地検特捜部の強制捜査を食らったばかりだからね」

そう言って、ふ、と微笑して、三木顧問は続けた。

「そうそう、村雨さんにお伝えください。いくら捜査をしても、私のところからは塵ひとつ出ませんよ、とね。そんなことくらい、とっくにおわかりかと思っていたから、がっかりしたよ。そんな低レベルの戦略で何とかなると思われるとは、私も見くびられたものだ」

捨て台詞を残して三木顧問が立ち去ると、天馬はぐったりと椅子の背もたれに身体を預けた。

ふとテーブルを見遣ると、三木顧問が飲み残した珈琲は、とっくに冷めていた。

カップの縁には珈琲のしずくが垂れて、薄汚く見えた。

たとえほんの一瞬でも、三木顧問の言葉に気持ちが揺らいだ自分が情けなくて、厄払いの塩を撒(ま)いて、お祓(はら)いしたくなった。

天馬は打ちのめされた気持ちを抱えて、小さく呻いた。

19章　ドラキュラ・エンゼル

十二月八日　浪速大・インキュベーションセンター

「エンゼル創薬」の三木顧問の訪問を受けた翌日、天馬は浪速ワクセン研究棟で、細胞培養の実験をしていた。一段落して実験室を出てくると、またも来客がいる。

厚労省の火喰い鳥・白鳥圭輔技官と、「スカラムーシュ」の異名を持つ彦根新吾である。煙ったい二人が揃っているのを見て、天馬は「天中殺かよ」と呟く。

一瞬、回れ右をして逃げ出そうか、とも思ったが、白鳥技官に目ざとく見つけられてしまったので、カンファレンス・ルームに入るしかなかった。

「やあ、天馬センセ、昨日はとんだ災難だったね」

「ええ、ほんとにびっくりしました」と言いながら、今日もまだ災難が続いているんですけど、と思ったものの、口には出せない。

「ところで今日はどうして、お二人お揃いでここにお見えになったんですか？」

「そりゃあ天馬センセのところに『ハンペン小僧』が現れたって聞いたからさ。でもそれはついでで、この後、鎌形さんのところで捜査の進捗状況を確認しようと思ったんだ。押収書類の解析を始めたんだけど旗色が悪そうでさ。捜査の方針転換も検討しなくちゃいけないなと思ってね」

彦根先生の顔色が悪いのはそのせいか、と天馬は合点が行った。

「ところで天馬センセ、ここではお客に珈琲とか出したりしないの？」

「失礼しました」と言って、あわてて三人分のインスタントコーヒーを入れる。

「僕は角砂糖を四つね」と言われ、「よ、四つですか？」と驚きながら準備する。

彦根はブラックだ。天馬は二人の前に座ると、なんだか落第生の追試の口頭試問みたいだな、と思いながら、昨日の経緯を話した。

「ふうん、つまり三木センセが粉をかけてきて、天馬センセの気持ちが揺らいじゃったんだね。それなら天馬センセ、今すぐ三木センセに連絡取りなよ」

「どうしてですか？」

「だって天馬センセはＮＩＨに留学したい、とちらりと思っちゃったんでしょ。だったらその可能性を追求するのは、悪いことじゃないもの」

「でもそんなことをしたら、『梁山泊』に対する裏切り行為になってしまうのでは？」

「どうせ、『エンゼル創薬』のあぶく銭なんだから、気にせずにもらっとけばいいんじゃない？　魂まで売るつもりはないんでしょ？」

天馬は動揺する。この人は、一体どこまでが本音なんだろう。

まさか、全部本気なのか？

「ほらほら、天馬センセ、グズグズしない。『エンゼル創薬』の本部に、今すぐ三木顧問にお目に掛かりたい、と電話しなさいよ。善は急げ、幸運の女神はアズ・スーン・アズ・ポッシブルで、しっかり捕まえておかないと、すぐに逃げちゃうよ」

「でも、三木教授から名刺をもらってなくて……」

「くああ、ドンくさいな。そんな時は、どうして彦根センセのお弟子さんって、こんなにトロいヤツばっかなんだよ。師匠が面倒を見てあげるもんだろう」

はあ、と生返事をした彦根は、天馬のスマホで検索する。そして電話を掛けると、ほい、と天馬に返した。天馬はあわてて、通話中になったスマホを耳に当てる。

呼び出し音が五回した後、女性の声が聞こえた。

「あの、浪速ワクチンセンターの天馬と申します。可能でしたら、三木教授にお目に掛かりたいのですが。ええ、できればなるだけ早く。はあ、はあ、わかりました」

電話を切ると、天馬は白鳥に言う。

「三木先生は外出中なので、連絡が取れ次第、コールバックしてくれるそうです」

「それじゃあ彦根センセ、次に『エンゼル創薬』の本部の住所を調べて」

「なんで僕が……」とぶつぶつ言いながらも、彦根は瞬時に調べ上げる。

「ふうん、本社は浪速市の端っこのベンチャー団地内か。賭けてもいいけど三木センセは一時間以内に連絡を寄越して、会社じゃなくて浪速大のどこかに会合場所を設定してくるよ」

そう言っていたら、天馬の携帯が鳴った。

「はあ、わかりました」と言って電話を切った天馬は、白鳥の顔をまじまじと見た。

「三木先生から、明日十三時、浪速大学キャンパスのインキュベーションセンターの三〇六号室に来て欲しい、とのメッセージがあったとのことでした」

「ほらね、言ったとおりでしょ。明日はランチの腹ごしらえをしてから、『エンゼル創薬』の留学応募面接に出掛けよう。そうだ、せっかくだから浪速大の学食にしようか。『天津麻婆丼』は絶品だと評判だから、学食マニアの僕としては、いっぺん食べてみたかったんだよね」

「あの、ひょっとして白鳥さんも、三木先生との会合に同席するつもりなんですか？」

「あったりまえでしょ。オファーをきっぱりお断りになった天馬センセが、今さら話すことなんてないでしょ。この僕が三木センセとお話ししたくて、連絡を取ってもらったんだよ」

「つまり、僕をダシにしたわけですね」

「うん、そうだよ。でもさあ、ダシになれただけでも光栄だと思いなよ。鶏ガラも肉がほとんどなくてもスープのダシにされ、最後までとことん活用される。天馬センセも『浪速奪還プロジェクト』の肥やしになれるんだからさあ」

言いたいことはわかるが、出汁だの肥やしだの、イヤな喩えだな、と天馬は思った。

浪速大インキュベーションセンターは、浪速市郊外の浪速大キャンパスの端にある。四角四面の、昔の公営団地のような建物で、部屋はワンフロアに十二室ある。フロアは中央に十字に走る廊下で四分割され、各区画に三室ずつある。つまり各階に十二室、四階建てだから、全部で四十八室あるわけだ。

「エンゼル創薬」は、三階の一区画の三室分を占有していた。

一番手前の部屋を訪問すると、白衣姿の若い男性が姿を見せた。彼の肩越しに部屋を覗くと、エアドラフト内の試験管立てに何本か、試験管が立てられている。培養の作業中のようだ。

「三木先生のお部屋は二つ隣で、一番奥です」と教えられた三人は、廊下を歩く。

西の端の部屋の入口に「プログラムディレクター・三木正隆」というネームプレートが掲げられていた。天馬が扉をノックをすると、中から「どうぞ」という声がした。扉を開けると、部屋はがらんとしていて、椅子に座った三木顧問がスマホをいじっていた。

「ちょっとお待ちください。今、メールを一本、ケリをつけてしまいますので」

三木顧問は、メールを打ち終えると、「よし、送信」と言って顔を上げる。

そして立ち上がると三人を部屋に迎え入れた。

「これはこれは、留学志望のお友だちを紹介してくれるのですか」

「いや、僕たちは……」と言いかけた彦根を、片手を上げて制し三木顧問は微笑する。

「は、アメリカン・ジョークですよ。お二人のことはもちろん存じ上げてます。厚労省の白鳥技官と、浪速大ワクセンの客員教授の彦根先生、ですよね」

「彦根センセはいつの間に客員教授になったの？」と白鳥技官がこそこそ話しかける。

「さあ、身に覚えがないので、ガセじゃないでしょうか」

「そんな所でひそひそ話していないで、そちらのソファにお座りください」

三木顧問は、部屋の奥の冷蔵庫からペットボトルのお茶を出し三人の前に置いた。

「さて、昨日の今日ですから単刀直入に伺います。まさか天馬先生が改めてＮＩＨに留学したい、と考えを変えたのではありませんよね。そうなら一人でお越しになるはずですから」

答えようとした天馬より先に、白鳥が口を開く。

「実はそのまさか、なんだよね。天馬センセはＮＩＨに行きたいという気持ちになったんだけど、僕たちに遠慮して言い出せずにいたんだよ。だから僕は、それはそれ、これはこれ、三木センセはそんな細かなことを気にするような、度量の小さな人じゃないよってアドバイスしたんだ」

「白鳥技官がなぜ私のことを、そこまで高く評価してくださっているのかは謎なんですが、まあ、おっしゃる通りです。で、どうします？　留学の手続きをしますか？」

「いえ、僕はそんなに神経が図太くないので……」

「そうでしょうね。私に話があるのは、白鳥技官なんでしょう？」

白鳥は、肩をすくめて苦笑する。

「バレてるなら、率直に行くよ。三木センセに要求したいことが三つあるんだよね。ひとつめは、国からもらった『コロナワクチン開発』の補助金を返還すること」

「無理ですね。そうする理由がありません」

「ま、そうだろうね。二つ目は、『浪速万博』の総合プロデューサーを辞退すること」

「それは私のライフワークに関わる、今の私の生きがいなので、やはり無理ですね」

「それじゃあ三つ目は、『加齢抑止協会』の審査を透明化して、これまでに認可が下りた製品の再レビュー制度を新設すること」

「全く必要を感じません。したがって対応は致しかねます」

「くああ、パーフェクト・ゼロ回答かあ」

「当たり前でしょう。そもそも、あなたの申し出は『エンゼル創薬』には百害あって一利なし、受け入れるメリットが全くありませんから」

「そんなことないよ。三木センセがお縄にならずに済むって重要なメリットでしょ」

三木顧問は、ふう、と吐息をついた。

「確かに一昨日、ここに強制捜査が入りましたが、私を罪に問うのは不可能です。私は違法行為は一切しておりません。特捜部は補助金の不正取得での立件を目指していらっしゃるようですが、それが無理筋だというのは、白鳥技官が、誰よりもよくご存じなのではありませんか」

「実はそうなんだよ。その無理筋で突っ張ろうとしてるのは、意地っ張りの彦根センセなんだ。ほら、大ボラ吹きの彦根センセ、選手交代だよ」

白鳥技官に言われ、「きったねえ」と小声で呟いた彦根は改めて三木顧問を見た。

「それでは遠慮なく。三木先生は、『ＤＮＡプラスミド法』を画期的な独自技術だと喧伝していますが、論文の裏打ちはないでしょう」

「いや、論文は発表していますよ」

「でもそれは、金さえ出せば、どんな論文もアクセプトするハゲタカジャーナルの一本で、しかも数値を並べただけの、論文とは言い難いお粗末な代物です。加えて当初の研究計画で今年三月に試験が終わるはずが、ＪＲＣＴ（臨床研究等提出公開システム）への登録内容を今年六月終了に変更した挙げ句、進捗の状況を『募集終了』のままにしてあることが大問題です。計画を変更したら倫理委員会からやり直す必要があるはずです。これでは臨床試験をやっていない、と疑われても仕方ありませんよ」

「それは事務手続き上の不手際ですね。田山社長に、変更させておきます」

老練な三木顧問に、渾身の追及をあっさり躱され焦る彦根は、懸命に追いすがる。

「『エンゼル創薬』が『新型コロナワクチン開発』に着手する際、三木先生は『半年後に浪速市民の二十万人に接種が可能と考える』とおっしゃいましたが、結局は実現しませんでした。それは風説の流布や薬機法違反に抵触しませんか？」

三木顧問は、薄笑いを浮かべて、余裕綽々で答える。

「それは白鳥技官もおわかりのはずですが、不都合だからお答えになりたくないのでしょう。ですので代わってお答えします。実は今、彦根先生が私を呼んだ肩書きに答えがあります。私は、『エンゼル創薬』の『社長』ではなく『顧問』であり、経営には関与しない一般人に近いポジションです。一般人の私がどんな感想を述べても薬機法にはひっかからず、将来性を力説しても風説の流布にはなりません。単に私の考えに共鳴してくださった人たちが、善意で投資や支援をしてくれているだけなんです」

「本当に、そんな屁理屈が通るんですか？」

驚いた彦根は、隣の白鳥技官に小声で尋ねる。

「うん、まあ。だから補助金サギは立証が難しいから、無理筋だって言ったでしょ」

「おやおや、こんなところで仲間割れですか。『梁山泊』の主攻が始まる、と聞いたのでどんな猛攻かと思ったら、ロートルのカマイタチの力任せの無理攻めの挙げ句の果てに、このていたらくとはね。せめて事前の打ち合わせくらい、しっかりしてきてくださいよ」

「なんで、そんなことまで知ってるのさ」と白鳥技官はぎょっとして言う。

「こうみえても私にはファンが多く、いろいろサポートしてくれる人がいるのです。私の会社が『ワクチン開発』で実績がないのに手を上げた、と非難されますが、ワクチン開発の実績がないのはうちだけではなく、日本の製薬業界全てです。今、日本の製薬会社は外国製品の卸販売業者に成り果てています。私たちが先陣を切って開発に着手したのは、その俠気（おとこぎ）を褒められこそすれ、非難されるのは見当違いです」

「それはウソです。日本でワクチン作製は『浪速ワクセン』を始め、いくつかの組織でやっています」と天馬が気色ばんで言う。

「天馬先生は宇賀神先生に毒されて、グローバルな観点がすっぽり抜け落ちています。ワクチンは世界的には筋注が主流です。でも日本では皮下注がデフォルトで、その根拠は、昭和二十三年に公布された予防接種法なんです。七十四年前のままなんですよ？　それが日本のワクチン開発の足を引っ張り続けている。皮下注がベースの日本が、力価を強くできる筋注が主体の世界のワクチン開発競争に勝てるわけがない。そんな重要なことを長年、放置し続けた厚労省のお役人に、とやかく言われたくありません。私は安保元首相と二人三脚で、そんな『岩盤規制』の打破を目指したんです」

白鳥技官がうなずいて言う。

「三木センセの言い分は大体わかった。そんな風にして安保元首相や、『ナニワ・ガバナーズ』をたらし込んだんだね。今の指摘はまったくその通りだから、反論はしないよ。従来の既成概念に囚われない『エンゼル創薬』が、『コロナワクチン開発』に手を上げた理屈も通る。立派だけど、実際の開発着手は見せかけでしょ。そこが三木センセのウイークポイントなんだよね」

三木顧問は微笑して、朗々と言い返す。

「開発費が過大に見えるのは、設備投資が大きいからです。『DNAプラスミド』は大学の研究室規模でできます。実際にここで作製した『DNAプラスミド』を基に、大量生産に取りかかる準備をしてましたが、小規模治験で効果が不十分と判明したため、涙を呑んで撤退したのです」

「ワクチン開発の実状を知らない新聞記者や、勉強不足の官邸官僚ならその程度で騙せるんだろうけど、僕の目はごまかせないよ。それなら補助金は百億円も必要ないじゃないか」

「厚労省の医系技官である白鳥技官には釈迦に説法ですけど、諸手続の費用とか、実際の大増産体制に移行する準備として海外拠点に支払う前払い金とか、新たなワクチン開発にはそれなりの手付金が必要になるんです」

「派手な宣伝広告や取材依頼に対する報酬、増資に関する諸費用とかも、でしょ」

白鳥の言葉に、それまで威勢のよかった三木顧問は、口をつぐむ。

「あれえ、急に黙り込んじゃったね。せっかくの機会だからひとつだけ、アドバイスしてあげようか。実は三木センセには、大きな欠点が、ふたつもあるんだよね。ひとつは辛抱ができないことだ。だから安保元首相が暗殺された直後に、尻尾丸出しのあんな論説を寄稿しちゃったりするワケ。もうひとつはダンジリ体質ってヤツ？　神輿が出るとてっぺんに立ち俺が一番だあ、と叫び出したくなっちゃうことだ。今後は少し気をつけた方がいいよって言ったところで、今さら遅いかな。それができていたら、もっとビッグになってただろうからね」

白鳥技官のガトリング砲に気圧(けお)された三木顧問は、「余計なお世話です」と吐き捨てる。

「というわけでそんな三木センセの本丸を潰すため僕は手を打った。今回の捜査はインサイダー取引を焦点に絞ったんだ。たとえば鵜飼府知事の関係者が『エンゼル創薬』の株取引に、怪しいタイミングで関わっていたら、三木センセも鵜飼府知事も一発アウトだよ」

「そんなこと、あるはずがありません。鵜飼府知事は弁護士出身ですから、さすがにその辺りは十分ご存じのはずですので」と言って、三木顧問はうっすら笑う。

「うん、そうだね。だから特捜部は鵜飼府知事でなくコンプライアンス軽視の浪速のおっちゃん、皿井市長をターゲットにしてる。ほら、顔色が陰った。三木センセの周りに集まる連中で、あのタイプが一番のリスクファクターになるってことは、さすがに認識してるみたいだね」

「皿井市長も、そんな足跡を残すわけがない。ハッタリは利きませんよ」

「これまで、数々の疑惑をごまかしてすり抜けてきた三木センセは、余裕綽々だね。SECのような組織がない日本で、その役割を果たす地検特捜部は、これまでは隠然たるフィクサーの安保元首相が押さえてくれた。でも頼みの綱の安保大明神がいなくなり、状況は変わった。その現れが今回の浪速地検特捜部による強制捜査だよ。そんな変化を感じたから、三木センセも焦って天馬センセに粉を掛けてきたんでしょ。いや、急いで反論しなくてもいいよ。本題はここからなんだから」

白鳥技官は、小さく息を吸うと、続けた。

「『エンゼル創薬』は、経営危機に陥ると新しい話題をぶち上げて株価を吊り上げ、新株割り当てによる増資を繰り返して生き長らえてきたという悪評が高い。そのため投資家界隈では『株券印刷会社』という、こっ恥ずかしい評価だよ。三木センセは唯一の目玉製品『コテコテジャン』を手を変え品を変え持ち上げて、それにすがりつくしかなかった。そうしてその都度ギリギリの綱渡りで蘇生してきたわけさ。妖怪ドラキュラのように、投資家の生き血を啜って生き長らえてきたわけだ」

三木顧問は目を細める。その顔から笑みは消えている。

「二〇二〇年三月、コロナ治療薬開発に乗り出すと盛大に公表する直前の二月十七日、『エンゼル創薬』は約百億円相当の新株予約権発行を表明した。受け手は実際の購入者を特定されないようにするために全株、フェリペ証券が引き受けている。大量新株発行により希薄化されてしまったため、株価は翌日にストップ安、二月二十五日には一気に三百円まで下落してる。ところがここでとんでもない神風が吹いた。鵜飼府知事が『浪速ワクチンの九月までの開発』をぶち上げると株価は九百円に急騰し、更に『二〇二一年中の実用化を目指す』と発言した直後の六月二十六日には、底値の八倍の二千五百円まで跳ね上がった。鵜飼府知事の発言と株価は見事に連動してるワケだ。そしてワクチン開発断念を表明した今の株価は、百二十円と大暴落している。それでも三木センセが平然としていられるのは、株価を上げて創業者利益を得ようという、健全な考えをこれっぽかしも持ち合わせていないからなんだよね。むしろ今は株価が下がりきった方がいい、とすら思ってるはずさ。僕には全部わかっちゃったんだよね、三木センセの錬金術のトリックが」

緑色の背広姿の三木顧問は、椅子にふんぞり返る。

「せっかくですので、謹んで白鳥技官のご高説を拝聴させていただきましょう」

「ポイントは株価の乱高下と新株発行、画期的に見えるニュースの公表時期を、三木センセがコントロールできる、という点なんだ。株価が底を打ったところで新株を発行し、更に株価を下げる。そこで『コロナワクチン開発』という花火を打ち上げ株価を急騰させ、高値で売り抜ける。これは『コテコテジャン』で修得して以後、繰り返してきた、バカのひとつ覚えの必殺技だよね。そんでもってこの点に関してはさすがに三木センセは用心深い。けど、もうひとつの裏の、返しの稼ぎについては、意外に無防備だったんだよね」

三木顧問は沈黙するが、彦根が代わりに訊ねる。

「何なんですか、返しの稼ぎって」

「高値の頂点での空売り、という荒技さ。持っていない株を売って、後で買い戻す信用取引を悪用したんだ。三木センセは、知人を介して空売りを仕掛けた。空売りで怖いのは、買い戻す時に株価が上昇していたら莫大(ばくだい)な損害を蒙ることなんだけど、三木センセは株価が上がるはずがないということを確信してた。そりゃそうさ、そもそも実際は『ワクチン開発』に着手すらしていなかったんだからね。逆に成功したら困るんだ。これが普通の感覚を持つ僕たちには、盲点だったんだ」

そう言って、白鳥は三木顧問を指さした。

「『エンゼル創薬』は、絶対に成功を目指そうとしていない、類い希(まれ)なる不健全な製薬会社なんだよ。そんな変態企業は、とっとと市場から退場していただかないといけないよね」

三木顧問は、ようやく口を開く。

「大変興味深いお話ではありますが、客観的な証拠は何ひとつありません。そうすると、エキセントリックな変態官僚の、単なる妄想話としか認識されないでしょう」

「バッカだなあ。その証拠を得るために、強制捜査を掛けたんだよ。補助金詐欺疑惑は引っかけで、インサイダー取引が本筋なんだけど、そこから更に変化球で、空売りによる利益取得をメイン・ターゲットにしてるってワケ」

隣で聞いていた彦根は啞然とする。

最初の計画がうまくいかなそうだから方針転換したのに、まるで最初から画策していたかのような物言いだ。だが三木顧問には効果的だったようだ。

「なるほど、では今後も『梁山泊』の動向は注視させていただきます。ところで私も多忙な身でして、天馬先生に留学する気がないなら、そろそろお引き取り願いたいのですが……」

「もちろんもちろん。長々とお邪魔して、失礼しました」と言って白鳥技官は、出されたお茶のペットボトルをポケットにしまい込むと、あっさり引き下がった。

彦根と天馬と一緒に建物の外に出る。

午後の陽射しが眩しい。

「いやあ、実物を見といた方がいい、という彦根センセのアドバイスはよかったよ。あのひと言がなければ、三木センセに会いに行かなかったもん。所詮は雑魚だったけど、なかなか面白かった。さて、真面目に仕事をしたらお腹がすいちゃったな。浪速大の学食センターでおやつにしよう。『天津麻婆丼』は美味しかったけど、やっぱり学食の基本は、たぬきうどんだよね」

「まだ食べるんですか」とうんざり顔で彦根が言う。

すると、天馬が白鳥の発言の問題点を指摘する。

「浪速に、たぬきうどんはありません。たぬきは『揚げ＋そば』で、きつねが『揚げ＋うどん』になります。関東のたぬきうどんは、浪速では素うどんのことなんですよ」

「え、そうなの？」と言った白鳥は、その日一番の動揺した表情になった。

「天馬クンは、すっかり浪速の人間になっちゃったんだね。そういえば最近小耳に挟んだんだけど、『天津麻婆丼』のことを学生は、略して『テンマ』というらしいね」

微笑した彦根にそう言われて、天馬はなんともいえない微妙な表情になった。

その頃、電話を掛けていた三木顧問は、汗を拭き拭き、何者かに報告していた。

「先生の予測通り、先ほど白鳥技官と彦根がやってきて言いたい放題をして帰りました。浪速地検特捜部の狙いがインサイダー取引だったのは先生の読み通りでしたが、私のデフォルトの空売りをターゲットにされたのは想定外で……はあ。なるほど。今後はどう対応すれば……。え？　先生ご自身が？　それには及ばないかと……。失礼しました。その通りです。わかりました」

冷や汗をぬぐいながら、電話を切った三木顧問は、ふう、と吐息をついた。

「白鳥技官は、藪（やぶ）をつついて蛇（へび）を出してしまったな。愚かな人だ」

20章　赤い蝶のサンバ

十二月十六日　関西国際空港

三木顧問との剣呑な会見を終えた一週間後、彦根は別宮記者と二人で、朝から菊間総合病院のカンファレンス・ルームで打ち合わせをしていた。

別宮記者はこの後、作家・終田千粒と一緒に、歴史学者の宗像壮史朗博士のお宅を訪問するので、その前に彦根から強制捜査の情報を聞くために、やってきたのだ。

一通りの情報を聞き終えた別宮記者はテレビを点けた。ちょうど、朝八時台のワイドショーが始まる時刻で、一通りザッピングしてサクラテレビで止まった。

「おはようございます。みなさまのいつもの朝に『得ダネ』をよろしくお願いします。木曜日のレギュラーコメンテーターの三笠ロリさんはご都合によりお休みです。本日、最初のコーナーは『今日のニャンコちゃん』です」

キャスターの男性が、淡々と挨拶する。

それを見て、別宮記者が言う。

「三笠ロリさん、やっぱり出ませんでしたね。何でも歯切れ良く一刀両断する言説が魅力なのに、ご主人の会社が太陽光発電絡みの詐欺事件で東京地検特捜部の強制捜査を受けた時、詳しいことはわかりません、なんて逃げの発言をしたんだから、さぞやがっかりした人も多かったでしょうね」

「『奉一教会』を擁護したせいで『お局さま』ならぬ『お壺ねさま』なんて呼ばれていたから、もう完全にアウトかも。これも安保元首相という後ろ盾を失ったせいでしょうか。そもそも、東京地検特捜部の強制捜査も安保元首相がご存命だったら実施されたかどうか……」

そう言いながら、画面を眺めていた彦根は次の瞬間、「何だって」と叫んで立ち上がる。

画面に現れた男性は、大柄な身体を小さめの背広に包み、赤い蝶ネクタイが奇妙に強い印象を与えていた。キャスターが紹介する。

「本日より『得ダネ』にご参加いただくことになりました、木曜日のレギュラーコメンテーターをご紹介します。原田雨竜さんは米国でも屈指のシンクタンク、マサチューセッツ大学情報解析研究室の主任研究官で、米国と日本の双方の政策決定分野に、大きな影響力をお持ちの方です。原田さん、視聴者にご挨拶をお願いします」

蝶ネクタイの男性は緊張しているのか、身体を小刻みに揺すりながら、甲高い声で言う。

「初めまして。私は原田雨竜と申します。財務省から警察庁に出向した後に、現在のシンクタンクのプリンシパルに就任し、安保第二次政権の政策決定の方向性にアドバイスして参りました。今回、日本が転換点に差し掛かっていることもあり、この大役をお引き受けすることといたしました。日本とマサチューセッツの二ヵ所から、出席させていただくことになると思います。三笠ロリさんは国際地政学的な観点から極めて優れた知見を発信されており、さすがは著名な国際政治学者だと感心して拝見しておりました。事情によりしばらくお休みされるそうですが、私は三笠さんがお戻りになるまでのピンチヒッターだと思ってください」

耳障りな声だわ、と思った別宮記者は、顔面蒼白になっている彦根を見て訊ねる。

「どうされました？　この人をご存じなんですか？」

「この人の謀略のせいで村雨さんは、浪速府知事の地位から転落してしまったのです」

別宮記者は驚いたような顔で「この人が例の……」と呟いた。

画面の中では、キャスターが原田に話しかけている。

「原田先生の赤い蝶ネクタイ、よくお似合いですね」

すると原田雨竜は照れたように、蝶ネクタイに触りながら言う。

「これ、僕のトレードマークなんです」

「さすが、ボストン帰りの原田先生のお洒落のセンスは素晴らしいですね。視聴者のみなさま、これから木曜の『得ダネ』は最新の世界事情などを、原田先生と共に意欲的にお伝えしてまいりますので、今後もよろしくお願いします」

にこやかに言うキャスターに視線を投げた彦根は、小声で呟く。

「ややこしい時に、厄介な人物が舞い戻ってきたものだ」

三時間後。三木がZOOMで話している相手は、コメンテーター・デビューした原田雨竜だ。

「初出演、おめでとうございます。とても初めてとは思えない落ち着きぶりでした。視聴者の反応もなかなか好評なようですよ」

画面の向こうで、原田雨竜は貧乏揺すりをしながら言った。

「おべっかは無用です。自分がテレビ映えしないのは、自覚していますから。それより、あれほど忠告しておいたのに、どうして彦根さんと会ったんですか」

「あれは不可抗力だったんです。ヤツの実行部隊の下っ端の青年をこちらに引き入れようとしたら、一緒についてきてしまったんです。誤算でした」

「それは言い訳になっていませんね。そもそも、彼らの仲間と接触を持とうと考えるだなんて、あまりにも無分別な軽率さですね」

三木は、カメラの前で深々と頭を下げる。

「申し訳ありません。浪速地検特捜部のガサ入れを食らったので何とかしなければ、と焦ってしまいまして。原田先生の『バーサタイル（万能）・マニュアル』にも書いてなくて……」

「それは僕の方にも反省すべき点がありますね。『不測の事態の場合、直接コンタクトし相談すべし』という一項をマニュアルに入れておくべきでした。まあ、済んでしまったことをあれこれ言っても仕方ありません。けれども『スカラムーシュ』にはくれぐれも注意してください」

「彦根は原田先生がそこまで恐れるような人物には思えませんでしたが。むしろ同行してきた、厚労省の白鳥技官の方がクセ者で、警戒すべき人物に思いました」

「もちろん、白鳥さんも要注意人物ですが、白鳥さんは厚労省の官僚という縛りがあって、発想は予測しやすい。でも彦根さんは枠組みを超越する、エゲつない一手を易々（やすやす）と打てる人です。僕が彼の恐ろしさに気づいたのは、渡米して二年後でした。気づかぬうちに彼の檻（おり）に収監されていた僕は、そこから脱出するのに二年ほどかかりました。浪速地検特捜部を動かしたのは間違いなく村雨さんですが、村雨さんにそんな振り付けができるのは彦根さんだけです」

　にわかには信じ難い言葉だったが、三木はこれまで一度も原田に疑念を抱いたことはない。

原田雨竜は、彼にとってスピリチュアル・メンター（心の師）だった。

創業した製薬ベンチャーで結果を出せず行き詰まっていた十年前、ボストンで原田と出会い、三木は開運した。

原田のレクチャーを受け、日本の体制のスキームを修得できた。

そこで竹輪会長を紹介され、安保元首相ともつながりができたのだ。

「なんだか疑わしそうな目をしていらっしゃいますが、まあ、いいでしょう。僕が帰国した以上、もう彦根さんの好きにはさせません。ところで、三木先生の周辺の人物はアンダー・コントロールにありますよね？　どこかに破れや乱れはありませんか？浪速地検特捜部が動いたということは、破断点が生じた可能性があります。こちらは、東京地検特捜部特別捜査班協力員を兼任している警察庁の斑鳩審議官と連絡を取り合って、事態の収拾に当たりますが何分、浪速のことなので時差と温度差があります。くれぐれも用心してください」

そう言い残すと、ＺＯＯＭの画面は、ぶつり、と切れた。

赤い蝶ネクタイの残像が残る、黒い画面を見つめた三木は、しばし動けなかった。

周辺をアンダー・コントロールに置いているか、という原田の問いが、三木の中で反響する。

正直に言えば、コントロールしきれていない人物など、わらわらいる。

特に原田に伝えていない「浪速万博」関連の人物は、コントロールどころか、暴走気味だ。

ただしそっち方面は、浪速府市の首長コンビがなんとかするだろう、と思っているし、原田も深く関わろうとはしない。霞が関の眷属で米国に派遣されたエリート官僚にとっては、浪速での出来事などは、所詮は取るに足らない一地方都市の些事にすぎないのだ。

原田雨竜の帰国は三木に、精神安定剤のような効果をもたらした。

その夜、三木は久しぶりにぐっすり眠ることができた。

だが、そんな安らかな夜は、ほんの数日しか続かなかった。

五日後。

ここのところ熟睡続きで寝坊がちの三木はその朝、突然の電話でたたき起こされた。

電話を取りそびれた三木は、寝呆け眼で着信履歴の名前を確認する。それを見て、眠気が一遍に飛んだ。

すぐにコールバックしたが「お掛けになった電話は電源を切っているか、電波の届かないところにあります」という音声が流れて、つながらない。

留守電が入っているのに気がついて再生すると、叫び声が耳に響いた。

「三木先生、大変や。浪速地検が……」

そこでメッセージはぶつり、と切れた。背中に冷や汗が流れる。

――やられた。まさか、「真水企画」に手を伸ばしてくるとは。

あそこは白鳥技官が仄(ほの)めかした「エンゼル」のインサイダー取引とは無関係だ。

そうすると、この間、白鳥技官が言ったことはブラフで、本命は「浪速万博」の方だったのか……。

すぐに原田雨竜に連絡を取ろうとして思いとどまる。

「浪速万博」の件は、原田雨竜の守備範囲外の案件だから、報告していない。

では鵜飼府知事か、皿井市長に連絡すべきだろうか。いや、それはムダだろう。

報告した所で、あのコンビはおたおたするばかりで、却って傷口が広がりかねない。

小一時間ほど自問自答を繰り返した三木は、ようやく原田雨竜に連絡することを決意した。

結局、有益なアドバイスをしてくれそうな相手を、他には思いつくことができなかったのだ。

それに加えて昨晩、たまたま浪速を訪れた原田雨竜と、ディナーを共にしたばかりだったということもあった。今なら原田は浪速にいるかもしれない。

そう思って携帯を掛けると、原田はすぐに出た。

「昨晩はご馳走さまでした」という声にすがりつかんばかりに、三木はこれまでの経緯と事情を一気に説明した。一瞬、電話の向こう側で息を呑んだ原田雨竜は、静かに言う。

「三木先生は、完全にロックオンされてしまったようです。ことは緊急を要します。一刻の猶予もなりません。今から僕の言う通りに動いてください」

三木は目を瞑(つむ)り両手を合わせ「後生です、どうかお助けください」と絞り出すように言った。

その朝、別宮は彦根と、ついに大詰めを迎えた『エンゼル創薬』攻略の最終確認をしていた。浪速地検特捜部が強制捜査に着手したという報告を受けたところへ、彦根の携帯が鳴る。

携帯に出ると次の瞬間、彦根は息を呑む。

そして「わかりました。直行します」と答えると、別宮記者に言う。

「白鳥さんからの指示です。今から至急、関空に向かいますので、同行してください」

彦根と一緒に部屋を飛び出した別宮記者は、タクシーの車中で事情を聞いた。

「三木顧問が国外逃亡を図ろうとしているので、脱出前に身柄を押さえろ、との指示です。博打の勝ち分として、加納審議官に三木顧問の電磁的追尾をさせていたという、ワケのわからないことを言っていました。生憎、鎌形班は強制捜査中で、身動きが取れないんだそうです」

「なぜ三木顧問が国外逃亡しなくちゃならないんですか？」

別宮記者の問いかけに、彦根は一枚のレポートを取り出して別宮記者に手渡す。

「これは今日の浪速地検特捜部の強制捜査の根拠になった、千代田検事の『千代田レポート』です。『地方紙ゲリラ連合』の記事の基礎資料のため、別宮さんにお渡ししようと思っていたところでした。それが僕の対『エンゼル創薬』戦略の最終形態なのです」

書類にざっと目を通した別宮記者が言う。

「こんな凄い情報、なんでもっと早く教えてくれなかったんですか」

「敵を欺くには味方から、です。前回の浪速地検特捜部の捜査内容が三木顧問にバレていたのですが、情報がどこから漏れたのか、わからなかった。なので僕と鎌形さん、千代田検事の三人だけで情報を共有していました。白鳥さんや村雨総帥にもお伝えしていないんです」

「白鳥さんはともかく、村雨さんにも伝えてないなら、仕方ないですね」

そう言った別宮記者は、もう一度初めから『千代田レポート』を読み返した。

Ａ４の書類は、手書きの小さな文字で、几帳面にびっしり埋めつくされていた。

創薬ベンチャー『エンゼル創薬』の三木社長は、「浪速万博」の「浪速パビリオン推進委員会」の総合プロデューサーに任命されている。出展する協賛企業の選定役だが、彼が顧問を務める企業を浪速万博の中核スポンサーに押し込んだ疑惑がある。「浪速パビリオン」は「浪速万博」会場の中央の八つのパビリオンの選定に関与する。万博関係者は「万博特措法」に基づき「みなし公務員」と規定されるが「浪速パビリオン推進委員会」は任意団体で、「総合プロデューサー」は「みなし公務員」にはならない。だが設置規定に、「総合プロデューサーはその地位を利用して自らが経営・雇用される企業やその商品を宣伝してはならない」とあり、三木社長の行為はこの規定に抵触する可能性が高い。

「浪速白虎党」の横須賀守元党首は二〇一二年、安保宰三首相が返り咲いた年に酸ヶ湯官房長官を通じ、政権と連携を図ってきた。政府が万博誘致を決定した翌年の二〇一五年に、浪速府は、「浪速万博基本構想検討会議」を設置し、有識者を任命した。三木社長は安保元首相とゴルフ仲間で、第二次安保政権発足直後の二〇一二年十二月には、内閣官房に新設された「健康・医療総合戦略室」の参与に就任している。「検討会議」は浪速府知事の諮問機関で浪速府の組織だが、「浪速万博」が正式決定すると解散し、任意団体の「パビリオン推進委員会」に改組され、実態が不透明になった。その「不透明化」に寄与したのが三木社長である。コンセプトも浪速大の医学部長らが先導して、先端医療分野を主軸にした「REBORN」をテーマにしたが、三木社長が「アンチエイジング」を強引に主軸にすげ替えてしまったために関係者の間では、「浪速の医療は全世界に恥を晒してしまう」と不評だという。

三木社長が理事を務める「真水企画」は、「シャワーヘッド」を唯一の主力商品とする。万博協賛企業になった後に大々的な宣伝を打ち売り上げが倍増した。「真水企画」の真木亨社長は一般社団法人・加齢抑止協会主催の「アンチエイジングフェア」に出展した時に三木社長と知り合った。三木社長は二〇一六年に「真水企画」の顧問に就任したが、それは閣議決定で日本政府が「浪速万博」を正式に認証し浪速府市が「万博検討会」を設置、三木社長が「万博基本構想検討会議」のメンバーになったのと同時期である。その後、一般社団法人「浪速パビリオン推進委員会」が設立され、真木社長が理事に就任した。真木社長の前会社が倒産した一ヵ月後、「真水企画」が設立された。これは借金を棒引きにする破産手続きの最中で、計画倒産の疑いがある。他の協賛企業は社員七万人、「真水企画」の社員はわずか七十名。格下の「真水企画」が理事に就任できたのは百億円の協賛金を出したため、と事務局は説明する。「真水企画」は実務を担う社団法人の社員になり、百億円の協賛金を出資した会社が百六十億円の資金管理をすることになる。

三木社長と懇意の医療グループ「呑鯨会」の久慈理事長は、万博閉幕後に中国の富裕層のインバウンド需要を当て込んで、「浪速パビリオン」をそのまま「アンチエイジングクリニック」として開業できるように設計したのだという。しかし同理事長は、丸葉大学の病院建て替えを巡り二億円の医療コンサルタント料を受け取って背任罪に問われたため、この話は白紙になった。

かつての「検討会議」の理事は三木社長に対し、「ほんま、やりたい放題や」と吐き捨てる。

「うわあ、真っ黒クロスケですね。でも以前、彦根先生は『浪速万博』は一瞬の徒花だから、本筋の補助金不正受給のラインで決着をつけたいと言ってましたけど、それは諦めたんですか?」

「いえ、医療関連案件に変形して、ケリをつけたんです。第一弾の強制捜査で『エンゼル創薬』と浪速市庁の二ヵ所にガサ入れし、『エンゼル創薬』のインサイダー取引が本丸だと見せかけました。白鳥さんが三木顧問にネタばらしして、信憑性が増したところに今日、『真水企画』に強制捜査が入ったため、三木顧問は『浪速万博』が本丸だと思い込み、海外逃亡を図ったのです。でも実は、僕はそこから、もう一度ツイストをかけて、初心の本懐を遂げたのです」

「ややこしすぎて理解できません。『真水企画』の案件は医療関連には、どんな風にこじつけても、とうていつながりそうにない、と思えるんですけど」

「実は別宮さんが、若月師長のために調べてくれた『シャワーヘッド』についての情報が、大きなヒントになったんです。あれは『効果性表示食品』と相同の『効果性表示物品』で、治験を途中で放棄したにもかかわらず大々的な宣伝を打って、大ヒットしています。なので『真水企画』を医療の薬機法違反に準じて問えば、三木顧問の天守閣『効果性表示食品』に手が届くんです。これで医療分野領域で、三木顧問にとどめを刺せたんです」

「そんな適用、可能なんですか？」

「ここからは別宮さんの『地方紙ゲリラ連合』との連動が利いてきます。経緯を記事で暴露すれば、道義的に三木顧問の責任を問える。治験もせず効果を謳うのは広義の詐欺行為なので、たとえ法律で罰せなくても関わった人物の信用は失墜します。『エンゼル』の空売りと増資で一般投資家を騙す構図を可視化してしまえば、『エンゼル』株を購入する人はいなくなる。『エンゼル』の収益システムを破壊すれば、三木顧問を牢屋（ろうや）に叩き込むのと同等の効力を発揮するのです」

彦根の言葉は、何だか派手なイリュージョンのようだ、と別宮記者は思った。

タクシーが関西国際空港の玄関口に滑り込むと、二人は、駆け足で出発ロビーに向かう。

大勢の人が行き交い、ごった返している出発ロビーを、彦根は駆け回る。視線をあちこちに走らせると、人混みの中に緑色の背広を着て急ぎ足で歩く、小太りの男性を見つけた。

間に合った、と小声で呟いた彦根は、大声を上げた。

「三木先生、お待ちください」

その声に男性は、ぴくり、と肩をふるわせた。だが振り向かず、歩みを止めようとしない。

駆け寄ろうとした彦根は、黒サングラスに黒服の屈強な二人の男性に阻止された。スクラムの背後から、大柄で頭でっかちな五等身に見える男性が、姿を現した。目障りな、赤い蝶ネクタイを両手で整えながら、彦根の宿敵・原田雨竜が言う。

「お久しぶりですね、彦根先生。三木顧問はお渡ししません。僕が保護します」

屈強な男性が押しとどめる彦根と一定の距離を保ちながら、原田雨竜はじりじりと後ずさり、ＶＩＰ用の出発ゲートに向かう。

「こうして空港で対峙していると、あの時のことが思い出されます。勝ち誇った僕が、どれほど間抜けだったか、マサチューセッツに行って思い知らされた時から、僕の復讐劇が始まりました。今回、彦根先生が右往左往する様を遠くから眺められたのは、なかなか快感でした」

　季節外れの熱帯の迷蝶のように、赤い蝶ネクタイが目に煩く、ちらちらと揺れる。

　原田雨竜の、得意げな長広舌は続く。

「今回は僕の勝ちですね。彦根先生も白鳥技官も、マサチューセッツから日本の医療行政を遠隔操作していた、僕の狙いは見抜けなかった。『ゾッコンバイ』の緊急承認こそが僕の真の目的でした。市場規模では『エンゼル創薬』なんて目じゃない。あれは疑似餌です。彦根先生の得意なフレーズは『虚を実に、実を虚に』でしたっけ？　そのやり方を踏襲させていただきました。これで僕の圧勝、と言いたいところですが、少々失敗してしまいました。またしても僕は、闇から引きずり出されてしまいました。情報番組のレギュラー・コメンテーターになって顔を晒すなんて、黒子役のエージェントとしては大失態です」

「自分から進んで『得ダネ』のコメンテーターを引き受けておいて、よく言いますね」

「おっしゃる通りです。惜しいかな、スカラムーシュの刃の切っ先はあと一歩届かず、でした。彦根先生がターゲットにした三木顧問を海外逃亡させた上に、『ゾッコンバイ』の認可を通し、日本のワイドショーで言いたい放題できる場も確保した。僕はアンタッチャブルになったのです。そうすると今回はやっぱり、僕の完勝かな」

出発ゲートに入ると、そこで立ち止まって待っていた三木顧問と共に振り返る。

原田雨竜は、三木顧問と肩を並べてVサインを出した。

「三木先生、そんなヤツに騙されてはいけません。戻ってください。ここで逃げ出したら、あなたは一巻の終わりですよ」

彦根の叫び声をBGMに、原田雨竜と三木顧問は、肩を並べて姿を消した。

拳を握りしめ、上目遣いで唇を噛み、悔しげに出発ロビーを睨んでいた彦根は、二人の姿が見えなくなると振り返る。

そこには、人混みに紛れて騒動を眺めていた別宮記者の姿があった。

彦根が見ていることに気がつくと、彼女はVサインを出した。

「バッチリ、今のやりとりを動画に収めました」

「さすが別宮さん、そつがない。白鳥さんがいたらこう言ったでしょう。ブラボー！」

別宮記者は苦笑する。

「賭けてもいいですけど、白鳥さんは絶対にそんなことは言いませんよ。でも、雑音が大きくて音声が不明瞭なのが残念です。天は二物を与えず、ですね」

「その言葉はちょっと表現が違うような気がするんですけど……。でも、全く問題ありません。原田さんの台詞は一言一句、僕の脳裏に刻み込まれていますから、いつでも再現できます。どうせならいっそ、THKの字幕みたいに、あることないこと言わせてしまいましょうか」

別宮記者がむっとして、言う。

「いくら相手が悪党でも、それはできません。『地方紙ゲリラ連合』は、『誤用放送THK』とは違って、厳正中立な報道機関ですから」

「もちろんジョークですよ。別宮さんがそんなことを、許すはずがないのはわかってますから。音声は僕が完璧に録ってます。僕だってスマホは持っているんです」

彦根は、胸ポケットからスマホを取り出すと、録音中の赤いランプを見せた。

操作すると、スマホから「今回は僕の勝ちです」という甲高い声が聞こえてきた。

別宮記者は彦根に抱きついた。

「きゃあ、やっぱり彦根先生は、キメてくれますねえ。さすが天下の大ボラ吹きです」

彦根は照れ笑いを浮かべながら、抱きついてきた別宮記者から身体を離す。そして、はしゃぎ続ける彼女に言う。

「ところでさっきのイントネーションは、『誤用放送』になっていませんでしたか？　正しくは『御用放送』ですよ」

「ま、まさかあ。第一線の記者であるあたしが、そんな初歩的な誤用をするはずないでしょう」と、別宮記者は、しどろもどろになって言う。

顔を見合わせた二人は、次の瞬間、ぷっと吹き出した。

別宮記者のスマホには、動画のストップモーション画面が大写しになる。

そこでは緑色の背広を着た小太りの男性と、赤い蝶ネクタイの五等身の巨漢が並んでVサインをしていた。

『ナニワ・ガバナーズ』に続く、新たな漫才ユニットの誕生だな、と彦根は呟く。

さて、今度はどんなネーミングにしてやろうか、と考えながら、言う。

「原田さんは僕に完勝した、などとほざいてましたけど、種明かしをさせてください。実は今回の絵図は、千代田検事が描いたものです。『万博パビリオン』のプロデューサーには協賛企業を選定する権限があるから、協賛企業選定に関連した金銭授受で収賄あるいは受託収賄を立件できるだろう、とおっしゃったのです。法人役員が管理下の資金を私的流用したら業務上横領だし、法人の事業活動を装い、自己の利益を図った場合は、特別背任になるんだそうです。プロデューサーは実際、そうした権限を持っているわけで、これでバッチリ詰んでます。これは『得ダネ』のコメンテーターの三笠ロリさんのご主人の罪状と同じ構図だそうです」

彦根はそこで一瞬黙り込む。そして話を続けた。

「三木顧問は、僕が『インサイダー取引』から『浪速万博』に切り替えたと誤認し、その裏で『効果性表示食品』の疑惑に王手が掛かっていると思いもしないはず。原田さんは『空蟬』を模倣したようですが、僕には『空蟬』の裏技の『雷撃』がある。雷撃された本人は意識する暇がない。今、三木顧問が日本を離れることがどれほど愚かな行為か、やがて気づくでしょう。日本で別宮さんの追及キャンペーンが炸裂すれば、帰国したくてもできなくなります。『サンザシ製薬』の『ゾッコンバイ』認可の見落としは痛恨ですが、原田さんの重要な手駒の三木顧問は、これで完全に使用不能になりました。だからせいぜい、五勝五敗で五分の星、といったところですよ」

すると、別宮記者がさらりと言う。

「彦根先生って、ほんと負けず嫌いですね」

苦笑した彦根は、空港のガラス張りの天井を見上げる。

視線を落とすと、一機の飛行機が滑走路から、離陸していくのが見えた。

「これにて、ゲーム・オーバーです」

飛行機の航跡に向かってそう告げて、彦根は大きく伸びをした。

彼の耳に、それまで消え去っていた周囲の雑踏のざわめきが戻ってきた。

一連のショートコントが「地方紙ゲリラ連合」の動画サイトにアップされたのは、六日後の木曜午前十時ジャスト。「得ダネ」の新レギュラーコメンテーター原田雨竜が、マサチューセッツからＺＯＯＭで二回目の出演を果たした直後だった。

動画はたちまちバズり、ハッシュタグ「#呪われた得ダネ」は世界トレンド一位となった。

翌週木曜、その年最後の『得ダネ』は、コメンテーター不在で放映された。

そのことに関して、メインキャスターのエクスキューズはなかった。

＊

関西空港から始まった一連のドタバタ騒ぎがようやく一段落した数日後。

別宮記者と彦根は、浪速の菊間総合病院の向かいにある喫茶店でお茶をしていた。

「さすがに『エンゼル創薬』もジ・エンドでしょう。僕は白鳥さんを出し抜きましたが、『浪速万博』にトドメを刺したのは結局、別宮さんの記事でしたね」

「『梁山泊』が『浪速万博』を標的にしたのは、浪速で活動を始めた二〇二一年で、当初は『浪速白虎党』の悪ふざけ企画ばかりが目についたんです。でも源流は安保官邸と経産省中心の官邸官僚、そして政商・竹輪さんから発していました。それも彦根先生が原田さんと三木顧問に引導を渡したのを悔しがった白鳥さんに、ここから先、『効果性表示食品』や『浪速万博』にトドメを刺すのはメディアのお仕事だからね、なんて釘を刺されたせいです。ほんと、ムカつきます」

「でもおかげで、『浪速万博』を徹底的に糾弾した別宮さんの記事が出て、『梁山泊』総攻撃の関の声になったんですから、白鳥さんもいい仕事をしたわけです」

「あの記事は、他の記者さんが昔書いた記事を掘り起こしただけなので、そんなに威張れたものではありません」と別宮記者は珍しくしおらしく言う。

「昔の記事を的確な時期に掘り起こすのも、立派なジャーナリズムですよ」

「わ、なんだか、宗像博士のお言葉みたい」

「それは光栄です」と言って、彦根は微笑した。

その記事は「浪速万博」本部が二〇一五年に発表した「万博の展開事例集」に関する当時の記事を、その後明らかになった問題と絡めて再検討した体裁になっていた。

今、改めて「浪速万博」を見返すと、全てが「効果性表示食品」と「奉一教会」の利益誘導の上に成り立つ企画のように見えてくる。

「遺書を書き棺桶に模した子宮カプセル型入浴装置に入り、疲労を癒やす成分のお湯に浸かり、生き返る気持ちを味わう」という「ＲＥＢＯＲＮ」を象徴するパビリオンは「効果性表示食品」との連動を狙った案だろう。

「地獄巡り」なる音楽フェスは、「人の心にある『地獄』と、理性を破壊し脳髄を貫く『音楽』を掛け合わせ、死生観が希薄な現代人の心に衝撃音をぶつける」というコンセプト。

「浪速万博集団結婚式」は「万博の来場者数千万人が遺伝子データを活用したマッチングをして、新しい出会いを創出する」というトンデモ企画で、ナチスの優生学的な考え方を連想させ、その上、「奉一教会」の「合同結婚式」までも想起させた。

その事例集は悪評芬々で、大会実行委員会がホームページから慌てて削除した。

「それにしても『浪速万博』のコンセプトは『奉一教会』の教義具現化のイニシエーション儀式だ、という別宮さんの指摘は衝撃的でした。『浪速万博』は当時の安保内閣が誘致したものでした。あの頃、盟友関係にあった酸ヶ湯官房長官と皿井府知事が、二人三脚で立ち上げたイベントに、『奉一教会』の影響が色濃く反映されたのは、安保元首相や酸ヶ湯前首相が『奉一教会』とズブズブの関係だった間接的証明になる、というロジックを読んだ時は背筋がぞくっとしましたよ。更にそこに五輪で利益構造を構築した竹輪さんが絡み、代理人として三木顧問を内閣府参与にねじ込み浪速万博を仕切らせたという構図は、経済サスペンス小説を読んでいるみたいでした」

別宮記者はほんのり頬を染めて、言う。

「そこまで大絶賛されると、何だか照れちゃいます。でもそれくらいやらないと、白鳥さんに何を言われるかわかりませんから、必死でした。二〇一五年といえば安保政権の絶頂期で、安保首相や酸ヶ湯官房長官は、やりたい放題で、彼らと懇意な『浪速ガバナーズ』も安保さんの丁稚の三木顧問の言うことを鵜呑みにしたんでしょう。安保元首相には信念がないから、首相を通じて自分たちの影響力を高めようと目論んだ『奉一教会』の意向が前面に出てしまったんですね」

彦根はうなずいて、改めて別宮記者が書いた記事の内容を思い出す。

「驚愕！『浪速万博』のコンセプトと『奉一教会』の教義の類似点」というセンセーショナルな記事は、年明けのワイドショーを席巻し、あの万田ナイトも裏取りに奔走しているらしい。

「浪速万博」をシャビー（みすぼらしい）にするな、という皿井市長の号令も空しく、東京五輪問題が検察捜査を受け、放漫な予算に市民の目が厳しくなる中、「浪速万博」の目玉となるパビリオン建設の入札が全て不成立に終わるという惨状になっている。

会場も埋め立て地で地盤が弱く、今のままでは建築物を建てられる状況にはないという。

「この状況では横須賀さんが浪速市長に立候補するというウルトラCの可能性はほぼゼロになりましたね。横須賀さんには、火中の栗（くり）を拾う俠気はありません。三木顧問も別宮さんが敷設した機雷だらけの日本にはもう戻れない。すると総合プロデューサーが不在という異常事態になります。もはや『浪速万博』は完全に死に体です。これで『浪速白虎党』の三本の矢を全て、叩き折ることができました。『浪速奪還』がまた一歩、実現に近づいたようです」

すると別宮記者が嬉しそうにつけ加えた。

「そう言えばあの記事で、珍しく白鳥さんからお褒めの言葉をいただいたんですけど、彦根先生のことも褒めてましたよ。『ついに彦根センセに肩を並べられる日が来てしまったか』ですって」

「まあ、今回の戦略は、我ながら会心の出来でしたからね」

「いえ、そこじゃなくて、おでんファミリーで、竹輪さんを『ちくわぶ』に喩えたら、と言った、あの発想についてです。あれは本当に悔しかったようですよ」

彦根は肩をすくめて苦笑する。

「なんだ、そっちの方ですか。ほんと、とことん負けず嫌いな人ですね。そうそう、せっかくなので、別宮さんには年始のお年玉に、大ネタをひとつ差し上げましょう。僕の『空蟬』で『エンゼル』を退治しましたが、実は『空蟬』には『空蟬転生』という、背中合わせの裏術式があるんです。『空蟬』で虚と実を入れ替えたのを、更にもう一度ひっくり返すんです。今度はダミーだった東京五輪汚職問題が本筋になります」

「へえ、それってどういうことですか？」と別宮記者がメモを取り出し、前傾姿勢になって、食らいつく体勢を取る。彦根は微笑して言う。

「これまで五輪の経費に関する文書は開示義務がないので検証困難とされていました。しかし、弱小官庁とバカにされてきた会計検査院が一発、大技を決めてくれました。

大会経費の調査報告を発表したんです。それによれば大会運営に直接関係する経費だけでも組織委員会の報告額を二割上回る一兆七千億円で、関連諸費を加えた総額は三兆七千億円にも上るそうです。これでこれまで闇に隠されていた『電痛』と竹輪さんの『ダンボ』の実態を露わにでき、業務委託費の過大請求を返還させることもでき、子分のハンペンだけでなく親分のちくわぶにも斬りかかれます」

「それって安保元首相が存命だったら、絶対に起こらなかったでしょうね」

「ええ。この一件で最初に逮捕された朽木理事は、『絶対に朽木さんが逮捕されないように取り計らいます』と安保元首相が保証してくれた、と言っていたそうですから。というわけで、年が明けたらいよいよ『中抜きハイエナ』たちに止めを刺しにいきます。次なるターゲットは、ハリボテ中抜き人材派遣会社『ダンボ』から諸費用を全額返還させ、そして巨大な国策広告代理店『電痛』を解体して、分社化させることです。次回、乞うご期待、ですね」

そう言って彦根は、窓の外に向かって両腕を広げた。

午後の柔らかい陽射しが、燦々（さんさん）と、彦根と別宮の姿を照らしていた。

終章　静かなる破綻

二〇二三年一月十五日　東城大学医学部旧病院・不定愁訴外来

「うーん、やっぱりここは落ち着きますねえ。ううん、違うな。この部屋に田口先生の姿があることが落ち着くのね」

時風新報社会部の別宮記者は、俺が出した珈琲をひと口飲んで、大きく伸びをした。

「この半年は、本当にいろいろなことがあり、怒濤の日々でしたね」

そう言いながら、ここ数年、いつも同じような台詞を口にしている気がする。けれどもそんな記憶ですら、今ではすっかりおぼろげになっている。

「それにしても令和四年後半はほんとに激動の半年でした。七月の安保元首相の暗殺に始まり九月の国葬儀、十一月のサッカーワールドカップでのサムライブルーの大躍進と、てんこもりでしたから」と別宮記者は遠い目をして、しみじみと言う。

「別宮さんが彦根や白鳥技官とツルんで、『エンゼル創薬』をやっつけてくれて助かりました。おかげで『効果性表示食品』に固執していた洲崎先生も、完全に導入を諦めたようです」

「それは日高さんに法的側面を検討してもらったおかげです。例の『シャワーヘッド』

は宣伝を謳った効果に科学的根拠がないのに宣伝したと見做せ、『景品表示法違反』いわゆる誇大広告になり、詐欺罪になり得るそうです。『エンゼル創薬』はワクチンを開発する気がないのに意思があると偽り、一般投資家向けに有価証券報告書の事業計画に虚偽を記載すれば、有価証券報告書虚偽記載で『金融商品取引法違反』になるし、株価を吊り上げて利益を上げたら詐欺罪にあたる可能性もあるんですって。彦根さんや白鳥先生は、端から法的な責任を問うのは難しい、と諦めモードでしたけど、プロの目からみると、全然そんなことはなかったわけですね。おかげで白鳥さんには『さすが蛇の道は蛇だけど、なんでもっと早く教えてくれなかったんだよ』だなんて逆ギレされて、日高さんはお気の毒でした」

そう言った別宮記者は、思い出したように、むっとした表情になって言う。

「さっきはうっかり聞き流してしまいましたけど、おかしなことは言わないでくださいね。彦根先生はともかく、あたしは白鳥さんなんかとツルんだりしてませんから」

はははあ、一連の活動で白鳥は盛大に別宮記者の地雷を踏みまくったんだな、と俺は推察した。

「趣味は地雷を踏むこと」だなどと、初対面の俺に公言してしまうような、デリカシーのかけらもないヤツならば、さもありなん、だろう。

別宮記者は、嫌なことから目を逸らしたいのか、さらりと話題を変える。

「ここ半年といえば、田口先生の欲のなさには、本当にびっくりしました」

そんな風に言われて、俺は苦笑する。

実は昨年末、大学の人事で大激変があった。

兵藤クンが満を持して神経内科学教室（しつこいが、今はもっと長たらしい正式名称があるが、ものぐさな俺は未だに覚えられない）の教授選に出馬して、僅差で敗れてしまったのだ。

兵藤クンより五つ年下の新教授は今春、東城大に就任する予定になっている。

そうなると破れた対立候補は、外部の大病院の院長あたりに天下るのが一般的だ。

だが兵藤クンは、諦めきれなかったようで、日々悶々（もんもん）としていた。

そこで俺は兵藤クンに、「黎明棟」のトップの座に就かないかと打診してみた。

俺が長年目論んでいた「身代わり地蔵プロジェクト」にぴったりの人材ではないか、と気がついたのだ。幸せの青い鳥は、すぐ足元にいた、というわけだ。

かなり迷っていたけれども結局、兵藤クンは俺のオファーを受けた。

かくして令和五年（二〇二三）一月一日を以て、『黎明棟』では兵藤勉（つとむ）・黎明棟プレジデント、洲崎洋平・黎明棟バイスプレジテント兼緩和ケアユニット部長という新体制が発足した。

俺は、俺にへばりついたたくさんの肩書きを断捨離し、不定愁訴外来主任に戻り、今、ここに舞い戻ったわけだ。教授の肩書きを外せなかったのは残念だったが。

羨ましそうな高階学長の視線が痛かったが、そんなことは俺の知ったこっちゃない。

暴走ラッコ・洲崎は「補佐」という余計な字が取れて、「部長」に昇格できたことがよっぽど嬉しかったのか、これまでの頑なだった態度を改め、「コロナ病棟」の診療にも積極的に関わるようになった。

それはやはり、「黎明棟バイスプレジデント」という要職に就いたことと、敬愛する兵藤クンが上司になったことが大きかったのだろう。「バイスプレジデント」という仰々しい肩書きは、海獣ラッコ・洲崎が廊下トンビ・兵藤クンに提案して、即座に採用されたそうだ。

「兵藤プレジデント、大変です」「どうしたのかね、洲崎バイスプレジテント兼緩和ケアユニット部長」という「肩書き呼び合いコント」が病棟で展開され、患者の間で人気を博しているという。

ポジションを兵藤クンに譲った時、俺もそんな肩書きで呼ばれてみたかったな、とちょっぴり後悔した。

「田口先生に『オナー・プレジデント（名誉総裁）』に就任していただきたいです」と兵藤クンが申し出たのは、俺のそんな気配を察したからかもしれない。

ほんの一瞬、心が揺れたけれど、俺はきっぱりお断りした。

てくれるだろう。

「肩書きお大尽」はもうヤメだ。俺もそろそろ終活を始めなければならないのだから。「コロナ病棟」は静かなる破綻の一歩手前だが、あのコンビなら、なんとか切り抜けてくれるだろう。

ぼんやりしてしまった俺は、別宮記者の質問に、はっと我に返る。

「田口先生にとって、去年は、何が一番印象的でしたか？」

「やはり日本がこれまでにない規模のコロナ・パンデミックに襲われて、医療現場が『第7波』と『第8波』にもみくちゃにされたことでしょうね。でも今までと違うのは、社会全体がコロナに慣れ、冷静に対処していることです。市民は、安全ではなく、安心もできないけれど、不安定な世界で、淡々と生き抜いていくしかないと、覚悟を決めたのでしょう」

「そうかもしれません。昨年二月、ロシアが強行したウクライナ侵攻は一向に終わる気配を見せず、ウクライナとロシアの間では戦争状態が続いていますが、そんな中でも、ウクライナ市民は粛々（しゅくしゅく）と日常生活を送っているのと似てるのかも」

その通りかもしれない、と思う。

コロナ患者が病棟にあふれ、行き場をなくしている。救急車が患者を収容してくれる施設を探して、路上で立ち往生している光景も日常になった。

市民はそうした光景に慣れた。いや、馴らされてしまった。

ウクライナの市民が非日常的な戦場で日常を過ごしているように、日本ではコロナ禍という、全く違う戦場で、市民が淡々と暮らしている。

そのどちらにも奇妙に明るい絶望感が漂う。それが果たしていいことか、と問われれば、決してそうではない、と答えるしかない。

だが、ここまで感染が蔓延してしまったら、もはや打つ手はないようにも思える。

俺は、新型コロナウイルス「Ｃｏｖｉｄ－19」の系統樹を机の上に広げた。

それは、中学校の教科書に載っている、生物の進化の系統樹に似ていた。

「わあ、コロナってば、今はこんな風になっているんですね」と別宮さんは驚きの声を上げた。

「コロナ変異株は当初、『英国株』や『インド株』などと、地域名がつけられていたんですが、その後ＷＨＯの命名原則に従って、ギリシャ文字を使って『アルファ株』、『デルタ株』などと呼ばれるようになりました。覚えてますか?」

「なんか、すごく遠い昔のような気がします。それがたちまち『オミクロン（ο）』にたどり着いちゃって、ギリシャ文字二四字を使い切ってしまうんじゃないか、と心配されていましたけど、どうやらそんなことはなさそうですね」

「ええ、コロナも、人類に気を遣ったのか、そこでマイナーチェンジにシフトダウンしたようで、『オミクロン（ο）』でストップしているんです」

「最近よく聞く『ケンタウロス』や『グリフォン』って何なんですか？」

「『ケンタウロス』はオミクロンの変異株『BA．2・75』の通称でオミクロン株『BA．5』から複数の特徴的変異をしたものです。『グリフォン』は、『BA．2』から派生した異なる二系統が交叉したこうさ『XBB株』のことです。『ケルベロス』は、オミクロン変異株『BQ．1』から変異した『BQ．1．1』です」

「素人にはややこしすぎて、何がなにやら、ちんぷんかんぷんです」

「私もよくわかりませんが、どうも『Covid－19』は、オミクロンの星宿に腰を据える覚悟を決めたようです。上半身が人、下半身が馬のサジタリアン（射手座）の『ケンタウロス』に、三つ首の地獄の番犬『ケルベロス』、獅子の身体に鷲の頭と翼を持つ黄金の守護神『グリフォン』など、ギリシャ神話の幻獣大集合の感があります」

「うわあ、さすが文豪医師、表現が詩的ですね」

別宮記者のむず痒い表現を聞いて、俺は顔をしかめる。そんなだから「女白鳥」なんて呼ばれてしまうんだぞ、と心中で思いながらも、考える。

系統樹を眺めていると「Covid－19」は、人類の攻撃から遁走とんそうしようと、多様な生命種が数億年の年月を掛けて行なった進化を、わずか数年で成し遂げようとしているかのようだ。

その一方で人類は、「Covid－19」の攻撃から脱しようと、足掻あがいている。

この遁走曲の二重螺旋はいつまで続き、どんな地点に到達するのだろう。

その答えのひとつが「Ｃｏｖｉｄ－19」も感染症のデフォルトに落ち着きつつある、ということだ。ウイルスは生物ではないと言われるが、「自己遺伝子の継続」が生物の本質であるという観点からすれば、広義の生命体と考えることもできる。

すると宿主の体内で生育するウイルスや細菌は、宿主を殺してしまうと生存が困難になるので、共存共栄を目指す方が賢い戦略になる。

その有力な戦略のひとつが弱毒化で、「Ｃｏｖｉｄ－19」もその例に漏れない。

それを思うと人間の方も「Ｃｏｖｉｄ－19」に神話のエピソードを紐付けて、融和を図ろうと歩み寄っているかのようにも見えてくる。そんな風に、俺は楽観的に考えている。なぜなら悲観的に考えても、現実は変わらないからだ。

人類はこれまでも、新顔の感染症に脅かされつつ、少しずつ対応していった。

歴史学者の宗像博士はかつて、「人類の歴史は、感染症との戦いの歴史である」と言った。

わずか二百年前、天然痘の脅威が世界を席巻していた。江戸時代、市民の七割が罹患したとも言われる疱瘡（天然痘）は、牛痘という治療法が見つかり、人類はそれを進化させ二十世紀後半、ついに天然痘の完全制圧に成功した。天然痘ウイルスは、この世界から根絶されたのである。

二十一世紀になると、コロナウイルス関連疾患のＳＡＲＳやＭＥＲＳの封じ込めに成功した。その成功体験から当初、人類は「Ｃｏｖｉｄ－19」にも同じように対処できるはずだと考えた。

だが「Ｃｏｖｉｄ－19」はしたたかで、これまで人類が構築してきた感染症防衛ラインをいとも容易く突破し、やむなく人類は対策のモードを変えざるを得なくなる。

「Ｃｏｖｉｄ－19」を日常として受け入れるという、パラダイム・シフトである。

そんな潮流に抗いきれず、頑なに「ゼロ・コロナ」政策を続けていた中国もついに昨年十一月、「ウィズ・コロナ」政策に大転換した。その途端、感染爆発が起きたが、中国政府はなにごともなかったかのように、表面上は平然としているように見える。

人類はようやく、ひとつの真理に到達したのかもしれない。

ウイルスは、人類の真の敵ではない。社会の揺籃は、ウイルスがもたらす害悪もあるが、それよりも対応する社会の身の処し方にあったのだ、ということに。

そのいい例が、マスク自警団や、ワクチン絶対主義者、あるいは反ワクチン陰謀論の跳梁である。

まるでそんな俺の思いを見抜いたかのように、別宮記者が訊ねる。

「ところでワクチンについて今、一部の人たちは問題視しているようですが、あれはどんな風に考えたらいいんですか？」

「それはかなりデリケートな問題です。そもそも最初の頃、ワクチンを打てばコロナに罹らないと考えられていたのは、長年『予防接種』という言葉が使われ、天然痘やはしかのように一度ワクチンを接種すれば、生涯免疫を獲得できるという印象が強かったせいもあるでしょう。ですが、変異株の出現で感染予防効果が減じたのです。ここにきて副反応が騒がれていますが、どんなワクチンも、ある確率で副反応は発生します。また長期にわたる影響も、簡単には確定できません。かつては多数の市民が免疫を獲得すれば社会防衛になるという考え方が主流でワクチン接種が推奨され、実際有効だったのです。ところが新型コロナの登場で、ワクチンというものの意味合いが変わってしまった。新型コロナでは次々に変異株が現れ、感染予防効果の側面は少なく、結果的に集団免疫が成立しないことが明らかになったのです」

「それって、なんだかインフルエンザと似ていますね」

「おっしゃる通り、インフルエンザ・ワクチンは毎年、接種が必要ですが、あれも変異株のせいです。インフルエンザとの違いは、重症化した時のリカバリーがコロナでは難しい点です。でもワクチンを打っておけば、重症化が防げることはデータで証明されています。ワクチン未接種でコロナに罹患すると、死亡率が遥(はる)かに高くなる。当初は治療薬もなく、ワクチン接種が強く推奨されました。しかし重症化を防ぐ治療薬も開発され、いよいよインフルエンザ化していくと思われます」

「そうすると政府が2類から5類に落とそうとしているのは、妥当なんですか？」

「問題は多いけれども、世界的潮流の中では仕方ないのかもしれません。幸い、日本ではワクチン接種者が多数になっているので、そうした対応も可能になるわけです」

「世界的潮流といえば、マスクをしないのが主流のようですが」

「それは日本と欧米の違いのようです。欧米では新型コロナ流行の初期、持病を持つ高齢者の人を中心に、国の平均寿命が下がるほど大勢の人が亡くなりました。なので大半の人がワクチン接種を受け、コロナに感染してある程度の免疫を持ち、重症化しにくい状態になっています。そんな中、桁違いに感染力の強い『オミクロン株』の時代になり、もはや人との接触を止めて流行の制御をすることが不可能になったため、欧米諸国では封鎖の意義はないと判断し、感染対策をワクチン一本に絞ったのです。ただし感染予防に対し、マスクは一定の効果があるとわかっていますので、何から何まで欧米に同調するのもいかがなものか、とは思いますが」

「ワクチンの副反応については、あまり調べられていないのではありませんか？」

「その辺りは英国好きの高階学長が『浪速ワクセン』の宇賀神元総長から、英国の実情を聞いています。英国では二〇二〇年末から始まったイスラエル・英国のワクチン接種プログラムを推進しつつ接種後の人々の重症化度を調べ、臨床試験よりも多数の重症化予防効果評価を行ない、ｍＲＮＡワクチンの重大な副反応で問題視されたのは心筋炎等ですが、副反応での死亡率とコロナの危険性を比較し、副反応は無視できる程度の頻度で、ワクチン接種の方がメリットが大きいと判明し、若者にも二回接種が推奨されるようになったんです。つまり二〇二一年後半以後のワクチン接種の意義は、個人的には重症化しないことで病院にかからずに済み、死ぬ可能性も減るため、社会的に医療への負荷を減らせるという二重の意味合いになってきたんだそうです」

「それならなぜ今、日本ではワクチンの副反応を問題視する声が出ているんですか」

「それは日本やアジア諸国では、初期のコロナの流行制御がある程度うまくいき、感染者が少ない状態で『オミクロン時代』に突入したため、被害が欧米よりも増えてしまったからです。もちろん、新型コロナに関しては今後評価が変わり、重篤な副反応が出てくる可能性もありますが、確率の問題になります。ただし今、メディアを賑わせている副反応のデータは、きちんとした医学論文誌のデータとは相当ズレがあり、過剰に怖がっている方が多いようです。それは政府なり、感染対策ボードなりが、初期からきちんと医療データを蓄積していれば、避けられた事態です。また新型コロナのワクチンは欧米仕様なので筋注ですが、日本は長年ワクチンは皮下注で、筋注は避けられてきました。だから地域や医療者によっては、正しい筋注の技術が伝授されないまま、ワクチン接種を急いだ結果、液漏れで筋肉痛の副反応が出ているケースも多いようです」

「すると、ワクチンの副反応で亡くなったら、死に損なんですか？」

「どんなに安全性の高いワクチンも副反応がゼロにならない一方、接種が社会の維持のために必要なら、重篤な副反応の被害者の方は社会貢献のための自己犠牲と考えるという土壌が、欧米などのキリスト教社会にはあるようです。日本にはそうした宗教的な土壌はありませんが、副反応の被害者は社会全体のための犠牲と考え、社会なり政府なりが対応や保障を行なうべきだと思います。しかし政府は接種を推奨しながら、副反応の認定を可能な限り避けているようにも見える。これではワクチン接種に腰が引けてしまう市民が出てきても、仕方がないでしょう」

「それなら『ワクチン至上主義者』が、自分たちが絶対に正しいと信じ込み、規則に従わない者を声高に糾弾し、ワクチンの副反応を訴える人たちまで『反ワクチン論者』呼ばわりして、声を押し潰そうとするのは、明らかに間違いなんですね」

「その通りで、そうした頑迷な姿勢が人々の分断を生んだのです。その意味で一世を風靡した『医療クラスタ』略して『医クラ』は、そんな時代の徒花だったのでしょう。政府が蒔いた『ワクチン絶対主義』という種子を育てあげて、カルトにフィードして香ばしく発酵させたのが、『医クラ』の果たした役割だったのかもしれません」

「つまり、政府の高圧的な振る舞いが、国民の分断を招いたとも言えるんですね」

「ええ、おっしゃる通りです。陰謀論的な反ワクチンは論外ですが、ワクチンだけで問題がすべて解決できるという考え方も安易だし、ワクチンのメリットを無視して副反応の危険を過剰に煽るのも問題です。ただ、相手が完全に間違えていると糾弾するという、その一点は明白な誤りです。それは薬剤でも同じで、早期承認された二剤のうち、『ラブゲリオ』は効果が認められない上に、遺伝子の変異原性まであり、かなりリスキーなようです。状況は常に変化しうると考えた方がいいでしょう」

「今、ワクチン接種を巡って国民が分断されているのは、『自分だけが正しい症候群』の副反応かもしれませんね」という別宮記者の言葉に感心して、俺はうなずく。

「それはウイルス肝炎の病態と似ているのかもしれません。肝炎は、肝炎ウイルスの感染が原因ですが、症状は感染細胞を排除しようとして自己免疫が発動し、自分の細胞を痛めつけて起こるんです。だから症状を緩和するだけなら、免疫を抑制するというパラドキシカルな手法も成立します。ところがそれは本質的な治療にならず、長期的には病状を悪化させてしまうのです」

結局人類は、最終的に「レッセ・フェール（なすがまま）」に落ち着くのだろう。

すると別宮記者は、いきなり話題を変えた。

「一昨日、安保元首相の暗殺犯・浦上四郎が起訴されました。日高弁護士は、ほっとしていました。弁護人が起訴されほっとするなんておかしな話ですが、普通のことが当たり前に行なわれなかった数年来を思うと、ものごとが是正された感じがします」

「同感ですね。女性に睡眠薬を盛って暴行した容疑を持たれた『安保トモ』の御用記者が逮捕される直前、逮捕状執行を警視庁の中尾刑事部長によって停止されるなんて、日本の恥を晒すようなことがあったことを思えば、その気持ちはよくわかります」

俺がしみじみと言うと、別宮記者はうなずく。

「思えば中尾刑事部長も、安保さんのご意向で警察庁長官まで昇り詰めた栄光の頂点で、安保元首相の暗殺された警備責任を問われて引責辞任させられました。安保暗殺事件の時、フランスの新聞に『権力者の腰巾着の暴行魔の起訴を止めた中尾氏が、日本警察のトップに就任している』と書かれるなんて国辱ものでした。アレも加納審議官のリークだったんでしょうか」

「さあ、どうなんでしょう。でもそんな是正は別宮さんが『地方紙ゲリラ連合』で、地道に司法問題を追及し続けたことが功を奏した部分もあると思いますよ。今回の浦上被告の起訴も、検察が流した一方的な被疑者情報に異を唱えた日高弁護士の声を、別宮さんが辛抱強く伝え続けたおかげで、鑑定留置の期間が短縮されたんですから」

「ええ、その点は警察庁の加納審議官も尽力してくださったようで、感謝してます」

「そこで、玉村警部のことを言わないのは可哀想ですよ」

「そうでしたね、なんだかグリコのオマケみたいな感じがして、つい……」

俺と別宮記者は顔を見合わせ、声を上げて笑った。

「そういえば、終田師匠が宗像博士に呼び出された話は、どうだったんですか」

「それが傑作で、終田さんが『暗殺されたら憐憫の情で関連作品は書きたくない』と言ったら宗像博士が『そういうのを婦人の仁と言うのです』と一刀両断して、仕方なく新作を書くことを約束したんです。でも『婦人の仁って男女差別を助長する表現なのでは』とあたしが指摘したら、宗像博士も同じように、わたわたしてました」

「実はあの二人はお似合いの師弟なのかもしれませんね」

二人が揃ってうろたえる図を想像した俺は、大笑いしたいのをこらえて言う。

別宮記者は遠慮会釈なく、大笑いした。

「終田先生は呻吟しながら新作を執筆していて、来月から時風新報で連載予定です。執筆に行き詰まったら、ひょっとして、またここに助けを求めに来るかもしれません」

「私に書け、という以外なら何でも協力しますよ。何しろ私の師匠ですから」

俺がそう答えると、別宮記者は、ほんのりとした笑みを残して、部屋を辞去した。

＊

ひとり残された俺は、住み慣れた居室で、目を瞑り、珈琲の香りを楽しんでいる。

罹患者が圧倒的多数になり、コロナは日常の風景に溶け込んでしまっている。

コロナは一般的な疾病になり、恐怖心は次第に薄れ、普遍化したシステムに組み込まれていく。そしてその対応に、目が眩むほどの多額の費用を拠出したという事実と、それによって大きく変容させられ、以前とは全く違う世界になってしまったという、曖昧な記憶だけが残された。

無力感を抱えた市民は無関心になり、権力者はやりたい放題をしている。たとえば今の政府は、戦争をしたがっているように見える。そして若者はそのことに無関心だ。そんな若者たちはある日、自分が戦場で銃を手に佇んでいる姿を見て、呆然とするだろう。

戦場への招待状が届いた時に、ノーと言えば臆病者とか卑怯者と罵られてしまう。大切なのは、そうなる前に反対の声を上げげた、という事実を積み重ねていくことだ。その声を星宿のようにつなぎ合わせていけば、いつか必ず子どもたちを戦争から守る盾になる。

ずる賢い連中は、自分たちは決して戦場に出て行かない。彼らは根比べで諦めさせ、自分たちの好きなように振る舞おうとする。

それなら俺も、たとえ見苦しく老残の身を晒そうとも、足掻き続けてみようか、とふと思う。

若者は軋轢(あつれき)を恐れず、新しい社会の仕組みを作るため邁進(まいしん)してほしいものだ。

年寄りには不快で、目障りな存在である若者こそ、未来の希望なのではないか。

そんなジジむさいことを考えていたら、暴走ラッコ・洲崎が違った姿に見えてきた。

彼こそがきっと、次世代の若者のエースなのだろう。

そんな風に考えようとしたが次の瞬間、いや、さすがにヤツに限ってはそれはないな、とあわてて打ち消して、ひとり苦笑する。

年を取れば、あちこちにガタが出る。それは仕方のないことだ。

そうした不具合と折り合いをつけながら、生きていくしかないのだろう。

俺の持病となった耳鳴りは、よくならない代わりに悪化もしない。

年を取ると高音域の聴力が落ちる。音を聞き取る役割を果たす内耳細胞は、脳神経細胞の一種で再生しないので、聴力は落ちる一方でしかない。ところが脳の方は高音域だけ聞こえなくなるとおかしいと思い、勝手に補完しようと頑張ってしまう。

それで聞こえないはずの高音の耳鳴りがしてしまう、というわけだ。

そこでずぼらな俺は、「聞こえなくてもいいじゃないか、と身体に言い聞かせる」などという、変てこりんで横着な、もとい、画期的で革命的な方法を思いついた。

俺の身体は音を聞き取るという業務に、生真面目に対応しようと頑張りすぎている。

それによって身体が不都合を起こすくらいなら、高音域くらい聞こえなくてもいいじゃないか、と心底思えた時、耳鳴りは消滅するかもしれない。

それは新しい医療の基本概念になりそうだ、などと思ったりもするが、怠惰な俺は残念ながら、論文を書く気などはさらさらなく、「耳鳴り外来」なんていう看板を掲げる日も来ないだろう。

そんな妙ちくりんなことを思いつく、ひねくれ者の俺としては、やはりこの風変わりな部屋がお似合いなんだろうな、と思いつつ、ほんの一瞬だけ、俺の部屋になった学長室を思い出す。その大きな窓から眺めた、銀色に輝く大海原は、今も瞼の裏側に鮮やかに焼き付いている。

けれどもあそこは、俺のいるべき場所ではなかった。それでもあの日々は、消えることのない輝かしい記憶として残っている。その場所に憧れ続けるのが、俺の生き方なのだろう。

それは俺なりの達観と諦念、そして覚悟の現れなのかもしれない。

どれほど科学が進歩したとしても、天災は決してなくなることはない。

たとえば暴風雨を事前に予測できるようになった現代でも、相変わらず洪水は起こるし、被害を受けた人々は、江戸時代と同じように、粛々と対応するしかない。

そう考えると、コロナは紛う方なき天災である。

一方、社会対応で生じた齟齬は人災である。

人災は、人々の意思でなくすことができる。

そして運命も、自分の手で変えることができるのだ。

間違えることは罪ではない。人類の繁栄は試行錯誤の上に成り立っているのだから。

だが、間違えたことを隠蔽することは、人類に対する罪になる。

同じ間違いによる災厄を、後世の人々に繰り返しもたらすことになるからだ。

その意味で人類は、蝸牛(かぎゅう)の歩みながらも、前進しているのだ、と思いたい。

でもそれは、単に漂流しているだけなのかもしれないが……。

そんなことを考えながら、窓の外を見た。強い風に、裸の梢(こずえ)が激しく揺れている。

けれども部屋は穏やかで暖かく、俺はその繭(まゆ)の中で、うつらうつらと微睡(まどろ)んでいる。

二〇二二年十二月、新型コロナウイルス感染者は、十万人あたり約一千人に達した。

実に百人に一人である。

本書は、二〇二三年五月に小社より単行本として刊行した『コロナ漂流録』を改題・文庫化したものです。この物語はフィクションです。作中に同一の名称があった場合でも、実在する人物、団体等とは一切関係ありません。

〈謝辞〉（五十音順・敬称略）
次の方々に、様々な示唆をいただきました。ありがとうございました。

東中野セント・アンジェラクリニック院長　植地泰之
インペリアル・カレッジ・ロンドン准教授　小野昌弘
ファーストペンギン・ユニオンLLC　加藤芳男
健全な法治国家のために声をあげる市民の会

【参考文献・資料】

『無法回収――「不動産ビジネス」の底知れぬ深き闇』椎名麻紗枝・今西憲之　講談社　２００８年
『憲法的刑事弁護　弁護士高野隆の実践』編集代表・木谷明　日本評論社　２０１７年
『人質司法』高野隆　ＫＡＤＯＫＡＷＡ　２０２１年
『自民党の統一教会汚染　追跡３０００日』鈴木エイト　小学館　２０２２年
『安倍晋三回顧録』安倍晋三他　中央公論新社　２０２３年

「感染症の範囲及ぶ類型について」平成26年3月　厚生労働省健康局結核感染症課
https://www.mhlw.go.jp/file/05-Shingikai-10601000-Daijinkanboukouseikagakuka-Kouseikagakuka/0000040509.pdf

「新（医師）臨床研修制度について」平成15年（２００３）厚生労働省医政局医事課
https://www.mhlw.go.jp/houdou/2003/04/dl/h0430-3b12.pdf

「第２０８回国会　厚生労働委員会議事録」第10号（令和４年４月６日）
https://www.shugiin.go.jp/Internet/itdb_kaigiroku.nsf/html/kaigiroku/009720820220406010.htm

「薬事・食品衛生審議会薬事分科会・医薬品第二部会（合同開催）議事録」２０２２年11月22日
https://www.mhlw.go.jp/stf/newpage_29755.html

２０２５年国際博覧会検討会 報告書（案） 経済産業省 平成29年3月（Web魚拓）
https://megalodon.jp/2017-0315-1152-38/www.meti.go.jp/committee/kenkyukai/shoryu/hakurankai/pdf/003_04_00.pdf

令和4年12月21日「東京オリンピック・パラリンピック競技大会に向けた取組状況等に関する会計検査の結果について」
https://www.jbaudit.go.jp/pr/kensa/result/4/r041221.html

健全な法治国家のために声をあげる市民の会
http://shiminnokai.net/

「吉村府知事火だるま！〝肩入れ〟した大阪ベンチャーのコロナワクチン開発中止で」２０２２年９月12日 ゲンダイDIGITAL
https://www.nikkan-gendai.com/articles/view/life/311202

「功績多し！ 安倍政権下での医療政策」大阪大学大学院臨床遺伝子治療学寄附講座教授／内閣府健康・医療戦略推進事務局健康・医療戦略参与 森下竜一 ２０２２年８月18日 Medical Tribune記事
https://medical-tribune.co.jp/rensai/2022/0818546783/

「『創薬詐欺』に騙されないで！ 見分け方を教えます。」植地泰之 東中野セント・アンジェラクリニッ

ク ブログ ２０２２年9月11日
https://st-angela-clinic.jp/blog/531/

「『五輪反対デモにお金をもらって参加した』ウソ字幕で大炎上してもＮＨＫが絶対に口にしない〝2つの言葉〟」水野泰志 ２０２２年2月1日 プレジデント・オンライン
https://president.jp/articles/-/54288

「『反五輪デモ』字幕の本質見ない報告書『金で動員』ならスクープ ＮＨＫの集合的無意識とは」２０２２年2月20日 47ＮＥＷＳ（共同通信＝佐々木央）
https://www.47news.jp/7437276.html

「東京オリパラ残る〝レガシー〟活用は？ 毎年赤字の見込みも…大会経費1兆４２３８億円」２０２２年6月21日 テレビ朝日ニュース
https://news.tv-asahi.co.jp/news_society/articles/000258748.html

「東京五輪に３・７兆円 膨張許した責任明らかに」２０２２年12月26日 毎日新聞社説

「国が75億円支援、国産初を目指した『大阪ワクチン』はなぜ開発断念に終わったのか」２０２２年10月5日 読売新聞（辻田秀樹、松田俊輔）
https://www.yomiuri.co.jp/medical/20221005-OYT1T50057/

「アンジェス社長『コロナワクチンの開発失敗に悔いない』　山田英社長インタビュー」　２０２２年10月12日　会社四季報　大西富士男
https://shikiho.toyokeizai.net/news/0/622907
「大阪万博『中核事業』公募に「１社のみ参加」続出の不可解…東京五輪談合事件との類似点」　２０２２年12月10日　ゲンダイDIGITAL
https://www.nikkan-gendai.com/articles/view/money/315703
【追及スクープ】大阪万博の「闇」第1回：「『大阪ワクチン』失敗のお騒がせ男が、『大阪万博』総合プロデューサーになっていた！」「週刊現代」　２０２２年10月18日号
https://gendai.media/articles/-/100906
【追及スクープ】大阪万博の「闇」第2回：「『大阪万博・大阪パビリオン』プロデューサーの顧問先企業が〝最高位〟スポンサーに決定した『不可解』」「週刊現代」　２０２２年10月18日号
https://gendai.media/articles/-/100909
【追及スクープ】大阪万博の「闇」第3回：「『大阪万博』が汚れた東京五輪の二の舞に…シャワーヘッド『ミラブル』を売る新興企業の正体」「週刊現代」　２０２２年10月27日号
https://gendai.media/articles/-/101344

ＪＲＣＴ臨床研究等提出・公開システム
https://jrct.niph.go.jp/latest-detail/jRCT2051200088

アンジェス　ＨＧＦ遺伝子治療用製品・コラテジェンの「慢性動脈閉塞症の安静時疼痛」の国内開発中止
https://www.mixonline.jp/tabid55.html?artid=73595

「院内クラスター多発の第8波、静かに始まる『医療麻痺』確保病床は20床も、30人のコロナ患者入院の病院があるワケ」ｍ３オピニオン　２０２２年12月28日　岡秀昭

安倍首相、「機能性胃腸障害、全身が衰弱」主治医会見　２００７年9月13日
http://www.asahi.com/special/070912/TKY200709130367.html

Phase I Study to Assess the Safety and Immunogenicity of an Intradermal COVID-19 DNA Vaccine Administered Using a Pyro-Drive Jet Injector in Healthy Adults.
https://www.mdpi.com/2076-393X/10/9/1427

〈解説〉
痛快さとともに抱く戦慄、現実社会を反映させた「メタ構造」三部作の完結編！

鈴木エイト（ジャーナリスト・作家）

『コロナ黙示録』『コロナ狂騒録』につづくコロナ三部作の完結編となる本作『コロナ漂流録』をお読みになった方は、この解説ページに私の名があることをみてニヤリとしただろう。なぜなら本作には「奉一教会の悪行を二十年間追い続けた気骨のジャーナリスト」として『万田ナイト』なる人物が登場するからだ。

まずは、私が本書の解説を書くことになった経緯から記しておこう。

海堂尊氏との最初の出会いは二〇二三年三月に遡る。出演したドキュメンタリー映画『妖怪の孫』の舞台挨拶のため、東京・吉祥寺の映画館『アップリンク』を訪れた時だった。上映後にロビーで「海堂尊です」と声をかけられ「え？　チーム・バチスタシリーズの？　本物の海堂さん？」と驚いたことを覚えている。さらに私をモデルにした人物が最新刊に登場していると聞かされ、二度驚くことになった。

この時の出会いをご縁にその年の十二月、私の冠ラジオ番組『鈴木エイトMIDNIGHT

TRACKING』（interfm/AuDee）の年内最終回にゲスト出演していただく機会を得た。その際、『コロナ漂流録』が二〇二四年三月に文庫化されると告知があった。「文庫は解説も楽しみですよね」との私の発言に、海堂氏は意味深な笑みを浮かべ「乞うご期待ですね、解説者には」と応答。だれが解説を書くのだろうと思っていたところ、番組収録直後、同行されていた担当編集者を交えた場で海堂氏から解説を依頼されるというまさかのサプライズ展開に。その意味と重責を理解するまでに数秒かかったが、引き受けさせていただき、こうして皆さんが私の解説文を読んでいるという事態に至ったわけである。

　私の仕事との関連では、コロナ三部作にはジャーナリズムについての言及が多々ある。本作においても、ファクトを提示し言い逃れさせない形で追及を続けてきた私の調査報道のスタイルについて「万田ナイト」を通して評価してもらったと感じている。海堂氏からは「それこそがジャーナリズムだと思う。ジャーナリズムの本懐を護っている人が増えると世の中はもう少しよくなる」との言葉をいただいた。

　コロナ三部作にシリーズとしての意図はなく、続きはないという海堂氏。『コロナ黙示録』を書いた最初のモチベーションは、安倍晋三首相（当時）が五輪を断念して行ったコロナ対策が医学／衛生学の基本から逸脱したものだったからと振り返る。コロナを巡るゴタゴタが吹き出し情報処理で手一杯だったため、脱稿後は二度とやりたくないと思ったそうだが、今度は菅義偉首相（当時）が緊急事態宣言をかけながら東京五輪を開催するという衛生学として滅茶苦茶な組み合わせへと迷走する。どんなに医学が進んでも外してはいけないところを外す政府の判断に「何なんだ、これは」との思いから『コロナ狂騒録』を書き上げたという。「正しいのはこうなのに、なぜこうならないのだろう、広く訴えたいというよりも『みんなおかしいと思わない？』『変じゃない？』というスタンス」

事実を提示して報じる、読まずに批判する人はどうでもよく、読者に判断を託す私のスタイルとの近似性を感じる。そう告げると、こんな返答があった。意外性も海堂氏の魅力だ。

「その通りだが『読まずに批判する人はどうでもよく』という達観している部分は自分にはなく『読んでないのに何言ってんだよ、コノヤロー』とある意味、感情的で炎上体質。エイトさんが番組に出るようになっても、そのスタンスを崩さずに対応しているのを観て、見習わないといけないないなと思った」

コロナ三部作の出版時、登場人物をすべて実名にしてノンフィクションで出すべきとの声もネット上で散見されたそうだ。だが海堂氏によると、具体的に名前を出して書くと視点がミクロ的になってしまうという。海堂氏が一連の物語で書きたかったのは「構造・骨格」だ。「ノンフィクションにして、きちんとディテールを書くとぼやけてしまう。全体像を提示するというのが今の世の中、難しくて、それを目指したということかな」

個々の事例から要点を抽出し、そこに共通する問題や論点を浮かび上がらせるという手法だ。私が取り組む社会問題における試みとも共通する。

「この物語はフィクションです。作中に同一の名称があった場合でも、実在する人物、団体等とは一切関係ありません」

本作を含むコロナ三部作では、この定型文自体がシニカルな意味合いを持つ。

深刻な問題をそのまま深刻に描写するだけでは、実のところ社会には伝わりにくい。看過できないおかしなことを生真面目に「これはおかしい」と発信しても、なかなか関心を持ってもらえないことは私も痛感してきた。そんな現実社会における風通しの悪さを打破すべく、コロナ三部作で海堂氏が試みたやり方は絶妙だ。二〇二〇年からのコロナ禍を描いたコロナ三部作は、ほぼ現実に起こった出来事の流れに沿って物語が進んでいく。コロナ禍の三年間に何があったのかを再検証できる構成となっている。読者は『虚＝フィクション』の箇所を興味深く読み進めながら、現実の社会で様々なトンデモが横行していたことを知らされ、痛快さと戦慄を同時に味わうことになる。『虚』の中に現実を容れ込む手法である。史実を物語の中に隠す手法の巧みさを称賛すると、海堂氏は「隠してない」と笑う。

参考文献には私の著書も挙げていただいているが、その他の参考資料のタイトルを一覧するだけで現実の事象とのリンクが判る。

海堂氏がターゲットにするのは「ずる賢い連中」だ。司法を捻じ曲げ〝お仲間〟への利益供与を図る権力者に加え、利権に群がり国民の税金をかすめ盗る政商や製薬ベンチャー、広告代理店といった『中抜きハイエナ』たちへの憤りがコロナ三部作の行間には滲み出ている。

現実の社会において、この『中抜きハイエナ』たちに〝止め（トドメ）を刺す〟ことは可能なのか。深読みかもしれないが、その役割を読者に託す意図も感じとれる。社会問題の骨格・構造を示し、読者に判断を委ね、行動を促す。優れたノンフィクションでさえなかなか成し得ないことが、コロナ三部作において成し遂げられていることには驚嘆するばかりだ。

コロナ三部作を読んで以降、私が座右の銘にしているのは『コロナ狂騒録』における宗像壮史朗博士の言葉である。

〈責任は『感じる』ものではなく『取る』ものだ〉

その宗像博士はこうも指摘している。

〈公文書破棄は歴史への冒瀆だ。だが小説の形にすれば抹殺できぬ〉

小説という形を採ってノンフィクションを超えるものを書き切ったのがコロナ三部作であり、その集大成が完結編となった本作だ。あまりに荒唐無稽すぎた現実の事象を後世へ伝えるために、史実を物語の中に残す手法を海堂氏は採った。コロナ三部作は、現実の事象をリンクさせつつフィクションでしかできないことをやってのけた作品群と言える。

〝未知のウイルス〟そしてあの〝二発の銃弾〟が露わにしたものは現代日本が抱える病巣そのものだったのかもしれない。

コロナ禍の三年間で明らかとなったのは、私たち市民を含む社会の側の問題だった。

〈人類はようやく、ひとつの真理に到達したのかもしれない。ウイルスは、人類の真の敵ではない。社会の揺籃は、ウイルスがもたらす害悪もあるが、それよりも対応する社会の身の処し方にあったのだ、ということに〉

海堂氏は『方丈記』の一節「ゆく川の流れは～」を例示し、田口にこう語らせている。

〈歴史の真実や空気感はいつの世も、文学作品の中にのみ残されるのかもしれない〉

そして〝ずる賢い連中〟に抗っていく決意を示す。

〈見苦しく老残の身を晒そうとも、足掻き続けてみようか、とふと思う〉

私も一読者として海堂氏の〝足掻き〟を見届けようと思う。

全ての登場人物をコントロールできるのが作者の特権だが、海堂作品では登場人物が自由に発言している印象もある。海堂氏に訊くと、その中間だと前置きしてこう明かしてくれた。

「よく知っている友人たちの会話を書いている感じ。友人たちは僕の気持ちを知っていて、なんとなく役柄でベストのことを話してくれる。それを上から目線で見ながら『ここはちょっとこうした方がいいんじゃないか』と言う芝居のプロデューサーのような気持ち。そんな中でただひとり白鳥だけは全く僕の範疇から外れて、奴に関しては座長の私が補正している」

海堂氏でさえ白鳥には「お前、それ言っちゃいけないんじゃない」と感じるという。白鳥の痛快さは『コロナ狂騒録』で面と向かって時の首相を「バカ」呼ばわりするところにも表れている。海堂氏は指摘する。

「今の世の中の問題は、バカな人に『お前はバカだ』という人がいないこと」

現実社会の出来事とリンクしながら進んでいくストーリーは、まるで預言書のようでもある。コロナ三部作は完結したとはいえ、違った形での続編を期待したくなるところだ。

膨れ上がる予算などから現実の社会においても開催を中止すべきとの声が挙がる大阪・関西万博。海堂作品における浪速万博の行方はどうなるのか。

閉塞する日本社会において、隠されている闇の部分を照らして可視化させているのが海堂氏の作品だ。そして私も海堂氏からそんなひとりだと認めてもらえているとしたら、光栄なことだと感じる。

一方で、万田ナイトの〝基〟となった現実の鈴木エイトも海堂尊という稀代のストーリーテラーの手の平の上で泳がされているのではないのかと疑ってしまう。すべて海堂氏の〝策略〟であり、私の言動もコントロールされているのではないか。現実の社会とリンクする物語に自身の分身のような人物が登場し、作者から私がモデルになっているという事実を聞かされるというメタ構造。迷宮に入り込んだような感覚に襲われる。この解説の原稿を書いているのは本当に私なのか、実を言えば「座長」の指示を受けた万田ナイトではないのか……。

ラジオ番組の収録時、厚かましくも「スピンオフ作品として万田ナイトが活躍する作品が読みたい」と願望を伝えた。果たして今後、万田ナイトは『梁山泊』や『地方紙ゲリラ連合』に参画することになるのか。それとも独自路線で追及を続けるのか。そして浪速万博を巡る利権への追及はなされるのか、興味は尽きない。

「万田ナイトは梁山泊に入らないのかなと妄想を膨らませながら読みました」

そう海堂氏に告げたところ、さらなる迷宮にいざなうジョークが返ってきた。

「僕の登場人物なのに座長に命じるとは何たること。あとできつく叱っておきましょう（笑）」

海堂作品への万田ナイトの再登場を切望するばかりだ。そして「万田ナイトのモデルが文庫版の解説を書いている」事象もすべて「座長」である海堂氏の目論見通りならば、そのメタ構造の中を彷徨いながら私も現実の世界で足掻いてみようと思う。

二〇二四年一月

宝島社
文庫

コロナ漂流録　2022銃弾の行方
(ころなひょうりゅうろく　2022じゅうだんのゆくえ)

2024年3月20日　第1刷発行

著　者　海堂 尊
発行人　関川 誠
発行所　株式会社 宝島社
〒102-8388　東京都千代田区一番町25番地
電話：営業 03(3234)4621／編集 03(3239)0599
https://tkj.jp
印刷・製本　中央精版印刷株式会社

First published 2023 by Takarajimasha, Inc.
ISBN 978-4-299-05322-0

『このミステリーがすごい!』大賞 シリーズ

宝島社文庫

新装版 ジェネラル・ルージュの凱旋

海堂 尊

田口医師の元に届いた、匿名の告発文書。その内容は、ドクター・ヘリの導入を願う救命救急センター部長、速水の収賄疑惑だった。医療問題、収賄事件、大災害パニック……。あらゆる要素がつまった、医療エンターテインメントの傑作！「バチスタ」シリーズ第3弾。

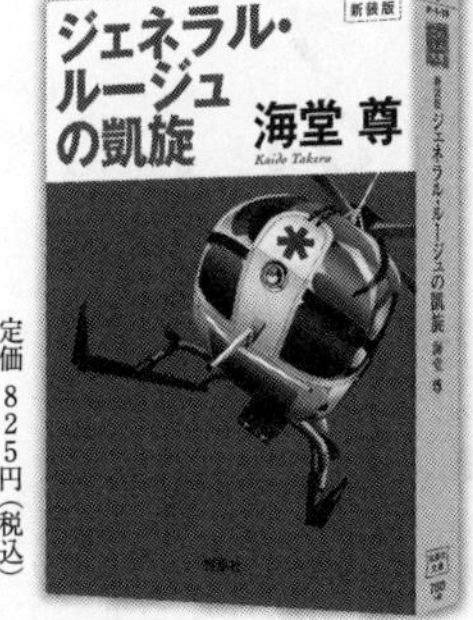

定価 825円（税込）

『このミステリーがすごい!』大賞 シリーズ

宝島社文庫

カレイドスコープの箱庭

海堂 尊

閉鎖を免れた東城大学医学部付属病院。相変わらず病院長の手足となって働く〝愚痴〟外来・田口への今回の依頼は、誤診疑惑の調査。検体取り違えか診断ミスか――。田口は厚労省の役人・白鳥とともに調査に乗り出す。書き下ろしエッセイ「放言日記」と桜宮市年表&作品相関図も収録。

定価 715円(税込)